SCHATTENTRAUM

Hinter der Finsternis

Mona Kasten

Lektorat: Nina C. Hasse
Coverbild: © bigstockphoto.de - George Mayer
Coverdesign: © Cover by jdesign.at
Layout © 2013 BookDesignTemplates.com

Für all die Menschen, die uns täglich das Gefühl geben, minderwertig zu sein. Ihr bringt uns dazu, Großartiges zu vollbringen.

Prolog

Mathe war nicht mein Fach. War es noch nie und würde es mit Sicherheit auch niemals werden. Stirnrunzelnd betrachtete ich die Gleichungen, die Mr Peterson seit über einer Stunde an die Tafel schrieb. Sie ergaben immer weniger Sinn. Dazu kamen Paul Jenkins' störende Tritte gegen die Rückenlehne meines Stuhls, die meiner Konzentration nicht gerade förderlich waren. Trotzdem musste ich mich ranhalten, wenn ich diesen Kurs bestehen wollte. Nächstes Jahr standen die Abschlussprüfungen an.

„Paul, würde es Ihnen etwas ausmachen, sich am Unterricht zu beteiligen oder wollen Sie weiter versuchen, Emmas Aufmerksamkeit zu erregen?"

Ein Kichern ging durch die Klasse und meine Sitznachbarin Celia funkelte mich giftig an. Ich wusste, dass sie schon seit geraumer Zeit für Paul schwärmte, hatte es aber nie verstehen können. Was konnte ich denn dafür, wenn er seine Füße nicht still halten konnte und für seine Avancen meinen, statt ihren Rücken auserkoren hatte?

„Tut mir leid Mr P, aber ich finde es hier hinten ziemlich gemütlich“, erwiderte Paul blasiert und ich meinte, ein freches Grinsen aus seiner Stimme herauszuhören. Ich verdrehte die Augen und starrte stur geradeaus, obwohl ich seinen Blick in meinem Nacken spürte.

„Das war keine Bitte, Paul, sondern eine Aufforderung. Kommen Sie her, nehmen Sie sich ein Stück Kreide und helfen Sie mir beim Lösen der Gleichung.“

Ein Klopfen an der Tür übertönte Pauls gequältes Aufstöhnen. Beim Anblick von Mrs Campbell, der Schulrektorin, verstummte die ganze Klasse mit einem Mal. Sie hatte eine wirklich furchteinflößende Ausstrahlung, nahezu alle Schüler respektierten sie.

„Emma?“, erklang Mrs Campbells Stimme plötzlich und ich erstarrte. Mit geweiteten Augen sah ich die streng kostümierte Rektorin an.

Hatte sie gerade tatsächlich meinen Namen gesagt? Wieso sollte die Rektorin ausgerechnet mich wegen irgendetwas belangen? Ausgefressen hatte ich nichts, zumindest nichts Schwerwiegendes. Nun gut, da war der dritte Harry Potter Band gewesen, den ich mir aus der Schulbibliothek ausgeliehen, und dann versehentlich mit eisgekühltem Frappé übergossen hatte. Aber das war mittlerweile fast ein Jahr her. Und außerdem war das echt nicht mit Absicht passiert. Paul hatte mich geschubst und dann war ich …

„Oh Mann“, murmelte Celia neben mir und deutete auf meinen verwirrten Blick hin noch einmal zur Tür.

Ich reckte den Kopf. Durch den schmalen Spalt konnte ich Pastor James im Gang stehen sehen. Zwar trug er heute nicht seinen Talar, aber er war von oben bis unten in Schwarz gekleidet.

„Emma, bitte packen Sie ihre Sachen zusammen“, sagte Mrs Campbell eindringlich, doch ich sah an ihr vorbei, mitten in das betrübte Gesicht des Pastors.

Das Herz begann mir bis zum Hals zu schlagen.

Als ich nicht reagierte, machte die Rektorin einen Schritt auf meinen Tisch zu und ich sah hoch. In ihren Augen lag ein mitfühlender Ausdruck, der den Kloß in meinem Hals nur zu vergrößern schien.

Das Murmeln im Raum schwoll an. Wahrscheinlich spekulierten meine Mitschüler, in welchen Schwierigkeiten ich steckte.

Unbeholfen stopfte ich meine Stifte zurück in die Federtasche. Celia zu meiner Linken, die sonst kaum mehr ein Wort als notwendig mit mir wechselte, griff über meine Hände hinweg und half mir, meine Sachen einzupacken. Dankbar versuchte ich, ihr zuzulächeln, doch meine Gesichtsmuskeln schienen sich nicht mehr daran zu erinnern, wie das funktionierte. Nervös nestelte ich am Verschluss meines Rucksacks herum und vermied jeglichen Blickkontakt mit meinen Mitschülern. Mit wackeligen Beinen stand ich auf und ging zur Rektorin, die ihre Hand in mein Kreuz legte und mich sanft durch den Raum bugsierte. Anscheinend hatte ich auch das Gehen verlernt.

Draußen angekommen, blickte ich von Mrs Campbell, hinüber zum Pastor, der mich mit Anteilnahme musterte. Ich sagte kein Wort, sondern blieb mit den Augen an der Schulleiterin hängen, die mich vorsichtig am Arm fasste. Die lieb gemeinte Geste wollte nicht zu ihrem streng kostümierten Äußeren passen. Stirnrunzelnd blickte ich auf ihre fein manikürte Hand. Sie war die strengste Lehrerin der Schule, alle fürchteten sie und ihren Röntgenblick, mit dem sie bereits aus mehreren hundert Metern Entfernung erkennen konnte, ob gerade eine Schulregel gebrochen wurde. Und jetzt versuchte diese furchteinflößende Frau mich zu trösten?

„Emma, das hier ist Pastor James“, erklärte sie unnötigerweise. Ich kannte den Pastor seit meiner Geburt, war sogar von ihm getauft worden.

Mein Blick glitt von ihrer Hand, hoch zu ihrem Gesicht. Ihr Ausdruck veranlasste den Knoten in meiner Brust, sich noch fester zusammenzuziehen.

„Es fällt mir wirklich schwer, dir das zu sagen. Du sollst wissen, dass wir von der St. August für dich da sein werden in dieser schwierigen Zeit, ja Schätzchen?“

Ich hielt den Atem an, unfähig, auch nur zu nicken. Ich sah Pastor James an. Ohne seinen Talar sah er ungewohnt aus. Wie ein anderer Mensch.

„Es gibt Dinge zwischen Himmel und Erde, auf die der Mensch keinen Einfluss hat. Es tut mir sehr leid, Emma. Deine Mutter hatte einen schweren Autounfall“, sagte er mitfühlend und trotzdem konnte ich die Routine aus seiner Stimme heraushören.

Mrs Campbell ergriff das Wort, doch ich hörte bloß einen undeutlichen Wortschwall. Das Blut rauschte wie ein Wasserfall in meinen Ohren. Nichts was sie sagte, schien einen Sinn zu ergeben. Der Knoten in meiner Brust nahm mir den Atem. Gleichzeitig schien mein Herz vor Schmerz zu explodieren. Schwarze Punkte tanzten vor meinen Augen und raubten mir die Sicht.

„Ist ... ist sie ...?“, keuchte ich und krallte mich in Mrs Campbells Bluse.

„Schätzchen, sie hat es leider nicht geschafft“, antwortete die Rektorin leise und durchdrang mit ihren Worten kaum den dichten Nebel, der mich umgab.

Ich fühlte, wie meine Knie nachgaben. Falls sie noch etwas anderes sagte, hörte ich es nicht mehr.

10

1 Kapitel

6 Monate später

Der Winter war fast vorüber und ich hielt mir die Hand vor Augen, um nicht vom Licht geblendet zu werden. Die Sonne war endlich wieder zum Vorschein gekommen, spähte durch die hohen Baumwipfel hindurch und ihre Strahlen verdrängten das triste Grau der letzten Monate. Sie gab mir neue Hoffnung und ich hatte das Gefühl, als ob sich meine melancholische Stimmung bei ihrem Anblick in Luft auflöste.

„Hübsch, nicht wahr?"

Mein Dad trat mit einer Kiste im Arm neben mich, schob das runde Brillengestell auf seiner Nase hoch und betrachtete das Haus, in dem er aufgewachsen war, mit zusammengekniffenen Augen. Ich nickte entschlossen.

Das alte Rotklinkerhaus war mit Efeu bewachsen und der Vorgarten verwildert, so wie ich es mochte. Weiter hinten im Garten konnte ich einen kleinen Teich und ein Gewächshaus erkennen. Es sah aus, als wäre es einem Bilderbuch entnommen.

Erstaunlich, wie sich innerhalb von ein paar Monaten das Leben derartig verändern konnte. Siebzehn Jahre waren innerhalb von wenigen Tagen in ein paar mickrige Kartons eingepackt worden, und nun stand ich hier, völlig gerädert von der knapp vierstündigen Autofahrt. Von unserer ehemaligen Heimat Kidlingtree, ein Fünfhundert-Seelen-Dorf im Norden Englands, nach Heffield, einer Kleinstadt mit knapp dreizehntausend Einwohnern weiter im Süden, war es ein ganz schönes Stück. Eine lange Strecke, die mich nicht nur von meinen ehemaligen Freunden und dem Umfeld trennte, von dem ich mich das letzte halbe Jahr über sorgfältig abgeschottet hatte, sondern hoffentlich auch von der Trauer, die ich zu überwinden nicht im Stande gewesen war, sobald ich von einem der Dorfbewohner entdeckt und mit mitleidigen Blicken gefoltert wurde. Ich betrachtete mein neues Zuhause mit schräggelegtem Kopf.

„Da seid ihr ja endlich!“, dröhnte eine Stimme vom Hauseingang. Meine Großmutter kam uns schnellen Schrittes entgegen. Sie trug wie üblich eine bunte Schürze. Wahrscheinlich hatte sie wieder ein paar ihrer göttlichen Schoko-Cupcakes mit Buttercreme-Topping gebacken, auf die ich abfuhr, seit ich ein kleines Mädchen war. Ihr ehemals braunes, inzwischen größtenteils graues Haar war zu einem Dutt zusammengezwirbelt und auf ihrer linken Wange konnte ich eine Spur Mehl erkennen. Jede Wette, dass im Haus ein paar Leckereien auf uns warteten.

„Hi Grams“, sagte ich und musste ein Grinsen unterdrücken, als sie ihr Gesicht verzog. Sie hatte diesen Kosenamen noch nie gemocht, aber als Dreijährige war ich nicht imstande dazu gewesen, Grandma richtig auszusprechen. Ich war bei Grams geblieben.

Von all meinen Verwandten mochte ich Betty schon immer am liebsten, auch wenn sie recht forsch sein konnte. Vielleicht hatte mir ihre Gesellschaft gerade deshalb nach der Beerdigung am meisten Trost gespendet. Die mitfühlenden Blicke meiner ehemaligen Freunde waren nicht besonders hilfreich gewesen, eher im Gegenteil. Dadurch wurde ich tagtäglich an den schmerzhaften Verlust erinnert. Einer der Gründe, weshalb ich mich von meinem unmittelbaren Umfeld abgegrenzt hatte. Bettys unverblümte Art war einer der schmalen Halme gewesen, an den ich mich klammerte. Bereits kurz nach Moms Unfall bot sie uns an, bei ihr einzuziehen. Schließlich wohnte sie schon seit über einem Jahrzehnt allein in dem riesigen Haus und hatte die anstrengenden Untermieter satt. Es hatte zwar ein paar Monate gedauert, aber letztendlich sagte Dad zu und wir begannen, unsere Habseligkeiten einzupacken. Erst als wir uns aufrafften und Moms Schrank ausmisteten, klickte es in meinem Hirn. Das war der Zeitpunkt gewesen, in dem ich aus meiner andauernden Betäubung aufwachte und realisierte, dass sie wirklich nicht mehr bei uns war. Dass ich morgens nicht mehr von ihrem Summen aus der Küche geweckt werden würde und nie wieder ihr warmes Lachen hören konnte, sobald Dad irgendeinen bescheuerten Witz riss. Zwar hatte ich ein paar Erinnerungen aufbewahrt, ein Halstuch, das sie von Dad zum zehnten Hochzeitstag bekommen hatte und auch ihren Schmuck, aber was brachte mir das? Es war nicht dasselbe, wie ihre Stimme zu hören, ihr Lachen oder gemeinsam im Auto Songs aus *Dirty Dancing* zu schmettern. Sie war fort und würde nicht mehr zurückkommen. Das Einzige, was Dad und ich tun konnten, war, diesen Neuanfang zu wagen und nach vorne zu blicken, mit ihrer Erinnerung tief in unseren Herzen. Das war wertvoller als jeder zusammengepackte Umzugskarton.

Die Arme um unsere Schultern gelegt, lotste Grams uns durch das kleine Holztor in Richtung Hauseingang.

„Komm mit, Liebchen, ich zeige dir dein Zimmer“, rief sie und lief, ohne darauf zu achten, ob ich ihr auch folgte, die Treppen hinauf in das obere Stockwerk. Bei der Tür am Ende des Flurs angekommen, warf sie mir einen vielsagenden Blick über die Schulter zu, bevor sie beiseite trat und mich einließ, damit ich mein neues Reich in Augenschein nehmen konnte.

Der dunkle Dielenboden knarrte, als ich das Zimmer betrat. Sowohl die spärlich gefüllten Bücherregale, als auch der Schrank gegenüber vom Bett bestanden aus Nussbaumholz, die Wände und Vorhänge waren dagegen cremeweiß. Vor dem großen Erkerfenster befand sich eine breite, gepolsterte Fensterbank, mit Kissen, die Grams sicherlich selbst bestickt hatte. Und obwohl der Raum ziemlich kahl war, fühlte ich mich auf Anhieb wohl.

Ich trat zu den Regalen und betrachtete einige der verstaubten Einbände.

„Das sind ein paar der Bücher, die dein Vater in seiner Kindheit gelesen hat. Das hier war mal sein Zimmer“, ertönte Grandmas Stimme vom Türrahmen.

Ich nickte gedankenverloren. Eigentlich war es nicht meine Absicht gewesen, Dad sein Zimmer zu stehlen.

„Ich lasse dich jetzt ein bisschen allein, dann kannst du deine Sachen auspacken. Wenn du noch etwas brauchen solltest, ich bin unten.“

„Danke Grams“, rief ich ihr hinterher und konnte hören, wie sie die Treppe hinabging.

Ich war froh, dass sie mir Freiraum ließ, damit ich ankommen konnte und so begann ich, meine Sachen auszupacken. Meine Lieblingsbücher, eine Mischung aus ein paar Klassikern von Jane Austen, aber vor allem phantastischen Schinken wie Harry Potter oder die Narnia Reihe von C.S. Lewis, stellte ich in die hohen Walnussholzregale. Meine anderen Habseligkeiten verstaute ich in dem großen Schrank auf der anderen Seite des Zimmers. Als ich die Türen wieder schloss, begegnete ich meinem eigenen, argwöhnischen Blick in den Spiegeltüren.

Das Haar hing mir wie ein Vorhang ins Gesicht. Eine Angewohnheit, die ich schleunigst wieder abstreifen musste. Hier kannte mich niemand. Ein Umstand, den ich zu meinen Gunsten nutzen wollte. Keine teilnahmsvollen Blicke mehr, keine behutsamen Berührungen an meinem Arm, auf die ich inzwischen allergisch reagierte. Jede Geste erinnerte mich an das, was ich verloren hatte. Auf diese Weise war es Dad und mir unmöglich gewesen, auch nur ansatzweise darüber hinwegzukommen. Ich war bereit dazu, wieder zu lächeln, auch wenn ich nachts noch oft von Alpträumen gequält wurde.

Obwohl ich wieder leben wollte, suchte mich die Dunkelheit noch immer heim. Wenn ich mit meinen Gedanken allein war, konnte ich nicht umhin, über jenen unheilvollen Tag nachzudenken und mir wurde übel.

Doch damit war jetzt Schluss. Mom hätte nicht gewollt, dass ich mich länger verkroch, da war ich mir sicher. Entschlossen fasste ich mein hellbraunes Haar zu einem hohen Pferdeschwanz zusammen, um mein Gesicht freizulegen.

Neuanfang.

Gleich nachdem wir unsere Sachen ausgepackt hatten, stand eine kleine Stadtführung im Zentrum Heffields an. Grams wollte uns ihr Café zeigen und Dad würde sich in der Bibliothek vorstellen, deren Leitung er zu Beginn nächster Woche übernehmen würde.

Grandmas Café lag mitten an der Einkaufsstraße, die an diesem sonnigen Tag recht gut besucht war. Von ihr zweigten viele Passagen mit liebevoll eingerichteten Läden ab. Am Schriftzug *Betty's* war unschwer zu erkennen, welcher meiner Großmutter gehörte. Das Leuchtschild wirkte, als wäre es einem amerikanischen Diner entsprungen.

Genau wie ihr Heim war auch das Café kunterbunt eingerichtet – die gemusterten Sitzgelegenheiten stammten aus verschiedenen Garnituren, die Theke war bunt beladen und Schwarzweißfotografien von Hollywoodikonen wie Audrey Hepburn und Frank Sinatra hingen überall an den Wänden.

Da die Bibliothek nur wenige Minuten entfernt lag, schnappte sich Dad einen Kaffee zum Mitnehmen und sah sich bereits jetzt dort um. Ich dagegen ließ mich im *Betty's* herumführen und lauschte der Geschichte des Cafés. Grams hatte es eröffnet, nachdem ihr Mann, mein Großvater Arthur, gestorben war. Leider konnte ich mich kaum noch an ihn erinnern, sein Tod lag bald fünfzehn Jahre zurück. Grams erzählte mir, dass sie nach seinem Tod nicht gewusst hatte, was sie mit sich anfangen sollte. Also beschloss sie, ihrem Leben einen neuen Sinn zu geben und den Menschen einen Ort zu bieten, wo sie sich wohlfühlen und zu sich selbst finden konnten. In den letzten Jahren hatte sie ihre gesamte Energie in das Café investiert, ihr ganzes Herzblut war hineingeflossen.

„Es ist umwerfend, Grams“, sagte ich und blickte mich noch einmal um. Das Gesamtbild war einladend und ich konnte mir gut vorstellen, hier in Zukunft meine Zeit zu verbringen.

„Danke, das freut mich. So, bestell dir was du möchtest, es geht auf mich. Ich bin schnell noch einmal hinten, um die morgige Bestellung abzuschicken“, erwiderte Grams, trat durch die Klapptüren neben der Theke und verschwand in den Büroräumen.

Ich entschied mich für ein eisgekühltes Frappé und erntete von der Bedienung ein verständnisloses Kopfschütteln. Wahrscheinlich war eine heiße Schokolade bei den derzeitigen Temperaturen weitaus angebrachter, aber ich war den Winter leid. Das kühle Getränk schmeckte nicht nur vorzüglich, sondern erinnerte mich an den Frühling, den ich inbrünstig herbeisehnte. Sobald die Vögel anfingen zu singen, man von den ersten Sonnenstrahlen auf der Nase geweckt wurde und sich die Blumenknospen in Richtung Sonne öffneten, war ich um einiges fröhlicher gestimmt als in der Winterzeit. Und Fröhlichkeit konnte ich momentan echt gut gebrauchen.

Mit einem flüchtigen Nicken bedankte ich mich bei der Bedienung und machte mich auf den Weg zu den Fenstersitzen. Mit dem Frappé in der Hand und meinem Rucksack über der Schulter, balancierte ich zwischen den Tischen hindurch. Ich schob mich gerade hinter dem letzten Tisch entlang, als der Typ, der dort saß, plötzlich mit seinem Stuhl nach hinten rückte. Mein Fuß verkeilte sich mit dem Stuhlbein, ich riss erschrocken den Mund auf und verlor das Gleichgewicht. Gleichzeitig erhob sich der junge Mann ruckartig, stieß mit seinem Ellenbogen in meine Seite und aus meinem Straucheln wurde ein harter Fall auf den Boden. Ich stürzte aufs Steißbein und stöhnte vor Schmerz auf.

Das Glas ergoss sich mit seinem eisigen Inhalt über mir und zerschellte direkt neben mir in tausend Teile. Es ging so schnell, dass ich nicht einmal darüber nachdenken konnte, wie bescheuert ich wohl gerade aussah. Aller Wahrscheinlichkeit nach wie ein begossener Pudel. Bestürzt wanderte mein Blick an dem Übeltäter hoch.

Der Fremde fuhr sich mit der Hand durchs wirre Haar und blickte auf mich hinab. In seinen Augen sah ich ein überraschtes Flackern.

Er sah unglaublich aus mit seinen leicht hervorstehenden Wangenknochen, dem Grübchen auf der linken Seite seiner geschwungenen Lippen und den dichten Brauen über außergewöhnlich dunkelgrünen Augen. Er funkelte mich an und ich erkannte, dass er für einen kurzen Augenblick innehielt. Ich hob schon die Hand, in der Erwartung, dass er mir seine reichte, um mir aufzuhelfen, doch auf halbem Weg hielt ich inne. Er machte keine Anstalten, mir seine Hand zu reichen. Im Gegenteil.

Er fuhr sich erneut durchs Haar und vergrub die andere Hand in der Hosentasche seiner Jeans.

Sein Grübchen vertiefte sich.

Dann verzog sich sein Mundwinkel und entblößte eine Reihe gerader, weißer Zähne.

Er grinste. Ein schiefes, bezauberndes Grinsen, dem ich in jeder anderen Situation womöglich verfallen wäre. Jedoch war das hier keine dieser Situationen. Der Typ hatte mich umgestoßen und besaß allen Ernstes die Frechheit, mich auszulachen!

„Hoppla“, sagte er nach ein paar ellenlangen Sekunden. Dann wandte er den Blick ab, machte einen übertrieben großen Bogen um mich und die kalte Pfütze, für die er mit verantwortlich war, und verließ schnellen Schrittes das Café.

Vor Entrüstung blieb mir der Mund offen stehen. Dieses miese, kleine, eingebildete ... Das Türklimpern riss mich aus meiner Tirade jugendfreier Schimpfwörter und holte mich in die Wirklichkeit zurück.

„Hey, alles in Ordnung bei dir?“, fragte jemand neben mir.

Verwirrt schüttelte ich den Kopf und wandte mich dem Mädchen zu, das neben mir auf dem Boden hockte und die Sauerei aufwischte. „Ja, danke dir“, murmelte ich und blickte an meinem Körper hinab.

Mein Flanellhemd hatte erstaunlich wenig abbekommen, die Jeans dafür aber umso mehr.

„Oh, also von da drüben sah es weitaus schlimmer aus, glaub mir. Mach dir nichts draus, Gabriel ist zu jedem so“, sagte sie optimistisch.

„Also lässt er jeden am Boden liegen, den er umrennt?“, brummte ich und griff dann nach der Hand, die sie mir entgegen streckte. Erst nachdem ich mich über die pastellrosafarbene Schürze und den Handfeger in ihrer Hand wunderte, realisierte ich, dass sie die Bedienung war, die mein Getränk zubereitet hatte. Ihre Augen strahlten in einem warmen Dunkelblau, als sie mir zulächelte.

„Siehst du, so schlimm sieht es wirklich nicht aus.“ Mit einer Serviette begann sie, meinen Oberschenkel abzutupfen. Abrupt hielt sie inne. „Ich bin übrigens Meggie. Ich dachte, es wäre angebracht, dir meinen Namen zu sagen, bevor ich dir an die Wäsche gehe.“

Ich lachte. „Emma“, erwiderte ich. „Und danke fürs Aufhelfen.“

„Du bist Bettys Enkelin, stimmt's?“, fragte Meggie und wischte mit dem Tuch meine Rückseite ab. „Sie redet seit zwei Wochen von nichts anderem mehr, als von eurer Ankunft.“

Ein mulmiges Gefühl überkam mich. Smalltalk war definitiv eines der Dinge, die ich in den Monaten meiner Zurückgezogenheit verlernt hatte.

„Komm, ich mache dir ein neues Getränk“, meinte sie mit einem Nicken in Richtung des Tresens. Sie kehrte die Scherben zusammen und warf sie in den Mülleimer, der hinter der Theke stand.

Ich lief ihr hinterher und schenkte ihr ein dankbares Lächeln. Sie verstand sich wirklich darauf, neue Bekanntschaften zu schließen. Ich hätte Dad bitten sollen, mir einen Ratgeber mitzubringen. *Wie gehe ich auf Menschen zu?* oder *Smalltalk für Dummies* erschienen mir gute Titel.

„Betty hat erzählt, du wirst auch auf die Herford gehen?“

Meggie begann, erneut an dem Mixer herumzuhantieren, während ich mich auf einen der hohen Hocker neben der Theke hievte.

„Ja“, antwortete ich und ärgerte mich gleichzeitig darüber, dass mir nichts Geistreicheres einfiel, das ich erzählen konnte. Ich hatte mir meine zukünftige Schule bloß flüchtig im Internet angeschaut, seit ich meine Zugangsdaten bekommen hatte. „Du etwa auch?“

Sie schob mir ein neues Glas mit großer Sahnehaube über die Theke und nickte.

„Wie schaffst du es, um diese Uhrzeit zu arbeiten?“, fragte ich mit einem Blick auf die Uhr. An meiner alten Schule hatte ich jeden Tag mindestens bis zwei Unterricht gehabt, jetzt war es gerademal elf.

Meggie lehnte sich mit den Ellenbogen gegen die rot melierte Arbeitsfläche und seufzte. „Ich bin für eine ausgefallene Kollegin eingesprungen. Heute Mittag muss ich wieder zurück. Mathe“, meinte sie und tat, als müsse sie würgen.

„Oh nein“, bekundete ich mein Beileid. „Ich hatte gehofft, dass ich es abwählen könnte, aber leider muss ich mich zwischen Chemie und Mathe entscheiden. Ich weiß nicht genau, welches von beiden das kleinere Übel wäre“, meinte ich schulterzuckend.

„Ich hoffe für dich, dass du nicht in meinen Kurs kommst“, sagte Meggie und hob beschwichtigend die Hände, als sie meinen Blick sah. „Ich habe Ms Meyner und glaub mir, die willst du wirklich nicht haben. Vor allem, wenn du mit so wenig naturwissenschaftlichem Talent gesegnet bist wie ich."

Wieder entlockte sie mir mit ihrer offenen Art ein Grinsen.

„An meiner alten Schule habe ich einen Award für die schlechteste Leistung bekommen", erwiderte ich siegessicher.

„Ach wirklich? Hast du auch einmal eine so schlechte Arbeit geschrieben, dass der Lehrer sich geweigert hat, diese zu korrigieren?", gab sie zurück und grinste noch breiter.

„Was?", entfuhr es mir und ich hoffte inständig, dass ich nicht Ms Meyner bekommen würde. Meggie zuckte mit den Schultern.

„Ich habe versucht, die Gleichungen zu lösen, aber irgendwie kam nicht wirklich etwas dabei raus ... Also habe ich sie eben mit Blümchen verschönert."

Wieder lachte ich.

„Er geht aber nicht auf unsere Schule, oder?", fragte ich nach einer Weile mit einem Nicken in Richtung Tür, durch die der Fremde gestürmt war, nachdem er mich im Nassen sitzengelassen hatte. Seine unverschämt belustigte Stimme war mir im Gedächtnis geblieben. Nächstes Mal würde ich ihn nicht so leicht davonkommen lassen, so viel stand fest. Trotzdem durchfuhr mich bei Meggies Kopfschütteln ein kurzes Gefühl der Enttäuschung.

„Ich glaube, er geht aufs College. Aber lass bloß die Finger von dem“, sagte sie. Auf meinen fragenden Blick hin fuhr sie fort: „Sein Ruf ist nicht der beste, sagen wir einfach mal so. Er ist ein ziemlicher Aufreißer.“

Genauso hatte er ausgesehen, schoss es mir durch den Kopf. Das wirre Haar und sein Blick hatten verwegen gewirkt, draufgängerisch.

„Keine Sorge, ich werde mich in Acht nehmen“, meinte ich munter und schlürfte an der Sahnehaube meines Getränks.

Wenn ich diese Worte bloß auch so gemeint hätte.

In der ersten Nacht tat ich kein Auge zu. All die Geräusche kamen mir ungewohnt vor. Das Knarren der alten Dielen jagte mir alle paar Minuten eine Heidenangst ein und sogar die Luft fühlte sich anders an, irgendwie klarer. Die fremden Schatten im Zimmer wirkten wie grotesk entstellte Gestalten und ich fühlte mich wie ein kleines Mädchen, das aus Angst vor Monstern nicht einschlafen konnte. Irgendwann, nachdem ich mich stundenlang in den Kissen hin- und her gewälzt hatte, gab ich es auf und setzte mich mit angezogenen Knien vor das große Erkerfenster. Die

Nacht war sternenklar, keine einzige Wolke war am Himmel zu sehen. Ich fragte mich, ob in diesem Moment noch jemand anderes an seinem Fenster saß und die Sterne mit derselben Ehrfurcht betrachtete wie ich.

Irgendwann griff ich nach einem der Bücher meines Dads und schlief erst weit nach Mitternacht ein. Es war eine kurze, alptraumreiche Nacht, sodass mir beim morgendlichen Zähneputzen meine Augen müde aus dem Spiegel entgegenblickten. Die Ringe darunter musste ich auf jeden Fall überschminken. Ich wollte nicht, dass mich meine neuen Mitschüler für einen Vampir hielten.

Ganze drei Mal wechselte ich in verschiedene Outfits, um dann letztlich doch bei der üblichen Jeans, einem schlichten Cardigan und Chucks steckenzubleiben. So fühlte ich mich einfach am wohlsten.

Das Frühstück fiel mehr als üppig aus und verlief relativ still, da ich ziemlich aufgeregt war. Ich hatte mir zwar vorgenommen, den Tag gelassen anzugehen, aber das wollte momentan nicht so richtig funktionieren. Meine Coolness war abgeebbt. Meine Handflächen klebten und ich überlegte, noch einmal nach oben zu gehen und das Oberteil erneut zu wechseln.

Dad sah genauso nervös aus wie ich. Ständig schob er sich die Brille hoch, obwohl sie längst bei der Nasenwurzel angelangt war und sich kein Stückchen weiter nach hinten bewegte. Ich schluckte schwer und stocherte lustlos in meinem Rührei herum.

„Jetzt hört schon auf ihr beiden!", rief Betty mit einem Mal und riss die Hände in die Luft. „Ihr tut so, als wäre das gerade eure Henkersmahlzeit!"

„Aber das ist es doch auch", erwiderte mein Vater und zog sich eine imaginäre Schlinge um den Hals.

Ich schmunzelte und nippte an meinem Orangensaft.

„Um Himmels Willen, Bruno, jetzt stell dich doch nicht so an!", rief Grams. „Du sollst Emma ein Vorbild sein und sie nicht auch noch entmutigen."

„Ist schon okay, Grams." In Wirklichkeit war ich froh, dass mein Vater ebenso aufgeregt war. So war ich wenigstens nicht allein, und geteiltes Leid war bekanntlich halbes Leid. Oder so ähnlich.

„Ich weiß, dass es nie toll ist, die oder *der*", Grams kniff ihre Augen zusammen und strafte Dad mit einem tadelnden Blick, „Neue zu sein. Aber da müsst ihr beide heute nun mal durch. Morgen sieht die Welt schon wieder anders aus."

Grams füllte noch mehr Ei mit Speck auf meinen halbvollen Teller. Zum Glück konnte sie nicht sehen, wie Dad hinter ihrem Rücken eine Grimasse schnitt.

Meine alte Schule war nicht einmal halb so groß wie die Fassade, die jetzt vor mir in die Höhe ragte. Aus allen Richtungen strömten Schüler auf die Torflügel des Haupteingangs zu; manche gehetzt, andere eher schlendernd.

Die Herford war recht imposant und wirkte wie eine große Villa mit ihren weißen Säulen vor der Hauptfront. Ansonsten war die helle, teils vergilbte Fassade an manchen Stellen von Rissen und Unebenheiten geziert, was mir eher zusagte. Anders hätte es irgendwie zu perfekt gewirkt.

Nach einem Blick auf meine Armbanduhr stöhnte ich auf. Zum Unterrichtsbeginn war ich pünktlich, aber da ich meinen Stundenplan noch nicht hatte und ins Sekretariat musste, eilte ich durch den Haupteingang. Ich orientierte mich an den bunten Schildern, die mich mit Pfeilen zur Verwaltung leiteten und kämpfte mich mit meinem schweren Rucksack voller neuer Schulbücher durch die Gruppen von Schülern, die vor den Unterrichtsräumen warteten und mich im Vorbeihuschen mit hochgezogenen Brauen musterten. Ich musste wirklich merkwürdig aussehen, so wie ich so durch die Gänge hetzte. Inzwischen schnaufte ich vor Anstrengung. Wieso musste ich auch alle Bücher auf einmal mitschleppen? Als ich endlich am Ende des

Flurs die Tür mit der Aufschrift *Sekretariat* erkannte, atmete ich erleichtert auf.

Die Sekretärin, eine freundliche Frau in den Mittdreißigern, wusste über meine Ankunft Bescheid. Sie reichte mir meinen Stunden- und einen Lageplan, auf dem sie die verschiedenen Kursräume farbig markiert hatte. Ich bedankte mich just in dem Moment, als die Schulglocke mit einem ausgiebigen Klingeln das Zeichen für den Unterrichtsbeginn gab. Schnellen Schrittes machte ich mich auf den Weg zu dem Kursraum, in dem ich laut Stundenplan eine Doppelstunde Englisch hatte.

Als ich den Raum erspähte, huschte ich gerade noch hinter dem Lehrer hinein. Er hatte eine Halbglatze und war außerordentlich klein, dafür aber umso breiter. Seine Stimme klang unglaublich hoch. Als er mich der Klasse vorstellte, hob ich unbeholfen die Hand zum Gruß und fühlte mich dabei wie ein kompletter Idiot. Ich war froh, als er mich piepsig auf einen Platz im hinteren Drittel des Raumes verwies. Noch froher war ich, als ich meine Sitznachbarin erkannte.

„Guten Morgen!“, wisperte ich und erwiderte das breite Lächeln, mit dem Meggie mich begrüßte.

Heute trug sie ihr dunkles Haar offen und gewellt. Im Kontrast dazu wirkten ihre Augen noch blauer als bei unserer letzten Begegnung.

„Zeig mal deinen Stundenplan her", flüsterte sie zurück und schob ihren aufgeklappten Schulplaner zu mir herüber. Mir fiel ein Stein vom Herzen, als ich sah, dass mehr als die Hälfte unserer Kurse identisch war.

„Wieso hast du Bio gewählt?", fragte ich neugierig und schüttelte verständnislos den Kopf.

Meggie zuckte mit den Schultern. „Ich weiß noch nicht, in welche Richtung ich später gehen möchte, also dachte ich, es wäre vielleicht ganz hilfreich, du weißt schon ...", weiter kam sie nicht.

„Megan, es ist wirklich aufmerksam von Ihnen, dass Sie Emma unter Ihre Fittiche nehmen, aber gibt es etwas, das Sie der Klasse mitteilen möchten?", quiekte Mr Chapman.

Meggie verstummte mit einem ebenso verkrampften Gesicht wie ich und schüttelte den Kopf.

„Gut, dann würde ich Sie darum bitten, genauso euphorisch am Unterricht teilzunehmen, wie Sie über Ihren Stundenplan diskutieren können. Lesen Sie bitte Ihre Hausaufgaben vor!"

„Sehr gerne doch, Mr Chapman."

Ich warf ihr einen entschuldigenden Blick zu, doch sie lächelte bloß besonnen und begann, übertrieben enthusiastisch ihren Aufsatz über Hemingways *Der alte Mann und das Meer* vorzulesen.

Alles in allem war der erste Schultag besser als erwartet. Manche meiner Mitschüler erkannten mich am späten Vormittag bereits wieder und lächelten mir reserviert zu, was ich überschwänglich erwiderte. Meggie wich den halben Tag nicht von meiner Seite und stellte mich einigen Leuten vor. Ich versuchte inständig, mir alle Namen zu merken. Natürlich gab es die einen oder anderen Mädchen, die mich und mein doch eher schlichtes Outfit kritisch betrachteten und nach dem Vorbeigehen tuschelnd die Köpfe zusammensteckten, aber mit Meggie an meiner Seite ignorierte ich sie so gut es ging. Auf blöde Zicken konnte ich gut verzichten.

„Emma, richtig?“, fragte eine rauchige Stimme neben mir.

Ich drehte mich zu dem Jungen um, der neben meinem Spind stand und sich lässig dagegen lehnte. Sein halblanges Haar fiel ihm in aschfarbenen Locken in die Stirn und verdeckte somit einen Teil seines Gesichts. Seine Haut war, im Gegensatz zu den meisten Jungen aus meinen Kursen, erstaunlich rein und wirkte im Licht der Neonröhren im Flur fast schon transparent.

„Skander. Wir kennen uns aus Mathe“, meinte mein Mitschüler freundlich und blies sich eine Locke aus der Stirn.

„Ah, tut mir leid. Sind wahnsinnig viele Namen und Gesichter auf einmal heute."

Ich widerstand dem Drang, mir die Hand flach vor die Stirn zu hauen, als ich meinen Sitznachbarn aus dem Mathematikunterricht erkannte. Meggie saß mit den anderen Mädchen in der letzten Reihe, die leider wirklich überfüllt gewesen war, und neben ihm war der einzig freie Platz im ganzen Raum gewesen. Er war wirklich aufmerksam und hatte mir seine Notizen geliehen, damit ich mir den Stoff der letzten Wochen einmal ansehen und verinnerlichen konnte. Dass ich nicht lache. Er hatte sofort gesehen, was für ein absoluter Matheversager ich war, nachdem er meinen verstörten Gesichtsausdruck beim Anblick des Tafelbildes bemerkte.

„Kann ich mir vorstellen. Ich war Anfang des Jahres auch der Neue, von daher weiß ich, wie sich das anfühlt. Aber zu deiner Verteidigung: Vorhin hatte ich noch meine Brille auf. Ohne die erkenne ich den Kram an der Tafel nicht."

„Ach so, gut zu wissen", brachte ich zwischen zusammengebissenen Zähnen hervor und rüttelte erneut an meinem Spind, der sich immer noch nicht öffnen lassen wollte.

„Komm, lass mich mal", murmelte mein Mathesitznachbar mit seiner Reibeisenstimme und schob mich beiseite, um einmal kräftig gegen die Tür zu schlagen, die daraufhin sofort aufschwang.

„Danke dir." Ich stellte mich auf die Zehenspitzen und verstaute die schweren Bücher, die ich erst in der nächsten Woche wieder brauchen würde, in dem Schränkchen. „Also bist du auch erst vor Kurzem hergezogen?"

Skander nickte. „Ja. Ich hatte gehofft, nicht noch einmal die Schule wechseln zu müssen, aber es kommt irgendwie immer anders, als man es plant."

„Das kannst du laut sag...", weiter kam ich nicht, jemand rempelte im Vorbeigehen so heftig gegen mich, dass ich strauchelte. Mein Rucksack rutschte von meiner Schulter zu Boden und ich fluchte leise. Nicht schon wieder! Das war das zweite Mal, seit ich in Heffield angekommen war, dass mich jemand umrannte. Der Inhalt meines Rucksacks lag nun mitten im Haupteingang verteilt. Die Schüler machten einen großen Bogen um mich und meine Schulsachen. Ich blickte dem hochgewachsenen Mädchen nach, das sich im Vorbeigehen das Haar affektiert über die Schulter warf.

„Vielen Dank auch!", blaffte ich ihr hinterher und machte mich daran, meinen Kram wieder einzusammeln.

Vom Boden aus konnte ich sehen, wie das Mädchen auf dem Treppenansatz vor dem Ausgang stehenblieb und sich nun bedrohlich langsam umdrehte. Angesichts des hasserfüllten Ausdrucks, mit dem sie mich musterte, setzte mein Herz für einen Moment aus. Das lange schwarze Haar fiel ihr in leichten Wellen über den Rücken, ihre Ohren waren mit etlichen Piercings durchstochen und ihre Augen mit dunklem Eyeliner betont. Sie trug die höchsten Schuhe, die ich jemals zu Gesicht bekommen hatte und ich fragte mich, wie es ihr möglich war, mit den Teilen herumzulaufen, ohne auszurutschen und sich das Genick zu brechen.

„Wie bitte, Schätzchen?", fragte das fremde Mädchen leise und kam auf mich zu.

Es war, als stünde die Zeit für einen Moment still. Ich wurde mir meines eigenen Pulses bewusst, der immer schneller pochte und zu einem Hämmern mutierte. Mit einem Mal war der Knoten in meiner Brust wieder da. Er zog sich krampfhaft zusammen und ich rang nach Atem.

Nein, nicht jetzt, bitte nicht hier vor allen Leuten, schoss es mir durch den Kopf und ich wich einen Schritt vor dem Mädchen zurück, dessen Blick mich weiter durchbohrte.

„Schätzchen, sie hat es leider nicht geschafft", hallte die Stimme meiner ehemaligen Rektorin in meinem Kopf wider und ich keuchte auf. Mein Herz schlug völlig unkontrolliert und ich brach in kalten Schweiß aus. Schwindel ergriff Besitz von meinem

Bewusstsein und die Luft, nach der ich schnappte, schien nicht in meinen Lungen anzukommen.

„Emma?“, erklang Skanders Stimme aus weiter Ferne.

Er fasste mich vorsichtig am Arm, genau wie Mrs Campbell es damals getan hatte, und mich durchfuhr ein sengender Schmerz, der mich zurückweichen ließ. Ich taumelte durch den Flur, bloß weg von meinen Mitschülern. Niemand durfte sehen, was gerade mit meinem Körper geschah.

Mit verschleiertem Blick suchte ich die Türen ab und versuchte, die Mädchentoilette ausfindig zu machen. Ich wankte weiter, krallte mich haltsuchend an die Wand neben mir und prallte schließlich mit dem Rücken gegen die Tür des nächstgelegenen Klassenraums. Der letzte Sauerstoff wurde aus meinen Lungen gepresst und mit einem Mal verschwammen die Geräusche um mich herum zu einem undeutlichen Rauschen. Meine Knie zitterten und drohten nachzugeben, doch merkwürdigerweise blieb der schmerzhafte Aufprall aus.

„Ich habe nichts gemacht, wirklich, sie ist einfach …“

„Ich sagte, geh ins Auto. Ich komme nach“, erklang eine verärgerte Stimme dicht an meinem Ohr.

Das Rauschen verschwand und ich spürte, wie sich unter meinem Körper auf einmal doch ein fester Boden befand, auch wenn sich noch immer alles um mich herum drehte. Erneut schnappte ich hysterisch nach Luft.

„Nein, nicht", hörte ich die Stimme wieder, diesmal ganz samtig. „Die Luft muss deine Lunge erreichen. Beruhige dich. Schließ die Augen. Atme durch die Nase ein, durch den Mund aus."

Ich versuchte es, doch mein Körper zitterte noch immer durch die Nachbeben der Panikattacke und gehorchte mir nicht so, wie ich es wollte.

„Langsam. Immer mit der Ruhe, ich zeige es dir."

Die Stimme befand sich ganz dicht neben meinem Ohr und klang wie fließender Honig. Es ertönte einen leiser, tiefer Atemzug, der über meine Haut fuhr und an meinem Hals kitzelte.

„Und jetzt mach es nach. Ganz ruhig, dir passiert nichts."

Wieder ertönte das leise Atmen und diesmal ahmte ich es nach. Dann wieder. Und noch einmal. Nach einer Weile beruhigte sich mein Kreislauf und ich nahm die Welt um mich herum wieder deutlicher wahr. Der Druck auf meiner Brust ließ nach und ich versuchte, mich vorsichtig aufzusetzen.

Ich befand mich in dem Klassenraum, in dem ich wenige Stunden zuvor Englischunterricht gehabt hatte und saß auf einem der Tische in der ersten Reihe, direkt vor der mit Kreide vollgeschriebenen Tafel. Ich blickte mich nach allen Seiten um, doch von meinem Retter keine Spur. Außer mir befand sich niemand in dem Raum. Ich war allein.

2 Kapitel

Die nächsten Schultage endeten weitaus vergnüglicher, auch wenn mir der Unterricht einiges abverlangte. Gott sei Dank sprach sich der Vorfall mit meiner Panikattacke nicht herum, denn sonst hätte ich wahrscheinlich längst den Ruf einer Verrückten. Wer mein mysteriöser Retter war, wusste ich immer noch nicht. Skander war es jedenfalls nicht gewesen. Ich hatte ihn am nächsten Morgen abgefangen und ausgefragt, doch er schien nicht zu wissen, wovon ich sprach. Er tat einfach so, als wäre nichts geschehen, was wirklich taktvoll war und ihn noch sympathischer machte.

„Kommst du heute Abend auch mit?“, fragte er mich in Mathe und schob sein Heft ein Stückchen weiter in die Mitte des Tisches, sodass ich seine Lösungen mit meinen vergleichen konnte. Natürlich hatte ich wieder irgendwo in der ellenlangen Ableitung, die mehr aus Buchstaben, als aus Zahlen bestand, irgendeinen Fehler gemacht, der mich in einer Arbeit wahrscheinlich mehr als die Hälfte der Punkte gekostet hätte. Ich stöhnte auf und biss auf meinen

Kugelschreiber, als ich plötzlich realisierte, dass er mich etwas gefragt hatte.

„Was?“, gab ich verdattert zurück und erntete ein schiefes Grinsen.

„Heute Abend gehen wir mit ein paar Leuten ins *Divas*. Das ist die coolste Bar hier in der Gegend“, wiederholte er und sah mich erwartungsvoll an, wobei ihm wieder eine seiner Locken in die Stirn fiel.

„Ich glaube, Meggie hat schon irgendwas mit mir vor. Meint ihr zufällig dieselbe Bar?“, gab ich leise zurück.

„Ms Parker, wenn Sie ein Problem mit dem Stoff haben, dann sagen Sie es ruhig!“, forderte mich Ms Meyner mit donnernder Stimme vor der gesamten Klasse auf und ich zuckte zusammen. Ich konnte spüren, wie mir das Blut ins Gesicht schoss und versank noch ein kleines Stückchen tiefer unter meinem Tisch.

Ob sich Ms Meyner wirklich um meine Mathekenntnisse sorgte oder schlicht ein bösartiger Mensch war, wusste ich nicht genau. Ich entschied mich für letzteres und starrte auf die unzähligen Buchstaben an der Tafel.

„Nein, vielen Dank Ms Meyner“, murmelte ich angestrengt. Einige Mitschüler fingen an, hinter vorgehaltener Hand zu kichern, andere wiederum äußerten ihr Mitgefühl, indem sie hinter dem Rücken der bulligen Lehrerin die Gesichter verzogen.

Skander schob sein Heft noch ein Stück in meine Richtung und ich erhaschte einen weiteren Blick auf seine akkurat aufgestellte Lösung. Trotzdem verstand ich kaum etwas von dem, was sich an der Tafel abspielte. Ms Meyner bedachte mich mit einem kritischen Blick und rieb sich mit der Hand das Kinn.

„Ich vermisse die Zeiten, in denen man nur mit Zahlen gerechnet hat. Buchstaben gehören in den Englischunterricht, verdammt nochmal. Davon wird mir noch schwindelig“, zischte ich Skander zu, der anfing zu glucksen.

„Es ist gar nicht so schwer. Man muss nur einmal den Dreh rausbekommen, dann geht es wie von selbst.“

Von selbst. Sicherlich.

„Willst du das wirklich anziehen?“, fragte Meggie und rümpfte die Nase.

„Was ist an meinem Outfit verkehrt? Ich dachte, du sagtest, wir gehen in eine Bar“, erwiderte ich und blickte an mir herunter.

Sie hatte gut reden. Mit ihren ellenlangen Beinen besaß sie die Figur eines Models. Zwar war ich nicht dick, aber ich war klein, hatte Kurven und war außerdem nicht besonders sportlich. Na gut, ich war ein paar Jahre lang im Schwimmverein gewesen und hatte auch ein bisschen getanzt, aber das war mittlerweile Jahre her und viele Muskeln waren davon nicht übrig geblieben.

„Aber jetzt habe ich die ganzen Kleider mitgebracht.“ Meine neue Freundin schob ihre Unterlippe vor. „Probier’ doch wenigstens eins an!“

„Ist ja schon gut, hör auf zu schmollen!“, rief ich und griff nach dem erstbesten Kleidungsstück vom Haufen auf meinem Bett, der größtenteils aus bunten Kleidern meiner Freundin bestand. Sie hatte tatsächlich ihren halben Kleiderschrank dort aufgetürmt.

Als Meggie am frühen Abend mit zwei prallvollen Tüten und einem Kosmetikkoffer vor unserer Haustür stand, dachte ich im ersten Moment, sie wolle mich auf den Arm nehmen. Aber nein, wie sich herausstellte, war das angedrohte Make-Over ihr vollkommener Ernst gewesen. Nicht nur, dass sie unzählige Kleider auf meinem Bett verteilt hatte, nein, sie hatte auch einige Heißgeräte für das Haarstyling mitgebracht, die meiner Meinung nach eher nach Foltergeräten aussahen. Bei den Frisuren, die Meggie täglich trug, brauchte ich mich jedoch nicht zu wundern. Auch heute sah sie wieder aus, als sei sie einem Fünfzigerjahre-Magazin entsprungen.

Als ich aus dem Bad trat, begutachtete meine Freundin mich weitaus wohlwollender. Das Kleid war schwarz, enganliegend und ein kleines Stückchen zu lang. Da mich Meggie um knapp einen Kopf überragte, war das auch kein Wunder.

„Siehst du, das passt doch ganz wunderbar!“, rief sie begeistert und machte sich daran, den Saum ein wenig nach innen zu krempeln, damit es knapp über den Knien endete. „Voilà!“

Vor dem Spiegel fummelte sie mir vorsichtig das Band aus dem Haar, woraufhin meine Mähne glatt herabsank.

„Manchmal wünschte ich, meine Haare wären auch so seidig glatt“, schwärmte sie und zupfte unzufrieden an ihren eigenen dunklen Spitzen herum.

„Wir können gerne tauschen“, bot ich ihr an. Liebend gern hätte ich ihren voluminösen Schopf gehabt statt meinen aalglatten, dessen undefinierbare Farbe irgendwo zwischen braun und blond schwankte.

„So, was wollen wir denn heute mit deinen Haaren anstellen? Ich habe einen neuen Lockenstab dabei und würde vorschlagen, wir benutzen den, wenn es dir nichts ausmacht?“

Erleichtert darüber, dass Meggie mir diese Entscheidung abnahm, nickte ich und beobachtete sie dabei, wie sie ein wenig Schwung in mein Haar brachte. Danach schminkte sie mich und drehte mich wenig später mit dem Stuhl wieder in Richtung des Spiegels. Ich war baff.

Meine bernsteinfarbenen Augen funkelten mir katzenhaft entgegen, die Lippen schimmerten beerenfarben und das Haar war zu Wellen frisiert, die mein Gesicht umrahmten. Zusammen mit dem kleinen Schwarzen gab ich wirklich keinen schlechten Anblick ab.

„Wow, ich sehe toll aus“, rutschte es mir raus. Ich erwiderte das Grinsen im Spiegel, mit dem Meggie mich von hinten bedachte. Sie legte mir die Hände auf die Schultern und zwinkerte mir zu.

„Du siehst rattenscharf aus“, sagte sie. „Auch wenn ich an deiner Stelle ein etwas farbenfroheres Kleid genommen hätte. Und nicht gerade diese Schuhe“, sie betrachtete meine Chucks mit einem erneuten Naserümpfen, „aber ich bin mir sicher, alle werden dich in Erinnerung behalten.“

Als ich die lange Schlange vor der Bar sah, war ich froh, dass Meggie mich zu dem Kleid gezwungen hatte. In einer Jeans wäre ich doch recht underdressed gewesen. Jedes der Mädchen in der Reihe vor mir war herausgeputzt, die meisten trugen sogar High Heels.

„Ich dachte, es wäre bloß eine Bar“, wisperte ich meiner Klassenkameradin zu, als wir uns hinter ein paar Jungs aus unserem Jahrgang in die Schlange reihten.

„Es ist eben eine sehr gute Bar“, gab Meggie verschwörerisch zurück.

Okay, jetzt war ich wirklich gespannt.

Nach einer Weile waren wir endlich bei einem bulligen Türsteher angekommen, der mit ernstem Gesichtsausdruck unsere Ausweise prüfte und uns schließlich Einlass gewährte.

Meggie hatte wirklich nicht übertrieben. Im Gegensatz zum Äußeren des brüchigen Backsteingebäudes war das Innere kein bisschen heruntergekommen. Über dem rustikal gehaltenen Bartresen, der sich über die komplette Längsseite des Raumes zog, hingen diverse Kronleuchter. Die unzähligen Flaschen dahinter reflektierten das Licht der kleinen Tanzfläche, die direkt dahinter angrenzte und auf der sich schon einige Leute zu einem ruhigeren Rocksong hin- und herwiegten.

„Schick oder?“, fragte Meggie und hakte sich bei mir unter.

Wir zwängten uns am Tresen vorbei in Richtung der Feuerleitertreppen, die in die obere Etage führten.

„Hi Leute“, rief sie in die Runde. „Die meisten von euch kennen Emma ja bereits vom Sehen. Seid lieb zu ihr!“

Ich hob die Hand zum Gruß und lächelte den drei Jungs und zwei identisch aussehenden, blonden Mädchen mit Rehaugen freundlich zu. Meggie und ich quetschten uns zwischen Skander und die Zwillinge, die auf die Namen Steph und Judy hörten. Der breitschultrige Kerl mit den dunkelbraunen Haaren auf dem Sessel mir schräg gegenüber hieß Marcus, der schmächtige Blonde neben ihm war Chris.

Es war wirklich ein toller Abend. Mit Judy und Steph sprach ich über Mr Chapman, den sie liebevoll Mr Chipmunk nannten, und wir unterhielten uns über den anstehenden Shakespeare Aufsatz, woraufhin Meggie irgendwann einstieg und versuchte Shakespeare Zitate in Mr Chapmans hoher Tonlage zu imitieren. Ich hatte lange nicht mehr so gelacht.

„Hey Neue. Möchtest du auch was trinken?“ Skander beugte sich zu mir und sah mich aus seinen dunklen Augen fragend an. Ich studierte zusammen mit den Mädels eine Weile die Karte und entschloss mich schließlich für irgendeinen bunten Cocktail, der heute im Angebot war.

„Danke“, rief ich ihm hinterher, als er sich aufmachte, um die Getränke zu bestellen. Auch an diesem Abend trug er ausschließlich dunkle Farben. Mir war schon in der Schule aufgefallen, dass er nur schwarze Kleidungsstücke besaß. Mit seinen engen Jeans und dem Band-Shirt passte er wirklich gut hier her.

„Ist er immer so freundlich?“, fragte ich die anderen neugierig, nachdem sie ihm eine Weile lang verträumt nachgesehen hatten. Die Zwillinge nickten energisch.

„Zuvorkommend, gutaussehend, witzig", seufzte Steph und stützte sich mit dem Kinn auf ihren Händen ab.

„Ich habe gehört, er soll etwas mit Katie haben", flüsterte Judy daraufhin entrüstet und blickte mit hochgezogenen Augenbrauen in Marcus' Richtung.

„Katie ist Marcus' Schwester", erklärte Meggie leise. „Und", fuhr sie an Judy gewandt fort, „ich glaube nicht, dass da was läuft."

Die Zwillinge blickten sich an und wandten sich dann wieder an mich. „Hast du denn schon ein Objekt der Begierde gefunden?", fragte Steph neugierig.

Sofort sah ich die dunkelgrünen Augen des Fremden vor mir, der mich an meinem ersten Tag meiner Ankunft in Heffield umgestoßen hatte und verfluchte mich sofort innerlich. „Nein", sagte ich. „Erzählt mir lieber von euren Schwärmen", fügte ich hinzu, als sich Enttäuschung in ihren Mienen breitmachte.

„Meggie ist schon seit Jahren in Marcus verschossen", platzte Judy heraus und fing sich einen Boxschlag gegen die Schulter ein.

„Pscht!", zischte Meggie und hielt sich den Finger vor die Lippen. „Das muss nicht jeder wissen."

Mein Blick schweifte zu Marcus, der lässig am Geländer lehnte und sich mit Chris und einem anderen Jungen unterhielt, den ich nicht kannte.

„Und?“, fragte ich, doch Meggie blickte mich bloß perplex an. „Ich meine, was hast du vor, um ihn zu erobern?“

Entwaffnet hob sie die Hände und schüttelte den Kopf. „Ich kann ihn nicht erobern, Emma, dafür sind wir zu gut befreundet. Das kann niemals gutgehen“, sagte sie und ich hörte das Bedauern, das in ihrer Stimme mitschwang.

„So ein Quatsch“, widersprach ich. „Meine Eltern waren jahrelang beste Freunde, bis Mom Dads Werben endlich nachgegeben hat.“

Steph klatschte erfreut in die Hände.

„Das sage ich ihr auch schon die ganze Zeit! Emma, sag ihr bitte, dass deine Eltern noch unfassbar glücklich miteinander sind.“

Ich erstarrte.

Es war mir einfach rausgerutscht, ohne dass ich darüber nachgedacht hatte. Mühsam schluckte ich und setzte zu einer Antwort an, doch die Worte wollten meinen Mund nicht verlassen. Ich spürte, wie sich die nächste Atemnot anbahnte und verkrampfte die Hände. Mein Herz begann von jetzt auf gleich zu rasen und in meiner Brust verengte es sich schmerzhaft. Abrupt erhob ich mich von dem Ledersofa und murmelte irgendeine unverständliche Entschuldigung. Schnellen Schrittes hastete ich die Treppen zur unteren Etage hinunter und stolperte mehrmals über meine eigenen Füße. Die stickige Luft sorgte dafür, dass sich die Enge in meinem Brustkorb weiter zusammen zog. Ich musste so schnell wie möglich hier raus!

Verschwommen erkannte ich neben dem Tresen eine metallene Tür, über der ein Notausgangsschild leuchtete. Von Panik bestimmt riss ich sie auf und stolperte hinaus in die kalte Nachtluft.

„Die Luft muss deine Lunge erreichen. Beruhige dich. Schließ die Augen. Atme durch die Nase ein, durch den Mund aus", rief ich mir die Stimme meines Retters vom ersten Schultag ins Gedächtnis und konzentrierte mich auf meine Atemzüge. Die Panik ebbte langsam ab und ich lehnte mich erschöpft gegen das Backsteingemäuer. Meine Beine fühlten sich an wie Gummi.

Das war bereits die zweite Panikattacke in dieser Woche. Wie lange würde es dauern, bis das endlich aufhörte? Wann würden die anderen herausfinden, was mit meiner Mom geschehen war? Wie lange würde es dauern, bis ich meine Mauern endlich ablegte und über diese mich von innen heraus zerfressende Dunkelheit hinweg kam?

„Na Hübsche, ganz allein hier?“, fragte jemand plötzlich von der Seite. Ich brachte nicht einmal mehr die Kraft auf, zusammenzuzucken.

Ich drehte mich zu dem Typen um, der durch den Hinterausgang herausgekommen war und mich verschleiert anblickte. Seine Geheimratsecken reichten bis zur Mitte seines Schädels, zwischen den gelben Zähnen ragte eine Zigarette hervor und seinem Geruch nach zu urteilen, hatte er bestimmt seit drei Tagen nicht mehr geduscht. Beherrscht schüttelte ich den Kopf und machte mich auf den Rückweg zu meinen Freunden. Doch kurz bevor ich den Hinterausgang erreichte, stellte sich der stinkende Kerl vor mich und versperrte mir den Weg. Ich machte einen Schritt nach links. Grinsend tat er es mir nach.

„Lass mich durch“, sagte ich mit fester Stimme und unternahm erneut den Versuch, mich an ihm vorbeizuschlängeln. Für ein solches Spielchen fehlte mir die Kraft.

Der wandelnde Gestank legte seine Finger um meinen Arm und hielt mich fest. Meine Nackenhaare stellten sich auf. Mit einem Mal war ich mir der Kälte hier draußen bewusst und ich erschauerte.

„Wieso hast du es so eilig? Bleib doch noch ein bisschen bei mir“, lallte der Betrunkene und seine Hand um meinen Arm drückte fest zu.

„Nein, danke“, gab ich zwischen zusammengebissenen Zähnen zurück und versuchte, mich aus seinem eisernen Griff zu befreien. Seine dicken Finger hatten sich wie ein Schraubstock um mein Handgelenk geschlungen.

„Du denkst also, ich bin deine Gesellschaft nicht wert? Hältst du dich für was Besseres?“ Das Grinsen auf seinem Gesicht war wie weggewischt und der Ausdruck in seinen zusammengekniffenen Augen begann, mir Angst einzujagen.

„Lass mich los!“, zischte ich und machte einen Satz zurück.

Mühelos zog er mich an sich, sodass ich seinen Atem auf meiner Wange spüren konnte. Ich drehte mein Gesicht weg und kämpfte weiter gegen seine viehischen Kräfte.

„Einen Scheiß werde ich. Machst einen auf Kratzbürste, aber in Wirklichkeit willste es doch“, knurrte er dicht an meinem Ohr.

Mit meiner freien Hand holte ich aus, um dem Ekelpaket eine zu scheuern. Im Nu wich er aus und ich streifte mit meinen Fingerspitzen bloß seine Kehle. Er lachte herzlos und Tropfen seines Speichels landeten in meinem Gesicht.

„Das war schon alles? Komm schon, du hast doch sicher noch mehr drauf, kleine Kratzbürste.“ Sein Grinsen wurde von Sekunde zu Sekunde breiter und wirkte im gedämmten Licht der Gasse wie eine entstellte Maske.

Erneut nahm ich all meine Kraft zusammen und ballte meine Hand zu einer Faust, um sie ihm gegen den Kehlkopf zu schlagen. Das war die einzige Selbstverteidigung, die aus der Doppelstunde Sport in der achten Klasse in meinem Kopf hängengeblieben war. Das und natürlich der saftige Tritt zwischen die Beine.

„Nimm deine Finger von ihr“, erklang es so leise und bedrohlich, dass sich auf meinem Körper eine Gänsehaut ausbreitete. Die Stimme war nur ein Knurren, das kaum menschlich wirkte. Meine Faust hielt mitten in der Luft inne und ich versuchte, mich umzudrehen. Der Versuch scheiterte an der unnachgiebigen Hand auf meinem Unterarm.

„Wer hat dich gefragt, Frauenheld?“, plärrte der Betrunkene vor mir.

Dann geschah alles ganz schnell. In rasender Geschwindigkeit schoss eine Hand hinter mir hervor, in der nächsten Sekunde war ich befreit und schwankte zur Seite. Mein Retter hatte sich vor dem Kerl aufgebaut. Obwohl er ein Stück kleiner war, strahlte er so viel Autorität aus, dass sein Gegenüber schwer schluckte. Dankbar betrachtete ich die matte Lederjacke von hinten.

„Ich weiß, dass du versucht hast, deinen Charme auszuspielen, aber nicht jedes Mädchen fühlt sich von stinkenden Alkoholikern angezogen. Wenn ich noch einmal sehe, dass du jemanden anfasst, dem deine körperliche Nähe deutlich missfällt, kann ich für nichts garantieren." Der überaus ruhige Tonfall war furchteinflößender, als wenn er die Worte geschrien hätte.

„Ist ja gut, ist ja gut! Ich dachte, sie bräuchte Gesellschaft, also bin ich einfach ...", fing der Rüpel an sich zu rechtfertigen, doch mein Befreier unterbrach ihn.

„Haben wir uns verstanden?", fragte er und machte einen Schritt auf den Betrunkenen zu, der sofort zurückwich.

„Ich wusste nicht, dass sie deine Freundin ist, wirklich nicht", murmelte der Mann und riss beschwichtigend die Hände in die Luft. Dann drehte er sich auf dem Absatz um und torkelte in die Nacht. Bevor er um die Hausecke verschwand, warf er einen gehetzten Blick in Richtung meines Retters. Dieser jedoch kümmerte sich nicht weiter um ihn, sondern drehte sich gelassen zu mir um.

Mir stockte der Atem.

Ich blickte in das wohlgeformte Gesicht eines jungen Mannes. Die Wangenknochen waren markant und der Ansatz eines amüsierten Lächelns zierte seine geschwungenen Lippen. Das braune Haar war strubbelig und schimmerte im Licht der Straßenlaternen rötlich.

Vor mir stand Gabriel, dieser Idiot, der mich im Café meiner Großmutter umgerannt hatte und funkelte mich aus dunkelgrünen Augen an. „Alles okay bei dir?“

Völlig perplex starrte ich ihn an. Erst rannte er mich um, ließ mich am Boden liegen, lachte mich aus und jetzt beschützte er mich von einem betrunkenen Rüpel? Dachte er etwa, ich hätte unsere letzte Begegnung vergessen? Ich unterdrückte ein verächtliches Schnauben.

„Hoppla“, ahmte ich seinen lahmen Spruch nach.

Als ich mich zum Gehen wandte, fasste er mich sanft am Handgelenk. Die Berührung durchfuhr mich wie ein Stromschlag und ich zuckte zusammen. Seine raue Hand jagte Blitze durch mein Nervensystem. Alles um mich herum entglitt zu undeutlichen Schemen, sodass nur noch seine Berührung existierte. Nur *er* existierte noch. Und obwohl ich von der Magie des Augenblicks völlig überwältigt war, riss ich mich los. Es konnte doch nicht sein, dass dieser Arsch mich von dem Betrunkenen befreite, bloß um dann selbst Hand anzulegen. Wobei seine Berührung nicht derartig fordernd gewesen war. Nein, das war sie ganz und gar nicht.

„Habe ich so einen schlechten Eindruck hinterlassen?“, erklang seine melodische Stimme hinter mir.

Ich drehte mich um und funkelte ihn an. „Ja, hast du.“

Nun, da wir uns auf fast derselben Augenhöhe befanden, konnte ich erkennen, dass die Iris seiner grünen Augen von einem goldenen Kranz umrahmt war. Sein Blick schillerte wie Smaragde bei Sonnenaufgang.

„Wahrscheinlich besser so“, murmelte er ohne jegliche Ironie, wandte seine Augen jedoch nicht von mir ab. Sein Blick war unergründlich.

„Wie kryptisch.“ Ich verschränkte die Arme vor der Brust. „Das wäre übrigens nicht nötig gewesen.“

„Wäre nicht ein Dankeschön angebracht?“, schmunzelte er.

Meine Augenbrauen schossen in die Höhe.

„Es muss toll sein, den Retter zu spielen. Man kann dir ansehen, dass du deinen Spaß hast. Aber ich hätte die Situation auch ohne deine Hilfe überstanden“, gab ich zurück.

„Ich habe eine Schwäche für Mädchen in Not.“ Er presste sich die Hand aufs Herz und die Kerbe seines Grübchens vertiefte sich.

Diesmal konnte ich ein Schnauben nicht unterdrücken.

„Das glaube ich dir gerne“, sagte ich. „Allerdings sah das beim letzten Mal eindeutig anders aus.“ Diese Bemerkung konnte ich mir einfach nicht verkneifen. Er sollte nicht mal ansatzweise denken, dass ich so schnell vergessen würde, wie er mich liegengelassen hatte.

„Beim letzten Mal?“, fragte er stirnrunzelnd und ich konnte einen irischen Akzent aus seiner Stimme heraushören.

Als er mich ansah, begann meine Haut zu kribbeln. In seinem Blick erkannte ich eine unausgesprochene Frage und stutzte.

Der Kerl hatte mich doch tatsächlich nicht erkannt! Kein Wunder bei der Schminke, dem geliehenen Kleid und der wilden Frisur, die eigentlich das komplette Gegenteil von dem war, was ich sonst trug. Wahrscheinlich sah ich heute um Klassen besser aus als vor knapp einer Woche im *Betty's*.

Also hatte er mir nur deshalb geholfen. Weil ich zurechtgemacht war und er dachte, dass er den Helden in der Not spielen konnte, um bei mir zu punkten. Doch ich wusste es besser. Sein arrogantes Verhalten hatte ich nicht vergessen.

Bevor ich ihn zurechtweisen und mich offenbaren konnte, öffnete sich die Hintertür der Bar mit einem Quietschen.

„Ich habe überall nach dir gesucht! Kannst du mir beim nächsten Mal Bescheid geben, wenn du dich einfach aus dem Staub machst?!“

Ich drehte mich um und erschrak, als ich in die vor Wut blitzenden Augen der schwarzhaarigen Schönheit meiner Schule blickte. Auch heute trug sie wieder Schuhe mit mörderisch hohen Absätzen und überragte mich bei Weitem, war fast noch größer als Gabriel.

„Ava, geh zum Auto. Ich komme nach“, erwiderte Gabriel und seine Stimme verstärkte das Kribbeln, das mich durchfuhr. Dann fiel es mir wie Schuppen von den Augen.

Ich sagte, geh ins Auto. Ich komme nach.

Derselbe Wortlaut. Dieselbe samtige, nach Honig klingende Stimme.

Mein Blick schweifte zwischen den beiden hin und her, bis er bei Gabriel hängenblieb. Er erwiderte ihn mit einem Argwohn, den ich nicht deuten konnte.

Das Mädchen atmete übertrieben laut aus und tippte mit einer Schuhspitze ungeduldig auf den Boden. Gabriel knurrte und murmelte etwas Undeutliches. Schließlich sah er mich noch einmal an, bevor er sich zum Gehen wandte und mit meiner Widersacherin durch die Hintertür verschwand. Es fühlte sich an, als fliehe er vor mir und den Fragen, die mir mit Sicherheit ins Gesicht geschrieben standen.

3 Kapitel

In dieser Nacht erwies sich das Einschlafen mehr als schwierig. Über eine Stunde lang wälzte ich mich unruhig im Bett umher, bevor ich mich dazu entschloss, es mir mit einem Buch am Fenster gemütlich zu machen. Allerdings kreisten meine Gedanken weiter um Gabriel und ich konnte mich kaum auf die Buchstaben vor meinen Augen konzentrieren. Stattdessen erwischte ich mich mehrmals dabei, wie ich immer wieder den gleichen Satz las, ohne auch nur eines der Worte zu verstehen.

Alles, was an diesem Abend geschehen war, rückte in den Hintergrund, sobald ich mich an seine elektrische Berührung erinnerte. Vorsichtig strich ich über mein Handgelenk. Was war das für eine Energie gewesen, die durch meinen Körper geströmt war?

Langsam. Immer mit der Ruhe, ich zeige es dir.

Ich war mir sicher, dass er derjenige war, der mir im Klassenraum beruhigend zugeraunt hatte.

Ich habe eine Schwäche für Mädchen in Not.

So schnell wie mir der Gedanke gekommen war, verschwand er auch wieder. Gabriel konnte es nicht gewesen sein. Der arrogante Schnösel, der mich umgerannt und jeglichen Blickkontakt vermieden hatte, und mein Retter mit der engelsgleichen Stimme konnten nicht ein- und dieselbe Person sein.

Ich ließ mich in die Kissen fallen und setzte meine Kopfhörer auf. Musik half mir meist dabei, meine Gedanken abzuschalten und die Welt für einen Moment zu vergessen.

Es gab eindeutig wichtigere Dinge, als sich über Gabriel den Kopf zu zerbrechen. Beispielsweise die Panik, die mich überfallen hatte, als ich vor meinen neuen Freunden über meine Eltern gesprochen hatte. Ich legte das Buch beiseite und schlang die Arme um die Knie.

Zwar fühlte ich mich wohl hier und freute mich über die Bekanntschaften, die ich bereits geschlossen hatte, aber trotzdem sah es in meinem Inneren nicht nach Frieden aus. Ich konnte die Dunkelheit fühlen, die mir noch immer die Brust zuschnürte, sobald ich an Mom dachte oder versuchte, über sie zu sprechen. Würde das jemals aufhören?

Mein Blick wanderte über die dunklen Baumspitzen des Waldes. Als sich die ersten Sonnenstrahlen durch den bewölkten Himmel kämpften, fiel ich in einen unruhigen Schlaf. Ich träumte von tiefgrünen, schillernden Augen.

„Genau, und nach dem Reinschieben noch einmal auf die Taste für die Dampfdüse drücken, damit sie schön saftig bleiben, aber sonst hätten wir's jetzt. Was meinst du?", fragte Meggie und ich schob das Blech mit Cupcakes in den riesigen Backofen.

Grams hatte mich gefragt, ob ich Lust hätte, stundenweise im Café auszuhelfen. Eine der Kolleginnen war im Mutterschaftsurlaub und so mussten die anderen inzwischen Doppelschichten einlegen. Mit Freuden sagte ich zu, mein Bücherkonsum musste schließlich finanziert werden und ich war es gewohnt, für mein Taschengeld zu arbeiten.

Ich nickte, um Meggie zu verdeutlichen, dass ich die Funktionen des Ofens verinnerlicht hatte. Daraufhin führte sie mich zur Kasse und erklärte mir mit ein paar kurzen Sätzen, welche Nummern den einzelnen Getränken zugewiesen waren. Zuletzt lief sie mit mir zur Musikanlage, aus der gerade Frank Sinatra *New York* zum Besten gab.

„Wenn wir nachher saubermachen, kannst du gerne dein Handy anschließen. Aber tagsüber soll eigentlich immer Jazz, Swing und Big Band laufen", sagte meine Freundin.

Ich nickte. Es würde nicht nötig sein, das Handy anzuschließen. Ich liebte den Musikgeschmack meiner Großmutter. Jedes Mal, wenn ich Frank Sinatra hörte, fühlte ich mich in eine Zeit zurückversetzt, in der ich gerne gelebt hätte.

„War wirklich schön, dass du gestern Abend mit dabei warst, Emma“, sagte Meggie und kam mit einer mintgrünen Schürze in der Hand aus dem Umkleideraum zurück.

Gott sei Dank waren die Zwillinge und Meggie bei meiner gestrigen Rückkehr so sehr in eine Diskussion über Marcus vertieft gewesen, dass mein plötzliches Verschwinden nicht zum Thema wurde. Wenn Meggie sich über mein Verhalten wunderte, war sie taktvoll genug, mich nicht darauf anzusprechen.

„Danke, dass ich dabei sein durfte. Ich habe lange nichts mehr mit Freunden unternommen“, erwiderte ich. Meggie stülpte mir die Schürze über den Kopf und band sie im Rücken mit einer großen Schleife zusammen. „Und, gab es noch Fortschritte mit Marcus oder muss ich bald Amor spielen?“, hakte ich nach.

„Wir sind viel zu gut befreundet, das würde niemals hinhauen. Er ist für mich viel zu sehr wie ein Bruder, als dass ich ...“ Meggie hielt kurz inne und an dem leisen Seufzen konnte ich erkennen, dass das mit Sicherheit nicht ihre Worte waren. Sie war eine wirklich miserable Lügnerin. „... du weißt schon, als dass mehr daraus werden könnte.“ Sie stützte sich mit den Ellenbogen auf den Tresen und legte ihr Kinn in die Hände.

„Das sind aber nicht deine Worte, oder?“, fragte ich. Meine Freundin vergrub das Gesicht in den Händen. Es gefiel mir überhaupt nicht, sie derartig betrübt zu sehen.

„Judy hat gestern mitbekommen, wie jemand ihn fragte, was da zwischen uns läuft ...“, murmelte sie.

„Und?“

„Er meinte, ich sei für ihn wie eine kleine Schwester“, grummelte sie und linste zwischen den Fingern hindurch.

Ich schob ihr die leere Teigschüssel und einen Schaber über den Tresen. „Männer sind Idioten“, sagte ich und steckte selbst einen Finger der klebrigen Masse in meinen Mund. „Vielleicht braucht er einfach ein bisschen länger, um zu erkennen, welche Rolle du in seinem Leben spielen sollst. Jungs hängen doch immer ein wenig hinterher.“

Ein verträumter Ausdruck huschte über Meggies Gesicht, als sie den vollen Schaber in ihren Mund steckte und langsam nickte. Oh Mann. Das Mädchen hatte es wirklich böse erwischt.

„Hast du derzeit einen Freund oder weshalb kennst du dich mit dem Thema so gut aus?“

Bei der Erinnerung an mein letztes Date, falls man das überhaupt so nennen konnte, stieß ich ein freudloses Lachen aus. Ich war mit einem Jungen aus meinem ehemaligen Jahrgang im Kino gewesen und er hatte unentwegt versucht, seine schwitzenden Finger mit meinen zu verschränken. Eine Katastrophe.

„Ich bin eher die Freundin, die gute Ratschläge geben kann, ohne auch nur einen einzigen Freund gehabt zu haben“, meinte ich achselzuckend. Was wirklich der Wahrheit entsprach, vor allem, seit ich mich von allen abgegrenzt hatte. Ich hatte mich gehenlassen und niemandem die Chance gegeben, mich näher kennenzulernen. Geschweige denn, dass ich ein Interesse für Jungs besaß. Mir war alles gleichgültig gewesen. Bis jetzt.

„Hey, kommst du morgen mit zu Marcus' und Chris' Spiel?“, fragte Meggie und sah mich erwartungsvoll an.

„Klar, gerne. Wo findet das denn statt?“

„Beim Sportplatz des Jefferson College. Ich erlaube dir auch, in Jeans hinzukommen“, witzelte sie und stupste mich in die Seite.

„Danke Meggie, das ist wirklich großzügig von dir“, erwiderte ich ironisch und wich ihrem Handtuchschlag aus.

Der restliche Nachmittag verlief im Großen und Ganzen zu meiner Zufriedenheit. Zwar stellte ich mich zwischendurch ein wenig tollpatschig an, aber mit der Zeit wurde es besser. Mit Meggie zusammenzuarbeiten war angenehm, auch wenn sie unfassbar viel redete. Ich war es nicht gewohnt, jedes kleinste Detail von

Jungsgesprächen zu analysieren, unterstützte meine Freundin aber bereitwillig, da ich auf diese Weise weniger über mich selbst sprechen musste.

Ich war so beschäftigt, dass ich gar nicht merkte, wie schnell die Zeit verging. Um kurz vor sechs Uhr bat Meggie mich, die Ausstellschilder hereinzuholen und den Laden von innen abzuschließen, während sie das Leergut entsorgte und im Kühlraum die Zutaten für den nächsten Vormittag vorbereitete. Ich dämmte das Licht im Vorraum und machte das Leuchtschild beim Eingang aus, damit niemand mehr hereinkam. Auf dem Rückweg stellte ich die Stühle mit der Sitzfläche nach unten auf die Tische, um darunter fegen zu können. Schließlich drehte ich die Lautstärke der Musikanlage auf Maximum, als Frank *The Way You Look Tonight* anstimmte. Mit Besen und schwingendem Schritt machte ich mich daran, den Laden zu fegen.

Als das instrumentale Solo der Blasinstrumente begann, machte ich einen Ausfallschritt zur Seite und drehte mich, als wäre der Stiel mein Tanzpartner. Ich grinste. Jeder, der mich sah, würde mich für völlig übergeschnappt halten. Ich fegte das letzte Drittel des Ladens und schob den Schmutz zu meinen anderen kleinen Häufchen. Zum Ende des Liedes ließ ich den Besen in meinen Armen nach hinten sinken wie bei einem Walzer. Ich verbeugte mich übertrieben vor einem imaginären Publikum und meinte einen dumpfen Applaus zu hören. Stirnrunzelnd blickte ich zur Tür des Lagers. Meggies Rumoren war nicht zu überhören. Ich musste mir das Klatschen eingebildet haben. Als mein Blick jedoch das Fenster streifte, erstarrte ich.

Vor der Glastür stand jemand. Erhobenen Hauptes trat ich zur Tür, um den späten Gast höflich auf die Öffnungszeiten hinzuweisen

„Wir haben geschl...“

Feixende Augen ließen mich verstummen.

„Ach, und ich dachte, ihr bietet jetzt Tanzaufführungen an“, erklang es belustigt.

Mittlerweile war ich garantiert rot wie eine Tomate. War ja klar, dass ich beim Tanzen erwischt werden würde. Dass es ausgerechnet Gabriel war, der mich dabei ertappte, schob ich auf mein mieses Karma. Man nennt mich Emma Parker, Königin der Fettnäpfchen.

„Nein, tun wir nicht“, erwiderte ich frostig, um die Peinlichkeit zu überspielen.

„Das ist aber schade“, entgegnete Gabriel und grinste schief. Die Kerbe seines Grübchens vertiefte sich. Wenigstens einer von uns hatte seinen Spaß. „Wirklich schade.“

„Kann ich sonst etwas für dich tun?“ Ich bemühte mich freundlich zu klingen, auch wenn ich innerlich vor Wut darüber schäumte, dass er sich erneut über mich lustig machte. Was mich aber noch mehr ärgerte, war, wie unverschämt gut er aussah. Das zerwühlte Haar, die einladenden Augen und das schiefe Schmunzeln gefielen mir, auch wenn ich mich dagegen sträubte.

„Eigentlich wollte ich einen Kaffee“, meinte er nach einer Weile.

Für einen Moment erwog ich, ihn zum Teufel zu schicken. Allerdings dachte ich an den letzten Abend und daran, was womöglich geschehen wäre, wenn er mich nicht aus den Händen des Betrunkenen befreit hätte. Ich warf einen flüchtigen Blick nach hinten, um zu sehen, ob Meggie bereits zurück war. Die Maschine war noch nicht gesäubert und meine Freundin nirgends zu sehen, also schob ich den Sicherheitsriegel beiseite und bat ihn mit einer Geste, einzutreten.

„Pass aber auf, dass du nicht den zusammengefegten Dreck verteilst“, sagte ich über die Schulter hinweg. Das fehlte mir gerade noch.

Vor der Kaffeemaschine hielt ich einen Moment inne und drehte mich zu ihm um. Er hatte sich auf einem Hocker vor der Theke niedergelassen und musterte mich. Wieder breitete sich dieses merkwürdige Kribbeln auf meinem Körper aus. Je länger ich ihn ansah, desto schlimmer wurde es.

„Schwarz, einen Milchkaffee oder vielleicht einen Cappuccino?“, fragte ich und hielt steif die Becher in verschiedenen Größen hoch.

„Schwarz. Und einen Cappuccino zum Mitnehmen“, gab er zurück und ich stellte einen Becher unter den Getränkeautomaten. „Ich habe dich hier noch nie gesehen“, fuhr er gedämpft fort.

Klar hatte er das. Gestern, und an meinem ersten Tag in Heffield. Das Plätschern des Kaffees beruhigte mich ein wenig und ich riss mich zusammen.

„Mein Dad und ich sind vor Kurzem hergezogen“, antwortete ich.

„Und wie gefällt es dir bisher?“, kam es prompt zurück.

Ich stutzte. Er sah mich ernsthaft interessiert an.

„Ganz gut, glaube ich.“ Ich zuckte mit den Achseln.

„Glaubst du“, schmunzelte er und ich zog eine Grimasse.

„So lange bin ich noch nicht hier, als dass ich das genauer beurteilen könnte“, sagte ich. „Es ist anders, als ich es gewohnt bin. Mein Dad hat die Leitung der Bücherei übernommen und scheint wirklich glücklich damit zu sein.“

Ich wünschte mir, er würde aufhören, mich so mit seinen Augen zu durchdringen. Das machte es mir unmöglich, meine Antworten genauer zu durchdenken.

„Bist du es auch?“, fragte er plötzlich.

„Was – glücklich?“, gab ich zurück und hob die Brauen erstaunt

Er nickte. Diesmal nahm ich mir einen Moment Zeit, über die Frage nachzudenken. Um meine Antwort ein wenig hinauszuzögern, nahm ich das Wischtuch und begann, die Arbeitsflächen zu säubern. „Ich denke, es ist zu früh, um darauf eine aufrichtige Antwort zu geben.“

Wieder umspielte ein geheimnisvolles Lächeln seine Lippen. Er beugte sich ein Stück weit vor.

„Du bist ehrlich. Das gefällt mir“, sagte er ohne Umschweife.

Du bist ein Aufreißer und guckst mich an, als würdest du meine Gedanken lesen. Das gefällt mir ganz und gar nicht, schoss es mir durch den Kopf. Trotzdem konnte ich den Blick nicht abwenden.

„Warum seid ihr hergezogen?“ Er stellte die Frage ohne ein Wimpernzucken und ich wusste nicht, ob mir seine Direktheit imponieren oder mich eher abschrecken sollte.

„Es war Zeit für einen Neuanfang“, sagte ich vage.

„Braucht man heutzutage bereits mit Siebzehn einen Neuanfang?“

„Möchte ich wissen, woher du mein Alter kennst?“, gab ich zurück und beugte mich genauso über die Theke wie er.

Seine Augen funkelten überrascht. „Ich bin einfach gut im Schätzen, würde ich sagen."

Er fuhr sich durch sein wirres Haar und ich beobachtete ihn fasziniert dabei. Jede seiner Bewegungen war unbeschwert und gleichzeitig so elegant, dass ich mir dagegen plump vorkam. Wie machte er das?

„Wohl eher die Vorzüge einer Kleinstadt mit dreizehntausend Einwohnern", seufzte ich. Ich war mir sicher, dass sich meine Ankunft in Heffield herumgesprochen hatte.

„Dir gefällt das Kleinstadtleben also nicht", stellte er nüchtern fest.

„Nein, das ist es nicht", widersprach ich. „Ich komme aus einem Dorf mit ein paar Hundert Einwohnern, wo jeder alles über jeden weiß und hatte ursprünglich gehofft, dass ich hier dem ganzen Tratsch entgehen könnte."

„Das wirst du in keinem Ort der Welt vermeiden können", sagte er.

Ich presste die Lippen aufeinander und schob den dampfenden Becher über die Theke.

„Mir ist auch schon einiges über dich zu Ohren gekommen", sagte ich leichthin.

„Die Vorzüge einer Kleinstadt", meinte er sarkastisch und prostete mir mit dem Kaffee zu. Diesmal war sein Lächeln bitter.

Kurzerhand trat ich zu ihm und streckte ihm meine Hand entgegen. Ich ignorierte die leise Stimme in meinem Kopf, die mich davon abhalten wollte, mich auf dieses Spiel einzulassen.

„Dann tun wir einfach so, als wüssten wir nichts voneinander. Ich bin Emma."

Erstaunt hob er die Augenbrauen und schien zu überlegen, ob er einschlagen sollte. „Gabriel." Er umfasste meine Hand mit seiner und ich zuckte zusammen. Wieder durchfuhr mich seine Berührung wie ein Schlag und hastig zog ich mich zurück. Im Gegensatz zu mir schien er nicht sonderlich überrascht über den Stromstoß gewesen zu sein. Oder er hatte ihn schlichtweg nicht gespürt.

„Dann hätten wir das mit den Vorurteilen ja geklärt. Danke übrigens für gestern Abend", meinte ich und rieb mir die Handinnenfläche.

„Ach, jetzt ist also ein Dankeschön angebracht?", fragte er und hob spöttisch eine Augenbraue.

„*Jetzt* habe ich mich dazu entschieden, dir eine Chance zu geben. Versau es nicht." Ich drohte ihm mit erhobenem Finger, bevor ich zum Automaten trat und mich darauf konzentrierte, den Milchschaum so hinzubekommen, wie Meggie es mir gezeigt hatte.

Gabriels Blick bohrte sich in meinen Hinterkopf. Noch nie hatte ich den Blick einer Person so intensiv auf mir gespürt. Es verführte mich dazu, über die

Schulter zu sehen. Ich fühlte mich, als bestünde seit unserer ersten Berührung ein unsichtbares Band, das mich zu ihm zog, wie eine Motte zum Licht. Das Kribbeln wurde stärker, und obwohl ich gegen den Drang ankämpfte, konnte ich nicht anders, als die dunkelgrünen Tiefen zu suchen.

„Verdammt!"

Klirrend zerbarst der Milchkrug und meine Augen begannen zu tränen. Der Dampfschwall der Düse hatte meine Hand erwischt. Ich konnte jetzt schon sehen, wie meine Haut Blasen schlug. Meine Hand brannte, als stünde sie in Flammen.

In Sekundenschnelle war Gabriel dicht neben mir und bugsierte mich zum Waschbecken. Er griff nach meinem Arm und drehte den Kaltwasserhahn auf. Zischend atmete ich ein, als das Wasser mit meiner geröteten Haut in Berührung kam.

„Verbrühungen müssen sofort unter kaltes Wasser." Der Schalk war vollständig aus seiner Stimme verschwunden, ebenso wie die Unergründlichkeit, die er sonst an den Tag legte.

Mit einem Mal war ich mir seiner Nähe bewusst und betrachtete verstohlen sein Profil. Seine Nase war gerade, die Wangenknochen markant. Sein Teint wirkte irgendwie sonnengeküsst, aber nicht unnatürlich und ich fragte mich, wie er das im Winter bewerkstelligte. Schließlich neigten die meisten in den Wintermonaten zur Blässe.

Er stand so dicht neben mir, dass ich seinen Geruch wahrnehmen konnte. Er roch herb, aber nicht kalt und stechend, wie ich es vom billigen Aftershave der Jungs in meinem Alter gewohnt war. Sein Geruch erinnerte mich an Leder, gleichzeitig schwang eine frische Note darin mit, die mich an etwas Vertrautes erinnerte. Ich schloss die Augen, lauschte dem Plätschern des Wassers und ließ mich von Gabriels ungewöhnlichem Duft einlullen. Er zog mich in einen Strom aus Empfindungen, die die Welt um mich herum verblassen ließen und ich lehnte mich ein Stückweit vor, um noch mehr von der Glückseligkeit aufzusaugen.

Plötzlich trat er beiseite und ich wankte. Aus meiner Trance gerissen verkrampfte ich meine Hand haltsuchend am Rand des Beckens und blinzelte mehrmals.

„Tut mir leid, ich...“, fing ich an und hielt abrupt inne.

Der Schmerz war verschwunden. Stirnrunzelnd stellte ich den Wasserhahn ab und hielt meine Hand ins Licht.

Das konnte doch nicht sein. Gerade eben war meine Haut noch übersäht von Brandblasen gewesen. Jetzt war dort nur eine schmale Rötung wie von einem

Mückenstich. Ich sah Gabriel verblüfft an, doch er hatte wieder seine nichtssagende Miene aufgesetzt. „Wie hast du das gemacht?“, platzte ich heraus und hielt ihm meine Hand vor Augen.

„Verbrühungen müssen sofort unter Wasser, wusstest du das nicht?“, fragte er distanziert und ich schüttelte den Kopf.

„Das weiß ich sehr wohl, aber selbst Wasser kann keine Brandblasen von jetzt auf gleich verschwinden lassen.“

Sein Mundwinkel zuckte. „Ich glaube nicht, dass du von dem bisschen Dampf Brandblasen bekommen hast.“

Mir lag schon eine aufsässige Antwort auf der Zunge, als ich unterbrochen wurde.

„Was zum Teufel machst du hier? Wir haben geschlossen!“, erklang Meggies Stimme erbost. Die Hände in die Hüften gestemmt, stand meine Freundin im Eingang zum Lager und starrte Gabriel an.

„Er wollte bloß einen Kaffee“, murmelte ich.

Meine Freundin deutete mit einer wüsten Geste auf den Becher, der auf der Theke stand. „Da hast du deinen Kaffee. Und jetzt raus hier, du hast hier hinten nichts zu suchen!“

Mit einem kurzen Nicken bedankte er sich und wandte sich zum Gehen. Bei der Glastür angekommen, drehte er sich noch einmal in meine Richtung und erneut breitete sich das Knistern in meinem Körper aus. Seine Lippen verzogen sich leicht. Dann verließ er wortlos das *Betty's* und ich blickte ihm nach, als seine Silhouette mit der Dunkelheit verschmolz.

4 Kapitel

Der Gang in dem ich mich befand, kam mir bekannt vor. Ja, hier war ich schon öfter gewesen. Ich lief durch eine unendlich lange Gasse. Neben mir ragten roh behauene Steinmauern in die Höhe, an denen meine gehetzten Schritte widerhallten. Es gab keinen Weg nach draußen, keine Türen und Abzweigungen – nur diese schmale Gasse, an dessen Ende ein schmales Licht flackerte.

Je schneller ich darauf zulief, desto weiter schien es sich von mir zu entfernen. Ich spürte, wie die Kälte immer näher kam und trotzdem warf ich einen gehetzten Blick über meine Schulter. Mit jedem Zischen und Scharren der Dunkelheit wurde das Pochen in meinem Schädel unerträglicher. Wenn ich das Ende der Gasse nicht rechtzeitig erreichte, würden mich die Schatten verschlingen.

„Emma."

Meine Schritte verhallten an den hohen Steinwänden. Ich wusste nicht, wann ich diese Stimme das letzte Mal gehört hatte. Es war eine gefühlte Ewigkeit her. Ein solch vertrauter Klang.

„Komm zu mir."

Wie in Zeitlupe drehte ich mich um.

Da stand sie. Das blonde Haar umschmeichelte ihre Gesichtszüge. Sie trug ihr Lieblingskleid, das mit dem Blumenmuster, und lächelte mich warm an.

„Mom?“ Meine Stimme klang dünn und nicht nach mir selbst. Als sie ihre Arme ausbreitete, stolperte ich wie von selbst auf sie zu. „Mom!“

„Nicht!“

Ich hielt inne. Am Ende der Gasse konnte ich eine Silhouette erkennen, die mitten im Licht stand und ihren langen Schatten auf den Boden warf, als sie mir entgegenkam.

„Das ist nicht deine Mutter.“

„Was machst du denn hier?“, war das Einzige, was ich herausbrachte, und ich glotzte Gabriel an.

Schützend baute er sich vor mir auf. Stirnrunzelnd betrachtete ich seinen breiten Rücken.

„Verschwinde. Du wirst bei ihr keinen Zugang finden.“ Seine Stimme klang hart.

„Komm zu mir“, rief Mom und blickte direkt durch Gabriels sehnige Statur hindurch. Mein Herz setzte für einen Moment aus und begann im nächsten Augenblick holprig zu pochen. Wieso kam sie mir plötzlich so fremd vor?

Ich schob mich an Gabriel vorbei, doch er hielt meinen Arm fest und bugsierte mich mit Leichtigkeit hinter sich. Wütend funkelte ich ihn an. Was bildete er sich ein? Dachte er, er könne mich einfach so bevormunden?

„Lass mich durch!“, zischte ich und unternahm den erneuten Versuch, mich an ihm vorbeizudrängen.

Er knurrte und warf mir einen vernichtenden Blick zu. „Bist du wirklich so leicht zu täuschen?“, fragte er und sein Griff um meinen Arm wurde fester. „Sieh genauer hin!“

Der Strom, den seine Berührung durch meinen Körper jagte, drang direkt in mein Hirn und ließ mich klarer sehen. Es war, als hätte er mich geohrfeigt, so wach war ich mit einem Mal.

Das konnte unmöglich meine Mom sein.

Meine Mom war tot.

In dem Moment, als ich die Wahrheit erkannte, veränderten sich die weichen Züge auf ihrem Gesicht. Das eben noch strahlende Lächeln verzerrte sich zu einem immer breiter werdenden Grinsen. Die Schatten lösten sich vom Boden und fuhren an ihren Beinen hoch. Zäh verschlangen sie jede Handbreit ihrer Haut und hinterließen obszöne Spuren auf ihren Gliedmaßen. Sie warf den Kopf in den Nacken und stieß einen Schrei aus, der sich innerhalb von Sekunden in ein markerschütterndes Kreischen verwandelte. Ihr Kopf sackte zurück nach vorne.

Nun war ich diejenige, die aus vollem Halse schrie.

Das dort war nicht länger meine Mutter. Leere Augenhöhlen stierten mir entgegen. Die Haut ihres Gesichts hing in Fetzen herunter und spitze Zähne ragten zwischen blutlosen Lippen hervor.

„Mom?“ Meine Stimme war kaum mehr, als ein Krächzen. Die Kreatur kam schlurfend näher.

„Belial sendet seine Grüße“, zischte sie und röchelte. Das diabolische Grinsen wurde immer breiter.

„Emma, sieh mich an“, erklang Gabriels Stimme eindringlich und er packte mich bei den Schultern. „Emma!“

Mir wurde übel. Ich musste mich zusammenreißen, mich nicht direkt auf seine Füße zu übergeben und konnte den Blick nicht abwenden. Je näher die Fratze kam, desto paralysierter schien mein Körper.

„Egal, was du tust, Gancanagh, Belial wird sie holen kommen“, fauchte die Fratze an Gabriel gewandt. Die Schatten der Kreatur fuhren ihre Krallen aus und scharrten über den Boden, sodass ich das Bedürfnis verspürte, die Hände auf meine Ohren zu pressen.

„Du musst aufwachen, a ghrá.“

Mein Blick war noch immer auf das entstellte Gesicht meiner Mutter gerichtet. Erst, als Gabriel begann, meinen Körper zu schütteln, sah ich ihn an. Sein Gesicht war vor Sorge verzerrt.

„Wach auf!“

Schweißgebadet fuhr ich hoch und atmete so schwer, als wäre ich soeben einen Marathon gelaufen. Was musste ich auch mitten am Tag ein Nickerchen im Wohnzimmer abhalten? Betty hatte mich vorgewarnt – einer ihrer Beruhigungstees, dazu ein Kaminfeuer inklusive Wolldecke und schon war ich weg.

So schlimm war es jedoch lange nicht mehr gewesen. Wobei das noch eine Untertreibung war. Noch nie hatte sich einer meiner Träume von Mom derartig unheimlich angefühlt. Ja, ich sah sie oft in der Nacht und meist waren diese Träume furchterregend und finster. Doch normalerweise wachte ich auf, bevor ich bei ihr angelangt war. Dieser Traum war ganz anders gewesen. So dunkel. So boshaft. So real.

Was Gabriel in meinem Alptraum zu suchen hatte, wusste ich nicht. Wahrscheinlich verunsicherte mich seine Gegenwart so sehr, dass mein Unterbewusstsein ihn in meine düstere Traumwelt einbaute. Wäre es wenigstens ein heißer Traum gewesen, in dem er mit nacktem Oberkörper herumlief, dann hätte ich damit leben können. Aber so war es wirklich nicht spaßig.

„Was ist los?“, fragte Dad und riss mich aus meinen Gedanken. Er ließ sich neben mir aufs Sofa fallen und reichte mir eine weitere dampfende Tasse Tee. Im Haus meiner Großmutter gab es nichts anderes. Sie hatte ihren eigenen Kräutergarten und brühte uns zu jedem Anlass eine andere Mischung auf.

„Nichts“, log ich und erntete mir einen kritischen Blick ein. Ein Seufzen. „Nur ein Alptraum, nichts weiter.“

„Ist es wieder schlimmer geworden?“, fragte er.

Ich beobachtete die Dampfschwaden, die von meiner Tasse aufstiegen. „Nicht wirklich.“

Dad nahm die Brille ab und rieb sich über die müden Augen.

Ich erkannte, wie sehr er in den letzten Monaten gealtert war. Was ein halbes Jahr ausmachen konnte! Zwar war er noch immer der typische Bibliothekar, der viel zu leidenschaftlich über Weltgeschichte referierte. Aber ich sah, wie sehr ihm die Trauer zu schaffen machte. Ich vermisste die Lachfalten um seine Augen, an deren Stelle Sorgenfalten auf seine Stirn getreten waren.

„Du weißt, was ich dir angeboten habe“, sagte er und ich zuckte zusammen. Ja, ich erinnerte mich daran.

„Es ist nicht mehr so schlimm“, sagte ich etwas lauter, als beabsichtigt und richtete mich auf, wobei etwas Tee auf die Untertasse schwappte. „Wirklich Dad, ich komme zurecht.“

„Vielleicht wäre eine Therapie keine schlechte Idee“, sprach er weiter und schob die Brille wieder auf der Nase hoch. „Hör mal, es ist völlig normal nach dem Tod einer geliebten Person in Depressionen zu verfallen. Viele machen etwas Derartiges durch und nehmen dann professionelle Hilfe in Anspruch. Das ist nichts, wofür man sich schämen muss.“

Ich lachte tonlos. „Dad, ich brauche keine Therapeutin, die mich fragt, wie es mir geht und bei jeder Sache, die ich ihr erzähle, wissen will, was ich dabei empfinde. Wenn du unbedingt eine Therapie machen willst, dann tu das, aber ohne mich!“

Er seufzte und seine Stirnfalten vertieften sich. „Ach Emma, ich will dir doch bloß helfen. Fass doch nicht immer gleich alles als Angriff auf.“

Am liebsten wäre ich aufgesprungen und nach oben gestürmt, aber ich riss mich zusammen. Das wäre nur die Bestätigung dafür gewesen, dass er im Recht war und das wollte ich auf keinen Fall. Außerdem war dies das erste längere Gespräch, das wir seit unserem Umzug führten. Ich wollte nicht, dass es im Streit endete, also atmete ich tief durch und setzte eine versöhnliche Miene auf.

„Ich weiß, aber deine Sorge ist unbegründet. Du kannst nicht immer das Schlimmste erwarten, bloß weil ich mal eine Nacht schlecht geschlafen habe. Außerdem siehst du auch nicht gerade munter aus“, sagte ich und nahm einen großen Schluck Tee. Ein

Fehler, wie sich herausstellte. Nun war neben meiner Hand auch noch meine Zunge verbrüht.

Dad rieb sich die Schläfen. „Ich bin ziemlich geschafft. Die Bücherei ist viel größer, als ich es gewohnt bin. Dementsprechend sind auch die Bestellungen umfangreicher. Du glaubst gar nicht, wie viele verschiedene Abteilungen es dort gibt! Vor allem im Bereich der europäischen Geschichte im siebzehnten Jahrhundert – meine Kollegin Eleanor besitzt sogar originale Briefwechsel aus dem englischen Bürgerkrieg von 1641! Zwar ist das Papier größtenteils zerfallen und so vergilbt, dass man die Buchstaben kaum entziffern kann, aber wenn man genau hinsieht, erkennt man ...“, seine Stimme verklang und er kratzte sich am Hinterkopf. „Ich tue es schon wieder, nicht wahr?“

Ich nickte energisch. Sobald Dad anfing, über seine Arbeit zu sprechen, war es meist schwer, ihn wieder zu stoppen. Er liebte seinen Job, das sah man ihm an. Ich freute mich für ihn, dass er trotz der Trauer um Mom zu so viel Leidenschaft fähig war. Und ich beneidete ihn ein wenig darum.

„Siehst du? Du bist genauso erschöpft. Und ich will dir keine Therapie andrehen“, bemerkte ich trocken.

„Väter machen sich eben manchmal Sorgen.“

„Manchmal“, schnaubte ich.

„Versprich mir einfach, dass du zu mir kommst, wenn es dir nicht gut geht, ja?“

Ich starrte durch das Fenster in den Garten und beobachtete, wie sich die Sonnenstrahlen durch den bewölkten Himmel kämpften.

„Es ist immer besser, wenn man sich jemandem anvertraut, als wenn man alles in sich hineinfrisst“, fuhr er in einem Tonfall fort, der mir ziemlich bekannt vorkam. Sobald seine Stimme diesen belehrenden Beiklang bekam, wusste ich, dass er eines seiner Lieblingsbücher zitierte. Ebenfalls eine der schrulligen Eigenschaften, die ich so an ihm mochte. Sie machten ihn liebenswert.

„Hast du das aus einem deiner Ratgeber?“, fragte ich und sah, wie er errötete.

„Peter Nichols Ratgeber sind wirklich Gold wert“, warf Dad ein und ich konnte nicht anders, als zu grinsen, obwohl mir momentan überhaupt nicht danach zumute war.

5 Kapitel

Ich sprang gleichzeitig mit der Menge der Freilichttribüne auf, als Marcus in die Gasse spielte, das nächste Tor vorbereitete – und den Ball einnetzte!

Meggie links neben mir sprang auf und ab und schrie eine entstellte Version seines Namens. Ihr Anblick schwankte zwischen ekelhaft aufgedreht und niedlich verliebt. Skander zu meiner Rechten war als Einziger sitzengeblieben und überblickte das Spielfeld, sein Kinn auf den Händen abgestützt. Man konnte ihm ansehen, dass er nur seiner Freunde zuliebe hier war.

„Du bist also kein großer Fußballfan“, stellte ich fest und nahm meinen Platz wieder ein.

Er verzog das Gesicht zu einer Grimasse. „Nein, nicht wirklich.“

Ich zerrte mir die Mütze weiter über die Ohren. Heute war es ziemlich kalt. Mein Atem wich in schmalen Wölkchen in die Luft. Bestimmt würde es bald wieder anfangen zu schneien. Dabei hatte ich mich schon so auf den Frühling gefreut.

Mein Blick schweifte über die Tribüne und ich erkannte einige meiner Klassenkameraden wieder, denen ich bereits Namen zuordnen konnte. Zwei

Reihen schräg hinter mir entdeckte ich Gabriels Freundin, die auch heute wieder topgestylt war. Er saß neben ihr und schien nicht zu bemerken, dass ich sie beobachtete. Heute trug er einen Parka, dessen Kragen er hochgeschlagen hatte, während sie einen schwarzen Mantel anhatte, der nach teurer Designerklamotte aussah. Die beiden unterhielten sich und sie gestikulierte wild. Plötzlich hielt er inne und unsere Blicke trafen sich. Für einen Moment verschwammen die Geräusche des Spielfelds zu einem undeutlichen Rauschen und eine Gänsehaut breitete sich über meinem Körper aus. Dass mich seine Freundin ebenfalls ansah, merkte ich kaum. Erst, als sie sich so laut räusperte, dass ich es an meinem Platz hören konnte, wurde ich aus meiner Trance gerissen. Mein Blick schweifte zu ihr und augenblicklich bereute ich es, mich umgedreht zu haben. Ihre eine Augenbraue ging spöttisch in die Höhe und ich konnte sehen, wie sie abfällig mit der Zunge schnalzte. Dann wandte sie sich an Gabriel und flüsterte ihm etwas ins Ohr. Er schmunzelte und erwiderte etwas, das sie zum Lachen brachte. Der glockenhelle Klang übertönte alle Geräusche auf der Tribüne. Anschließend sah sie mich wieder an und ihr Blick trieb mir einen unangenehmen Schauer auf den Rücken. Hastig blickte ich wieder nach vorne.

„Sag mal, Skander?", fing ich an und mein Freund schaute mich überrascht an. Ich deutete mit dem Kopf unauffällig in Richtung meiner Widersacherin. „Wer ist sie?"

Eigentlich hatte ich mir vorgenommen, nicht neugierig zu sein. Aber bei den hasserfüllten Blicken, mit denen sie mich dauernd strafte, musste ich einfach wissen, was es damit auf sich hatte.

„Die zwei Reihen hinter uns?", wisperte Skander und ich nickte. Seine Miene verfinsterte sich. „Das ist die gütige Avalee Kent. Biest erster Klasse, wie du vielleicht schon gemerkt hast."

Der Name passte ja wie die Faust aufs Auge.

„Ist sie zu allen so?", hakte ich nach.

Skander zuckte mit den Schultern. „Ich glaube, so verhalten sich Mädchen, die sich bedroht fühlen."

Ich gluckste. „Das ist ein wenig widersprüchlich, meinst du nicht? Sie hat mich umgerannt, nicht umgekehrt."

Ich erschrak, als ein Tor der gegnerischen Mannschaft fiel und die Meute um uns herum anfing, laute Buhrufe auszustoßen.

„Ich weiß doch, dass du niemandem etwas tun willst", erwiderte er beschwichtigend, „aber du schätzt dich falsch ein, wenn du dich selbst nicht als Bedrohung erkennst. Du bist die Neue, alle fragen sich, woher du kommst und was dich hierher verschlägt.

Avalee ist eines der beliebtesten Mädchen der Schule. Du bist in ihr Revier eingedrungen und lässt dir nichts von ihr gefallen, da fühlt sie sich automatisch ihrer Autorität beraubt und muss dir zeigen, wie der Hase läuft. Typisch Mädchen eben“, fügte er hinzu und ich starrte ihn entgeistert an.

Bei den etlichen Piercings und ihren Tattoos hätte ich niemals erwartet, dass sie eines der beliebtesten Mädchen der Schule war. Außerdem verstand ich nicht, weshalb sie eine solche Abneigung mir gegenüber hegte und diese offen zur Schau trug. Was konnte ich denn für unseren Umzug?

„Das kann doch nicht sein“, entfuhr es mir und ich schüttelte den Kopf. „Wie verschroben ist das bitte?“

„Spätestens, wenn die nächste Neue kommt, bist du nicht mehr das Opfer“, grinste er und ich streckte ihm die Zunge heraus.

„Danke für dein Mitgefühl.“ Stöhnend vergrub ich das Gesicht in den Händen. Ich hatte wirklich keine Lust auf Zickenkrieg. Skander legte mir den Arm um die Schulter und drückte sie flüchtig. Durch meine Winterjacke konnte ich die Wärme spüren, die von seiner Hand ausging. „Mach dir nichts draus, Emma.“

Während der zweiten Halbzeit schoss Marcus selbst ein Tor und warf daraufhin eine Kusshand in Richtung der Tribüne, bei der die meisten Mädchen in meiner Umgebung schier der Ohnmacht nahe waren. Meggie krallte ihre Hand so fest in mein Bein, dass ich vor Schmerz das Gesicht verzog. Ich hörte Skander unverhohlen lachen und warf ihm einen vernichtenden Blick zu, der ihn nur noch lauter kichern ließ.

Nachdem unsere Mannschaft das Spiel für sich entschied, zog der Großteil der Zuschauer noch weiter in die nächstgelegene Sportsbar, die ganz im Gegenteil zum *Divas* von innen wirklich genauso verkommen aussah, wie von außen. Die Wände der Bar waren mit Fotos von Bikern bedeckt, ein großer Billardtisch war vor der Wand gegenüber vom Eingang positioniert und uns kamen dichte Rauchschwaden entgegen, als wir eintraten.

Ein allgemeines Jubeln ging durch die Menge, als die Mannschaftsmitglieder den Raum betraten und mit ihren Trikots in der Luft herumwedelten. Ich sah, wie Meggie schüchtern auf Marcus zulief und ihn umarmte. Zunächst schien er überrascht, doch dann zog er sie mit seinem freien Arm an sich. Er wirkte stolz wie ein Kaiser.

Skander unterhielt sich mit Katie Heller und Judy und Steph konnte ich nirgends entdecken, also lief ich an die Bar, um mir ein Ginger Ale zu bestellen. Etwas anderes hätte ich mich in diesem dubiosen Schuppen gar nicht getraut.

„Hallo“, erklang eine melodische Stimme neben mir. Obwohl der Lärmpegel hoch war, drang sie direkt zu mir hindurch.

„Du auch hier?“, gab ich zurück und wandte mich um.

Aus Gabriels Augen sprühte pure Heiterkeit. Er war das komplette Gegenteil unserer letzten Begegnung. „Ja. Unschwer zu erkennen.“

Ich verdrehte die Augen. „Das nennt man Smalltalk. Statt einer aufsässigen Antwort könnte man fragen ‚Hey, Emma, wie geht's?‘, um die Grundlage für ein Gespräch zu bieten“, gab ich zurück.

Wie schon beim letzten Mal begannen die Sprenkel in seinen Augen zu tanzen. Es fiel mir schwer, den Blick abzuwenden, aber der Barmann verlangte lauthals nach der Bezahlung für mein Getränk.

„Hey Emma, wie geht's?“, raunte er so dicht bei meinem Ohr, dass sein Atem an meinem Hals kitzelte. Es verfehlte seine Wirkung nicht. Ich zuckte zusammen und hätte beinahe den Inhalt des Glases über meine Hose geschüttet.

„So war das nicht gemeint!“, protestierte ich und wischte meine klebrigen Finger an einer Serviette ab.

„Ich dachte, du wolltest Smalltalk. Ich gebe dir Smalltalk und du bist trotzdem nicht zufrieden“, schmunzelte er und lehnte sich in einer lässigen Pose gegen den Tresen.

„Haha, wirklich witzig. Weshalb die gute Laune?“, fragte ich und sah mich in der Bar nach seiner Freundin um. Ich hatte nicht die Absicht, als Auslöser für eine Beziehungskrise herzuhalten.

„Die richtige Mannschaft hat das Spiel gewonnen“, sagte er gedehnt.

„Du wirkst nicht gerade wie jemand, der sich für Fußball interessiert“, erwiderte ich und versuchte, seinen Ausdruck zu deuten. Normalerweise konnte ich Menschen ganz gut durchschauen. Bei ihm hatte ich dabei allerdings große Schwierigkeiten. „Also, was ist der wahre Grund für deine fabelhafte Laune?“

„Ich freue mich bloß, dich wohlauf zu sehen“, murmelte Gabriel so leise, dass ich ihn fast nicht verstanden hätte. Ich sah ihn stirnrunzelnd an.

„Wieso sollte es mir nicht gut gehen?“, fragte ich verwundert.

„Ach, nur so.“

„Und wieder eine ausweichende Antwort“, seufzte ich. „Aus dir wird man wirklich nicht schlau, weißt du das?“

„Gabriel, mein Süßer! Dich habe ich ja lange nicht mehr gesehen“, quietschte eine vollbusige Blondine und spielte aufreizend mit einer langen Haarsträhne. Sie überragte mich bei Weitem und quetschte sich zwischen uns an den Tresen, sodass ich zurückgedrängt wurde und mit dem Rücken gegen ein Mädchen meines Jahrgangs stieß.

„Sorry“, nuschelte ich und hob entschuldigend die Hand, als sie sich umdrehte und mich kritisch musterte.

„Shailene, wie geht es dir?“ Gabriel legte einen völlig veränderten Tonfall an den Tag. Er wusste also sehr wohl, wie man sich unterhielt.

Als Blondie irgendeine schrille Antwort gab, verspürte ich das Bedürfnis, mir die Ohren zuzuhalten. Das musste ich mir wirklich nicht antun. Ich trank mein Ginger Ale aus und schlängelte mich an den quatschenden Grüppchen vorbei in Richtung Ausgang.

Die kalte Abendluft peitschte mir ins Gesicht und ich nahm einen tiefen Atemzug. Im Gehen stülpte ich mir meine Mütze über und machte mich auf den Weg nach Hause. Zwar wusste ich nicht mehr genau, aus welcher Richtung wir gekommen waren, aber ich lief schnurstracks drauflos. Das hier war eine Kleinstadt und kein Dschungel. Irgendwie würde ich schon nach Hause finden. Es führen viele Wege nach Rom, sagt man das nicht so?

„Warte.“

Ich ignorierte die Stimme hinter mir und stapfte weiter gegen den kalten Abendwind.

„*A ghrá*, bleib stehen.“

Ganz wie von selbst hielt ich inne. Die samtige Stimme zwang mich dazu. Ich konnte mich kein Stück bewegen. Es war, als prallte ich gegen eine unsichtbare Mauer, die mich vom Weitergehen abhielt. Mein Körper kämpfte instinktiv gegen die Starre an, kam aber nicht weiter. Langsam drehte ich mich um.

Gabriel stand wenige Meter von mir entfernt im orangen Licht der Straßenlaterne, den Kragen seines Parkas hochgeschlagen. Der Stoff warf schmale Schatten auf seine Gesichtszüge.

Was war das für ein merkwürdiger Spitzname? Hatte er mich in meinem Traum nicht auch so genannt? Bei der Erinnerung an die scheußliche Fratze, in die sich meine Mutter verwandelt hatte, schauderte ich. Instinktiv wollte ich einen Schritt zurückweichen, als Gabriel näherkam, jedoch hielt mich die unsichtbare Kraft davon ab.

„Wieso bist du gegangen?“, fragte er samtweich und ich erwiderte seinen Blick fassungslos. Was spielte er für ein Spiel?

„Ich fühlte mich fehl am Platz“, sagte ich.

Seine Augen machten es mir unmöglich, genauer über meine Antwort nachzudenken. Ich stand am Rande eines Abgrunds und drohte jede Sekunde, abzustürzen. Hätte Gabriel mich darum gebeten, wäre ich mit hoher Wahrscheinlichkeit freiwillig gesprungen. Mein Herz holperte unregelmäßig und ich bekam eine

Gänsehaut. Seine Stimme war so melodisch, dass mir gar keine andere Möglichkeit blieb, als ihm zu gehorchen. Meine Gedanken schlüpften ungefiltert aus mir heraus.

„Weshalb?“, hakte er nach.

„Wegen dir und deiner vollbusigen Bekanntschaft“, antwortete ich. Mein Körper war auf Autopilot gestellt.

„Eifersüchtig?“ Er vergrub die Hände in den Taschen. Die Farbtupfer in seinen Augen zogen mich in einen Wirbel und bei dem Geruch, den er ausströmte, wurde mir schummrig zumute. Er roch nach Leder, Honig und frisch gemähtem Rasen. Wie der Frühling höchstpersönlich.

Mein Gott, ich musste aufhören, ihn so anzustarren und seinen Geruch zu analysieren! Was war denn nur in mich gefahren? Ich brauchte ihn nur länger als ein paar Sekunden ansehen und schon entglitten mir meine eigenen Gedanken.

„Hör auf damit!“, stammelte ich und konnte mich endlich vom Fleck bewegen.

Gabriels Augen weiteten sich ungläubig. Gleich darauf zogen sich seine Brauen zusammen und er musterte mich aufmerksam.

„Wie zur Hölle machst du das? Ich kann keinen klaren Gedanken fassen, wenn du mich so ansiehst!“, fuhr ich ihn an und rieb mir die pochenden Schläfen.

Je mehr ich mich gegen den Zwang wehrte, desto schwerer fiel es mir, ruhig zu atmen.

„Du kannst ... dich bewegen“, entfuhr es Gabriel.

Ich kniff die Augen zusammen. „Du bist echt schräg“, erwiderte ich. „Hältst du dich wirklich für so unwiderstehlich, dass du meinst, ich bleibe auf der Stelle stehen, wenn du es mir befiehlst? Da hast du dich geschnitten, Freundchen.“

Ich wusste, wie zickig ich klang, doch das war mir in diesem Moment egal. Mein Puls schlug so schnell, dass ich fürchtete, er könnte es hören.

„Das kann nicht sein“, murmelte er mehr zu sich selbst. „Erst der Traum, dann...“

„Moment mal – welcher Traum?“, unterbrach ich ihn perplex und riss meine Augen auf. War es möglich, dass ... Nein, das war vollkommen abwegig.

„Gabe!“ Avalees Schritte kamen klackernd näher. Trug sie eigentlich nur High Heels, damit man sich neben ihr klein und unbedeutend vorkam?

Gabriels Miene wechselte von Entsetzen zur üblichen Undurchdringlichkeit. Seine eben noch so offen lesbaren Empfindungen waren wieder sicher hinter der stählernen Fassade verborgen.

„Wer bist du?“, murmelte ich und schüttelte den Kopf.

Für einen Moment leuchteten seine Augen auf. „Ich fürchte, das wirst du noch früh genug erfahren“, wisperte er zurück und sah aus, als wollte er noch etwas hinzufügen. Er besann sich anders und biss die Zähne zusammen, bis seine Kiefermuskeln angestrengt hervorstanden.

Bevor ich fragen konnte, was er damit meinte, machte er auf dem Absatz kehrt und ging seiner Freundin entgegen. Ich dagegen blieb unter der flackernden Straßenlaterne stehen und starrte diesem geheimnisvollen Mann hinterher, von dem ich mir sicher war, dass er weitaus mehr zu verbergen hatte, als er vorgab.

6 Kapitel

Die finsteren Träume. Meine Mom, die sich innerhalb von Sekunden in ein diabolisches Monster verwandelt hatte und Gabriel, der mich davor bewahrt hatte, ihr näherzukommen. Hatte er das gemeint, als er mir sagte, er sei froh, mich wohlauf zu sehen? Oder nur meine verbrühte Hand?

Wo war die Grenze zwischen Traum und Realität? Ich war mir nicht mehr sicher. Mein Kopf hörte nicht auf zu pochen und meine Gedanken wirbelten durcheinander.

Ich fürchte, das wirst du noch früh genug erfahren.

Der Strom, den seine Berührung in mir auslöste, und seine hypnotische Stimme waren nicht von dieser Welt. Mit einer bloßen Berührung seiner Hand hatte er meine Brandblasen verschwinden lassen und mich anschließend als verrückt hingestellt. Mit Sicherheit würde ich das bald werden, wenn ich nicht herausfand, was sich hinter seiner rätselhaften Fassade verbarg.

Zwar versuchte ich, mich dagegen zu wehren, konnte aber nicht umhin, mich zu ihm hingezogen zu fühlen. Nein, mehr als das. Es war fast schon ein unbändiger Drang, der mich zu ihm lockte, sobald ich seinen Geruch wahrnahm und in den Tiefen seiner Augen versank. Es gefiel mir und gleichzeitig hasste ich dieses Gefühl der Unsicherheit.

Der Mond schien hell und unnachgiebig durch das Fenster und tauchte mein Zimmer in milchig weißes Licht. Ich lehnte meine Stirn gegen die kühle Scheibe und schaute in den Garten, in dem eine leichte Frostschicht glitzerte. Es linderte die Hitze, die mir zu Kopf gestiegen war und ließ mich klarer denken. Ich nahm mir fest vor, hinter Gabriels Geheimnis zu kommen. Mit diesem Gedanken fiel ich in einen unruhigen Schlaf.

Nach der Doppelstunde Mathe am Montagvormittag rauchte mir der Kopf, wie schon lange nicht mehr. Mit einem Ohr hatte ich versucht, Ms Meyner zuzuhören, die mich mehrere Male dazu aufforderte, mich am Unterricht zu beteiligen, und mit dem anderen wollte ich Skanders Erklärungen nachvollziehen. Es war die reinste Folter gewesen. Ich hatte kaum die Hälfte dessen verstanden, was ich gerade im Unterricht gerechnet hatte und zweifelte daran, dass ich die Hausaufgaben ohne Hilfe schaffen würde. Wenn das so weiterging, würde die Endnote meinen Schnitt nach unten ziehen. Wenigstens kam ich in allen anderen

Fächern gut mit. An diesem Fortschritt klammerte ich mich fest.

„Ach komm, so übel war es doch gar nicht“, meinte Meggie und ließ sich neben mir auf die rot lackierte Bank der Mensa fallen. Der Geruch ihres Makkaroni-Auflaufs ließ meinen Magen rumoren. Ich hatte mich fälschlicherweise für die Kartoffelpuffer entschieden, die wie verkohlte Schuhsohlen aussahen und das Pochen meines Schädels verstärkten. Ich schob meinen halb geleerten Teller in die Mitte des Tischs, vergrub das Gesicht in meinen Armen und brummte.

„Sie kann dir deine Angst ansehen, nur deshalb nimmt sie dich dran“, sagte Skander und knuffte mich in die Seite. Ich konnte das Amüsement deutlich aus seinem Tonfall heraushören.

„Die kennt echt kein Erbarmen“, murmelte ich gedämpft und linste zwischen meinen Armen hindurch.

„Mach dir nichts draus. Dass du neben Skander sitzt, ist doch schon die halbe Miete. An dem hat sie nämlich seit geraumer Zeit einen Narren gefressen, also dürfte deine Zeugnisnote aus dem Schneider sein.“ Meggie kaute genüsslich.

Ich hob den Kopf.

„Mit Verlaub: Skander Liable, Lehrerflüsterer.“ Er verbeugte sich übertrieben tief vor uns. „Ich muss los. Wir sehen uns später.“ Dann klaubte er den Apfel von

Meggies Tablett und grinste uns verschwörerisch zu, bevor er in Richtung Ausgang lief.

„Weißt du, wer noch einen Narren gefressen hat?“, fragte Meggie und schob sich die Umhängetasche von der Schulter.

Fragend sah ich sie an.

„Skander. Und zwar an dir“, fuhr sie fort und trank einen Schluck aus ihrer Flasche.

Ich schnaubte und ließ mein Kinn auf die verschränkten Arme sinken. Nach der kurzen Mittagspause würden noch zwei Stunden Geschichte folgen und mein Kopf rauchte jetzt bereits. Ich hatte keine Lust auf Meggies Verschwörungstheorien.

„Nein, im Ernst. Ich glaube nicht, dass er was mit Katie am Laufen hat, so wie er dich ansieht.“

„Wie sieht er mich denn an?“, fragte ich stirnrunzelnd.

Sie zuckte die Achseln. „Ich merke, die Theorie trifft auf keine große Begeisterung. Gibt es denn jemand anderen, für den du dich interessierst?“, hakte sie nach und sah mich eindringlich an.

Ein wenig zu eindringlich, wenn man mich fragte. „Worauf willst du hinaus?“

„Ich habe gestern gesehen, wie Gabriel dir nachgelaufen ist.“

Ich lachte auf. Wenn sie wüsste, wie unsere Konversation verlaufen war, hätte sie mich nicht mit diesem vielversprechenden Blick angesehen.

„Glaub mir, da läuft nichts." Ich ignorierte den kleinen Stich in meiner Brust.

„Das ist auch besser so", sagte meine Freundin. „Sein Ruf eilt ihm um Längen voraus."

„Ist mir doch egal", rutschte es mir heraus und ich sah, wie überrascht Meggie war. „Ich meine, bei dir wäre es mir auch egal. Man sollte Leute nicht nach ihrem Ruf verurteilen", fügte ich schnell hinzu.

Das energische Klackern von Absätzen sorgte dafür, dass wir uns in Richtung Kantineneingang umdrehten. Hoch erhobenen Hauptes lief Avalee Kent durch die Mensa und sofort lagen alle Blicke auf ihr. Das war kein Wunder, bei den knallengen Jeans und der bestickten Corsage, über der sie bloß einen transparenten Cardigan trug. Durch den Stoff konnte man die geschwungenen Konturen ihrer Tattoos erkennen.

Statt zur Essensausgabe zu gehen und sich das Menü zu holen lief sie geradewegs durch den Raum – und fixierte mich mit ihren schwarz umrandeten Augen. Sie erinnerten mich an ein aufziehendes Unwetter. Gefährlich, aufbrausend und finster. Ich sah mich nach Meggie um, die mindestens genauso entgeistert dreinblickte wie ich selbst.

„Lass deine Finger von ihm.“ Avalees Stimme klang eisig und meine Nackenhaare stellten sich auf.

Stirnrunzelnd blickte ich zu ihr hoch, als sie sich mit verschränkten Armen vor mir aufbaute. „Wie bitte?“

Sie seufzte genervt. „Gabriel. Pass auf, was du tust, oder es wird dich teuer zu stehen kommen.“ Ich war drauf und dran etwas zu erwidern, doch sie schnitt mir mit einer Handbewegung das Wort ab. „Es ist nur zu deinem Besten.“ Beinahe konnte ich einen Anflug von Menschlichkeit in ihrer Stimme erkennen.

Anscheinend war die Sache für sie damit erledigt. In ihren hohen Lederstiefeln stolzierte sie in Richtung Flur und verschwand, ohne sich noch einmal umzudrehen oder mir die Gelegenheit zu geben, etwas zu erwidern. Was hatten die Leute hier bloß dauernd mit ihren dramatischen Abgängen?

„Was ist bei der denn kaputt?“, fragte Meggie und blickte zwischen dem Schulflur und mir hin und her.

„Glaub mir, Meggie, ich habe keinen blassen Schimmer.“

„Bist du dir sicher, dass du nichts mit Gabriel am Hut hast?“, fragte sie und sah mich aus ihren warmen Augen an.

Ich wollte sie wirklich nicht vor den Kopf stoßen, doch bevor ich nicht wusste, was es mit Gabriel und seinem Verhalten auf sich hatte, konnte ich ihr nicht davon erzählen. Wie sollte ich denn auch? Schließlich verstand ich diese merkwürdige Anziehungskraft nicht einmal selbst.

„Wir kennen uns bloß flüchtig“, sagte ich und hoffte inständig, sie würde sich damit zufrieden geben.

„Wahrscheinlich befürchtet Avalee, dass sie nicht mehr genug Aufmerksamkeit von ihm bekommt, sobald er sich mal mit einem anderen Mädchen unterhält. Komisches Weib.“ Meggie schüttelte den Kopf. „Komm, wir müssen zu Geschichte.“

Ich schwang mir meinen Rucksack über die Schulter und folgte meiner Freundin durch die Gänge, vorbei an den Schülern, die tuschelnd die Köpfe zusammensteckten, sobald sie mich sahen. Hoffentlich war dieser Schultag bald vorbei.

Nach Schulschluss ging ich direkt in die Bücherei. Einerseits wollte ich sehen, wo mein Dad arbeitete, andererseits hatte ich eine Mission zu erfüllen. Ich musste recherchieren. Zwar hatte ich kaum Anhaltspunkte, war mir aber sicher, dass ich über das eine oder andere mit Sicherheit stolpern würde. Nicht umsonst hatte ich früher meinen eigenen Detektivclub angeführt.

Als ich die Treppen zur Bibliothek hochstieg, nahm ich bereits den vertrauen Geruch von engbedruckten

Seiten voller Abenteuer wahr, die nur darauf warteten, verschlungen zu werden. Doch dafür war ich leider nicht hier.

Mir blieb der Mund offen stehen, als ich mich in die Eingangshalle vorwagte. Okay, riesig war sie nicht, aber im Vergleich zur Bücherei in Kidlingtree wirkte sie gigantisch. Es gab einen abgetrennten Bereich für Schüler und Studenten und weitere Sitzgelegenheiten, auf denen es sich mancher Rentner gemütlich gemacht hatte und in Ruhe seine Zeitung las. Die Regale reichten bis zur Decke. Hinter dem Computerbereich in der Abteilung für Geschichte sah ich sogar eine Leiter, die von Regal zu Regal verschoben werden konnte, ganz wie ich es nur aus Filmen kannte.

Als Dad mich sah, breitete sich ein Lächeln auf seinem Gesicht aus. Er stellte mich zunächst seinen Kolleginnen vor, die allesamt nett wirkten. Sie legten die typische Zurückhaltung an den Tag, die ich schon von seinen früheren Mitarbeitern gewohnt war. Dann führte er mich eine Weile herum.

Nachdem er sich wieder an die Arbeit gemacht hatte, begab ich mich zunächst an den Computer in der Kinder- und Jugendecke, der hinter einer Trennwand verborgen lag. Ich wollte lieber ungestört recherchieren, als mich den Fragen meines Vaters zu stellen.

Nach welchen Titeln sollte ich schauen? Ich konnte ja schlecht körperlicher Zwang, magische Heilung oder Traum mit gruseligen Fratzen eintippen. Aufgrund von Gabriels Akzent und den gälischen Worten, die er manchmal benutzte, entschloss ich mich, den Bestand zunächst auf Bücher über irische Mythologie zu prüfen. Dazu suchte ich ein paar Titel über Hypnose und schamanische Heilung heraus und notierte mir die jeweiligen Buchstaben und Nummern, die mich zu den Regalen führen sollten. Zuletzt tippte ich *Schattenwesen* in das Suchfeld, brummte jedoch verdrießlich, als der Computer mir lediglich Fantasywälzer anzeigte. Wahrscheinlich würde ich mich mit den Esoterikschinken über Traumdeutung zufrieden geben müssen.

Mit meinen neongelben Zettelchen bewaffnet, hastete ich von einer Abteilung in die nächste und musste mehrmals gehen, um die Stapel zurück zu meinem Platz zu bringen, da ich sonst unter der Last eingeknickt wäre. Als ich bei den Sachbüchern angelangt war, konnte ich durch die Regale hindurch sehen, wie Dad einer älteren Dame half. Hochgewachsen wie er war, fischte er mit Leichtigkeit eines der Geschichtsbücher aus den oberen Reihen heraus.

„Er macht seine Sache wirklich gut“, erklang eine Stimme neben mir und ich fühlte mich ertappt.

Eleanor war neben mir aufgetaucht, eine Kollegin meines Dads. Ihr schrulliges Äußeres war mir sofort sympathisch gewesen. Sie trug eine ziemlich scheußliche Strickjacke, deren vordere graue Taschen wie Katzen geformt waren. Dazu hatte sie einen beigen Cordrock samt bunt gestreifter Strumpfhose kombiniert. Die Krönung des merkwürdigen Outfits war jedoch ein Strickschal mit lauter Bommeln, den sie um ihren dürren Hals gewickelt hatte. Ihre komische Erscheinung machte sie liebenswürdig und ich lächelte ihr verschwörerisch zu, auch wenn sie mir einen Schrecken eingejagt hatte.

„Er wirkt so glücklich", wisperte ich und spähte wieder durch das Regal auf die andere Seite der Abteilung. Das Gesicht der alten Bibliothekarin wurde noch knittriger, als sie mein Lächeln erwiderte.

„Das ist er hoffentlich auch. Zumindest macht es den Eindruck."

Um Dads Wohlergehen brauche ich mir also keine Gedanken zu machen. Bloß ich gab ihm noch Grund zur Sorge. Ich nahm mir fest vor, mir beim nächsten Mal meinen schlechten Schlaf nicht anmerken zu lassen. Und von den Panikattacken durfte er erst recht nichts erfahren.

„Kann ich dir irgendwie behilflich sein, mein Goldstück?", fragte Eleanor und betrachtete den unter meinen Arm geklemmten Stapel neugierig.

Für einen Moment überlegte ich abzulehnen, entschied mich dann aber anders. Wahrscheinlich hätte ich keine der anderen Bibliothekarinnen gefragt, aber gerade weil Eleanor so verrückt aussah, traute ich mich, ihr die Bücher zu zeigen, die ich herausgesucht hatte.

„Kennen Sie sich hiermit aus?“

Eleanor betrachtete die Einbände in meiner Hand mit schräggelegtem Kopf und nickte anschließend stolz. Gemeinsam gingen wir zu der Ecke, in der meine Sachen verstaut lagen, wobei Eleanor in ihren Puschen mehr schlurfte, als dass sie ging. Mit einem Nicken registrierte sie die Stapel auf dem Tisch und ich schob einen Sessel heran, auf den sie sich sogleich fallen ließ. Sie war so klein, dass ihre Beine kurz über dem Boden in der Luft baumelten.

Und dann begann sie zu erzählen, ohne auch nur eines der Bücher überhaupt aufzuschlagen. Anscheinend hatte sie alle Bücher der Bibliothek selbst gelesen, so lebhaft erklärte sie mir die verschiedenen Aspekte der Hypnose. Sie sprach von Traumdeutung und Heilkünsten der vergangenen Jahrhunderte, als wäre sie leibhaftig dabei gewesen. Fast vergaß ich den Haufen Lektüre, den ich aus den Regalen zusammengeklaubt hatte, während ich Eleanors Worten lauschte, den Kopf auf beiden Händen abgestützt. Ab und an griff ich nach meinem Notizbuch, um einige Stichworte zu notieren.

„Also ist es möglich, dass zwei Menschen denselben Traum teilen?“

Eleanor nickte nachdenklich.

„In der Tat ja. Darüber habe ich schon einiges gelesen. Das kommt besonders oft bei langjährigen Ehepaaren vor“, sprach sie und lehnte sich zurück.

Mist. Wahrscheinlich war das hier eine Sackgasse. Zwar waren die Dinge, die sie mir erzählte, wirklich aufschlussreich, aber nichts davon konnte ich mit Gabriel in Verbindung bringen.

„Und bei Leuten, die sich noch nicht so lange kennen?“, hakte ich nach.

„Das klingt in meinen Ohren eher ungewöhnlich.“ Nachdenklich tippte sie sich mit den Fingern gegen das Kinn und die Furchen ihres Gesichts wurden noch tiefer.

„Sagt Ihnen der Name Belial etwas, Eleanor?“, fragte ich und sah, wie ihre Augen kurz aufflackerten. Im Gegensatz zum Rest ihres Gesichts schienen sie unglaublich junggeblieben. Sie strahlten in einem lebendigen Blau.

Belial sendet seine Grüße, hallte es in meinen Ohren wider. Wahrscheinlich würde ich diesen Alptraum niemals vergessen. Zu deutlich hatten sich die schrecklichen Bilder in mein Hirn gebrannt.

„Diesen Namen solltest du niemals laut aussprechen“, wisperte Eleanor ängstlich und legte sich den Finger an die Lippen. „Das ist, als würdest du dem König der Finsternis persönlich anbieten, deinen Körper heimzusuchen.“

Perplex starrte ich sie an. Wahrscheinlich war bei ihr doch die eine oder andere Sicherung durchgebrannt.

„So, ich sollte mich mal wieder an die Arbeit machen.“ Mit einem Mal war ihre Stimme wie ausgewechselt. Auch der schreckhafte Ausdruck war aus ihrem Gesicht verschwunden. Sie zerrte sich ihren Schal fester um den Hals, sodass die Bommel daran auf und ab hüpften.

„Vielen Dank für Ihre Hilfe, Eleanor“, sagte ich höflich.

„Jederzeit wieder“, erwiderte sie, vergrub die Fäuste in ihren Katzentaschen und schlappte dann in Richtung der Ausleihe davon.

Ich wusste nicht, wie viel von dem, was sie mir erzählt hatte, der Wahrheit entsprach, also begann ich die Stapel vor mir zu durchforsten. Es war weitaus spannender gewesen, Eleanors Worten zu lauschen, als die teils unlesbar kleine Schrift der Wälzer vor mir zu entziffern, um dann festzustellen, dass die Informationen unbrauchbar waren. Es war bereits später Nachmittag, als ich anfing, die nutzlosen Bücher zurück in die Regale zu räumen.

Als ich an meinen Platz zurückkehrte, stutzte ich, denn dort lag ein weiteres Buch. Ehrfürchtig strich ich mit den Fingern über den golden gravierten Buchrücken. In einer gewölbten Schrift stand dort: *Keltische Mythen und Sagen*. Ich war mir sicher, dass dieses Buch nicht im Bestand aufgeführt gewesen war. Und dass es vorher noch nicht dort gelegen hatte.

Ich lugte hinter der Wand hervor in Richtung Ausleihe. Die Schlange dort war momentan ziemlich lang und dennoch entging mir Eleanors Blick nicht, der mich kurz streifte.

Was hatte es damit wohl auf sich? Eifrig beugte ich mich über den Ledereinband. Meine Fingerspitzen kribbelten, als ich die dünne Staubschicht vom Buchdeckel blies und die erste Seite aufschlug. Dann begann ich, zu lesen. Der Einband gab eine ausführliche Grundlage und reichte weit über das Basiswissen hinaus. Ich übersprang die Kapitel über asiatische Mythologie und blätterte zu den brauchbaren Informationen der europäischen Mythologie vor. Es dauerte einige Zeit, bis ich mich zu den spannenden Absätzen vorkämpfte, die nichts mehr mit der historischen Gründung Irlands oder gallorömischen Jupiter-Gigantensäulen zu tun hatten, sondern deutlich spannendere Mythen behandelten.

Ich stieß auf ein Kapitel über das Volk der Fae.

Fae, in der heutigen Zeit auch unter dem Begriff Elfen oder Feen zu finden und nicht zu verwechseln mit dem kleinen Volk der Pixies, sind unsterbliche Wesen mit enger Verbindung zur Natur. Sie sind das regierende Volk der Anderwelt, dem Land der ewigen Jugend. Fae reagieren sehr stark auf Eisen. Die direkte Berührung mit Eisen löst eine Art allergischen Schock aus, bei dem sich zunächst die Haut rötet, sich schließlich schwärzt und abstirbt. Bei längerem Kontakt mit Eisen wird das Leben der Fae aus dem Körper gezogen, bis zum unweigerlichen Tod. Fae sind unsterblich – nach dem Erreichen des Erwachsenenalters altern sie sehr langsam und sterben keines natürlichen Todes. Spitze Ohren, die sich vor allem in der fiktionalen Literatur finden, sind selten Merkmal der Fae. Vielmehr zeichnen sie sich durch betörenden Geruch, übernatürliche Wahrnehmung menschlicher Empfindungen bis hin zum Gedankenlesen, Schnelligkeit, Unsichtbarkeit und ewige Jugend aus.

Des Weiteren beherrscht nahezu jeder Fae die Gabe des Glanzes. Dabei handelt es sich um eine Art magische Illusion, um vor allem Sterbliche zu täuschen. Glanz ist in der Lage dazu, alle fünf Sinne zu benebeln und Sterblichen den Glauben von Normalität zu geben. Diese Täuschung ist überaus wichtig, um nicht von

Sterblichen entdeckt zu werden. Sollte dies der Fall sein, ist es ihnen unmöglich zu lügen und ihre wahre Natur abzustreiten. Sie sind wahre Künstler der Worte und können die Wahrheit vertuschen, sind aber nicht in der Lage dazu, Lügen auszusprechen.

Ich las den Absatz gleich noch ein zweites Mal und das Kribbeln in meinen Fingerspitzen verstärkte sich. Betörender Geruch und Glanz, der die Sinne benebelt? Damit konnte ich auf jeden Fall schon mal etwas anfangen. Gabriels Stimme konnte meine Sinne mehr benebeln, als alles andere. Ich las weiter.

Obgleich Fae alleine in der Dieswelt wandeln oder in der Anderwelt leben, lassen sie sich generell in zwei Höfe aufteilen: den des Lichts und den der Finsternis.

Der Lichthof besteht aus den gutartigen Fae, die Sterblichen gegenüber friedlich eingestellt sind – auch wenn sie mindestens genauso berechnend sein können, wie ihre Vettern der Finsternis.

Anhänger des Dunkelhofs sind generell als bösartig einzustufen. Sie scheuen nicht davor zurück, sich in der Dieswelt einzunisten und Menschen zu ihren Zwecken zu missbrauchen, selbst, wenn dies zum Tode der Sterblichen führt.

Langsam bildete sich ein Kloß in meinem Hals, den ich mit einem Schluck meiner Wasserflasche versuchte hinunterzuspülen. Ein mulmiges Gefühl breitete sich in meinem Brustkorb aus. Ich blätterte um und versuchte, meinen Adrenalinpegel durch das vertraute Rascheln der Seiten zu beruhigen.

In den letzten Jahrhunderten ist der Dunkelhof um ein Vielfaches gewachsen, was unter anderem auf die Energiezufuhr durch Sterbliche zurückzuführen ist. Durch den nächtlichen Einsatz von Dunkelfae, vor allem unter dem Begriff Inkuben oder Nachtmahr geläufig, ist es dem Dunkelhof möglich, viel Lebensenergie in kurzer Zeit zu gewinnen. Sobald sich die Wesen der Dunkelheit in die Träume Sterblicher einnisten, bescheren sie ihnen die angsteinflößendsten, wildesten Fantasien, um sich an der aufkeimenden Energie zu laben und diese auszusaugen, damit sie dem Hof zu Gute kommt. Dabei wird nicht auf das Wohl der Sterblichen geachtet, sondern oft die Grenze bis hin zum Tod überschritten.

Angewidert verzog ich das Gesicht. Jetzt half selbst der Geruch der Bücher um mich herum nicht mehr. Mein Herz polterte aufgeregt und in einer hastigen Bewegung schlug ich das Buch zu.

So ein Schwachsinn. Also wirklich, da saß ich hier, mitten in der Bibliothek und las lächerliche Lektüre über dunkle Höfe und ein Volk von unsterblichen Wesen, nur um Gabriels merkwürdiges Verhalten zu rechtfertigen. In meinem Inneren rebellierte es lautstark und ich beschloss, es für heute gut sein zu lassen. Ich musste dringend an die frische Luft und meinen Puls beruhigen. Fahrig stopfte ich mein Notizbuch und meine Stifte zurück in den Rucksack und stapelte die übriggebliebenen Bücher aufeinander. Gleich darauf machte ich mich auf den Weg zur Ausleihe und lehnte mich erschöpft dagegen. Ich schloss die Augen und atmete tief durch. Für einen Moment erwog ich, die Bücher zurück an ihren Platz zu stellen, statt sie zurücklegen zu lassen. Jedoch überwog die Neugier – auch wenn ich mir inzwischen mehr als dumm vorkam, weil ich tatsächlich so naiv war, in Erwägung zu ziehen, dass Gabriel ... Nein, ich würde diesen Gedanken mit Sicherheit nicht zu Ende führen. Nicht in diesem Leben.

„Du nimmst den Aufsatz von Chapman ja wirklich ernst, Parker", erklang eine belustigte Stimme.

Ich riss die Augen auf. Erleichtert atmete ich auf, als ich Skander erkannte, der sich neben mir gegen die Ausleihe lehnte. Interessiert musterte er die Bücher in meinen Armen und schüttelte seine Locken aus der Stirn. Er hatte die Brille auf, die er sonst nur im Unterricht trug und nicht wirklich zu seinen zerschlissenen Jeans passen wollte.

„Besser spät als nie", log ich und stellte fest, dass der Aufsatz für den Englischunterricht tatsächlich eine gute Ausrede für die Bücher bot. Wir hatten mit Shakespeares *Ein Sommernachtstraum* angefangen und Mr Chapman hatte bereits einen Aufsatz angekündigt, der Ende nächster Woche fällig sein würde. „Und, was leihst du dir aus?“, fragte ich, um von mir abzulenken, und versuchte zu erkennen, welches Buch er unter seinen Arm geklemmt hatte.

„Hab meinen alten Kram abgegeben und das hier“, er hielt das Buch in die Höhe, „ausgeliehen.“

Es war der erste Band von Harry Potter.

„Oh, ein Klassiker“, grinste ich.

„Irgendwie war mir heute danach“, sagte er schulterzuckend. „Manchmal brauche ich ein vertrautes Umfeld, in dem ich für ein paar Stunden verschwinden kann. So kann ich ganz gut abschalten.“

„Das Gefühl kenne ich gut.“ Ich rieb mir die müden Augen. Viel zu lange war ich in den geschlossenen Räumlichkeiten gewesen.

„Wie wäre es, wenn du den Aufsatz für heute ruhen lässt und wir noch einen Kaffee trinken gehen? Bis Ladenschluss ist noch eine Stunde“, schlug er vor und warf einen Blick auf seine Armbanduhr.

„Gar keine schlechte Idee.“ Ich unterdrückte ein Gähnen und sah auf die Bücher in meinen Armen. Jetzt war es zu spät, sie zurückzustellen. Ich ging zu dem Schalter, an dem mein Dad stand. „Dad, meinst du, ich kann die Bücher bis morgen hier liegen lassen?“

„Kein Problem, gib her“, antwortete er und griff nach dem Stapel in meinen Armen. „Ist das für ein

Schulprojekt?", fragte er und verstaute sie hinter der Ausleihe.

Hastig nickte ich und hoffte inständig, dass er nicht weiter nachhaken würde.

„Und du? Bist du ein Klassenkamerad?", fragte Dad an Skander gewandt. Oh je, hoffentlich würde es jetzt nicht peinlich werden.

„Ja, bin ich. Freut mich, Sie persönlich kennenzulernen Mr Parker." Skander streckte meinem Vater die Hand entgegen.

„Wie ich sehe, hast du dir Harry Potter ausgeliehen. Eine gute Wahl. Emma hat sich früher immer als Hermine verkleidet und ist mit ihrem Umhang durchs ganze Haus ..." So viel zum Thema Peinlichkeit.

„Okay Dad, wir müssen los. Danke fürs Zurücklegen", unterbrach ich ihn und drückte ihm einen Kuss auf die Wange. Danach griff ich nach Skanders Arm und zog ihn in Richtung Ausgang davon.

„Tschüss, Mr Parker", rief er über die Schulter hinweg. Ich konnte sein Feixen förmlich spüren.

Als wir aus dem Gebäude traten, gingen gerade die Straßenlaternen an. Schweigend gingen wir die Straße entlang zum Café meiner Großmutter. Ich war viel zu müde, um mir ein Gesprächsthema einfallen zu lassen, aber es war kein unangenehmes Schweigen. Skander hielt mir die Tür zum *Betty's* auf und neigte den Kopf wie ein Gentleman. Ich grinste und versuchte mich an einem Knicks.

„Na wen haben wir denn da?", flötete Meggie quer durch den Raum und ich widerstand dem Drang, die Augen zu verdrehen. Trotzdem setzten wir uns an einen Tisch, der dicht bei der Theke lag, damit wir uns mit ihr unterhalten konnten. Als sie wenig später mit unseren Getränken an den Tisch trat, nickte sie unauffällig mit dem Kopf in Richtung Fenster.

„Hast du schon gesehen, wer dort sitzt?", flüsterte sie mir ins Ohr und stellte das große Glas mit Sahnehaube vor mir ab.

Mein Blick wanderte zu besagtem Tisch und dem dort sitzenden Pärchen. Das blonde Mädchen hatte eine Hand über die ihres Begleiters gelegt. Irgendwoher kam sie mir bekannt vor. Der Typ schien ihrem angeregten Plaudern zu lauschen. Als er sich ein Stückweit nach vorn beugte und nach seinem Kaffee griff, stutzte ich. Gabriel. Nun erkannte ich auch das Mädchen wieder. Es war Shailene, die vollbusige Bekannte, mit der Gabriel geschäkert hatte. Wie viele Freundinnen hatte der Kerl?

Die Informationen, die ich den Tag über in meinem Hirn abgespeichert hatte, waren wie verpufft, als ich sah, wie er leise etwas erwiderte, was sie dazu brachte, aufreizend zu kichern. Ich wandte den Blick ab. Das musste ich mir wirklich nicht antun.

Meggie sah mich an, als wüsste sie genau, was ich gerade dachte. „Hast du nachher noch etwas vor?“

„Eigentlich nicht, nein“, meinte ich, den Blick starr auf meinen Eiskaffee geheftet.

„Ich hatte an einen Mädelsabend gedacht. Mit Chips, Schokolade und vielleicht ein paar Ryan Gosling Filmen?“, fragte meine Freundin heiter.

Skander schnaubte empört. „Schade, Mädels, da bin ich leider raus.“

„Klingt super“, erwiderte ich stattdessen und zwang mich zu einem Lächeln, obwohl mir gerade überhaupt nicht danach zumute war.

Was war nur mit mir los? Eigentlich sah es mir nicht ähnlich, meine Gefühle derart zur Schau zu tragen. Ich kannte Gabriel nicht einmal richtig und hatte überhaupt kein Recht dazu, eifersüchtig zu sein. Mühsam versuchte ich, seine Anwesenheit einfach auszublenden, was mir durch Shailenes amüsiertes Quietschen deutlich erschwert wurde. Ich musste mich ablenken und richtete meine Konzentration stattdessen auf Skander.

„Du siehst heute übrigens sehr kultiviert aus“, sagte ich und deutete auf seine Brille. Verwundert sah er mich an.

„Ah, hab ich ganz vergessen“, meinte er, nahm das Gestell ab und rieb sich über die Augen. „Ich brauche das Ding zum Autofahren.“

„Darf ich mal?“, fragte ich neugierig. Er schob mir die Brille über den Tisch zu und ich setzte sie auf. „Und? Wie sehe ich aus?“

Skander lachte rau. „Du siehst aus, als wärst du besonders bewandert im Bereich der Mathematik.“

Ich ließ die Brille auf meine Nasenspitze herunterrutschen und schaute ihn über den Rand hinweg streng an. „Ms Parker, wären Sie so lieb und würden die Hausaufgaben an die Tafel schreiben?“, imitierte ich Ms Meyners scharrende Stimme und Skander lachte noch lauter. Als er sich wieder gesammelt hatte, sah er mich aus seinen dunkelbraunen Augen amüsiert an. Er hob die Hand an mein Gesicht und ich hielt erschrocken inne. Für einen Moment streiften seine Knöchel meine Wange und ich zuckte zusammen bei der Hitze, die von seiner Haut ausging. Dann hob er das Brillengestell von meiner Nase und setzte es sich selbst wieder auf. Erleichtert atmete ich auf.

„Ist es okay, wenn ich dich jetzt allein lasse? Ich muss noch etwas erledigen und …“

Ich machte eine verwerfende Geste mit der Hand. „Klar, geh nur. Ich wollte Meggie eh noch beim Saubermachen helfen“, beschwichtigte ich ihn.

„Dann sehen wir uns morgen. Schreib mir, wenn du Hilfe bei den Hausaufgaben brauchst.“ Er zwinkerte und rief Meggie noch etwas zu, bevor er das Café verließ.

Jetzt hatte ich niemanden mehr, der mich vom Geschehen beim Fenster ablenkte und ich konnte nicht umhin, immer wieder verstohlen dorthin zu linsen. Shailene war wirklich hübsch. Ganz im Gegenteil zu mir hatte sie Modelmaße – dabei war ich nie ernsthaft unzufrieden mit mir selbst gewesen. Doch jetzt, wo sie dort mit Gabriel saß und sein verwegenes Lächeln ihr galt, fühlte ich mich auf einmal unzulänglich. Ich verspürte das dringende Bedürfnis zu den beiden zu stürmen und Shailene zu sagen, dass ich sie für ein billiges Flittchen hielt.

Erschrocken über meine eigenen Gedanken umfasste ich mein Glas fest. Gerade, als ich den Blick wieder abwenden wollte, blickte er auf und entdeckte mich. Unvorbereitet wie ich war, fiel mir der Löffel klirrend aus der Hand.

Da war nichts Warmes mehr. Kein Funken des üblichen Charismas, das die verschiedensten Emotionen in mir auslösen konnte. Das vertraute Kribbeln blieb aus, ebenso der wohlige Schauer, den ich sonst verspürte. Stattdessen war dort nur Kälte. Boshafte, eisige Kälte, die zu mir durchdrang und das Blut in meinen Adern gefrieren ließ.

7 Kapitel

Das Wippen des Stuhls beruhigte mich. Erstaunlich, wozu so ein Schaukelstuhl in der Lage ist. Mit einer Wolldecke hatte ich es mir im Wintergarten gemütlich gemacht und schaute nach draußen. Ich konnte gar nicht anders, als mich geborgen zu fühlen. Grams hatte den Kamin angezündet und mir einen Tee aufgebrüht. Wahrscheinlich hatte sie sofort gemerkt, wie aufgelöst ich war, als ich ins Haus gestürmt war und mich erleichtert gegen die Haustür fallen ließ.

Jetzt saß sie auf dem Sessel mir gegenüber und strickte. In manchen Dingen war sie eben wirklich die typische Großmutter, auch wenn sie sich oft dagegen wehrte. Sie redete ständig davon, dass sie sich alt fühlte, wenn ich sie vor anderen ‚Grams' nannte.

„Grams?"

„Ja?", fragte sie ohne aufzublicken.

„Hast du manchmal das Gefühl, dass manche Dinge überhaupt nicht so sind, wie sie zunächst wirken?", fragte ich. Mein Blick schweifte durch den Garten zum kleinen Gewächshaus, in dem meine Großmutter ihr Gemüse züchtete.

„Manchmal muss man über die eigentliche Situation hinausblicken. Nur weil etwas für dich offensichtlich ist, muss das nicht heißen, dass es für jedermann so aussieht“, sagte sie barsch.

„Aber ich kann ja nichts dafür, wenn ich genauer hinsehe als andere“, erwiderte ich trotzig und zog mir die Wolldecke enger um die Schultern.

Grams legte ihr Strickzeug auf dem Schoß ab und sah mich durchdringend an. „Viele Menschen fühlen sich ihrer Privatsphäre beraubt, wenn man hinter ihre Fassade blickt. Du solltest vorsichtig sein, wie du mit dieser Gabe umgehst.“

„Gabe?“, fragte ich verwundert.

„Es gibt Dinge, die gehören nur einem selbst. Geheimnisse, die man tief in sich verschlossen hat und das mit gutem Grund. Du bist ein sehr empfindsamer Mensch und siehst Details, die nicht jeder mit dem bloßen Auge erfassen kann. In meinen Augen ist das eine Gabe, manch anderer würde sagen, es ist ein Fluch“, sprach Grams, den Blick wieder auf ihre Wolle geheftet.

„Ich habe niemanden um diese Gabe gebeten. Sie bringt mich nur in Schwierigkeiten“, murrte ich.

„Du kannst den Lauf der Dinge nicht bestimmen, Emma“, sagte Grams. „Keiner von uns hat darum gebeten, dass Melinda stirbt und sieh nur, was es uns Tolles beschert hat.“

Meine Brust zog sich zusammen, als sie den Namen meiner Mutter aussprach. Ich versuchte, meinen Puls mit tiefen, langen Atemzügen zu beruhigen.

„Das Schicksal hat die Tür eines wunderbaren Lebens geschlossen, uns dafür aber eine völlig neue geöffnet. Du musst anfangen, das zu akzeptieren."

Jetzt schien mir meine Misere mit Gabriel auf einmal unheimlich banal. Meine Augen brannten und ich blinzelte die aufkeimenden Tränen weg.

Wenig später klingelte es an der Tür. Ich öffnete sie und konnte mir ein Grinsen nicht verkneifen. Meggie hielt strahlend eine XXL-Packung Chips hoch, in der anderen Hand stapelte sich ein riesiger Haufen DVDs. Wann sollten wir die denn alle gucken? Dafür würde man mit Sicherheit mehrere Tage brauchen.

„So und jetzt sag mir gefälligst, was das vorhin war", forderte meine Freundin, als wir auf dem Weg nach oben in mein Zimmer waren.

„Was meinst du?", wich ich aus und bedeutete ihr einzutreten.

Sie lief geradewegs zum Fenster und plumpste auf den Polstern nieder. „Ach komm schon!", rief sie aus. „Ich habe doch gesehen, wie du Gabriel vorhin angeschmachtet hast. Deine Blicke hätten deutlicher nicht sein können, ich glaube, das hat sogar Skander bemerkt.“ Als ich nicht antwortete, fuhr sie fort. „Er sah fast aus wie ein Welpe, dem man sein Spielzeug weggenommen hat. Am liebsten wäre ich zu euch an den Tisch gekommen, hätte ihm ein Leckerli gegeben und ...“

„Ist ja gut!“, rief ich beschwichtigend.

Sie verstummte und blickte mich erwartungsvoll an.

„Er ist mir nachgelaufen. Wir haben geredet. Das war's eigentlich auch schon.“

„Wie, das war's?“, hakte sie nach und ich seufzte.

„Mehr gibt es dazu nicht zu sagen. Du hast doch gesehen, wie er mich mit seinen Blicken verstümmelt hat.“

„Ich habe dir doch gesagt, du sollst dich von ihm fernhalten“, tadelte sie mich. „Es gibt so einige Dinge, die man sich über Gabriel Kent erzählt.“

Ich horchte auf. „Moment mal – Gabriel heißt Kent mit Nachnamen?“

„Er ist Avalees großer Bruder, wusstest du das nicht?“, fragte Meggie verwundert.

Fast hätte ich laut gelacht. Ich hatte die ganze Zeit über gedacht, die beiden wären zusammen. Wieso hatte mir denn vorher niemand gesagt, dass sie Geschwister waren und kein Paar? Ich war der festen Annahme gewesen, dass sie seine Freundin war, so besitzergreifend wie sie sich verhielt.

„Nein, davon hatte ich keinen Schimmer“, murmelte ich gedankenverloren und sank auf meinen Schreibtischstuhl.

Meggie erhob zögerlich das Wort. „Sophie Waters hatte eine Zeitlang was mit ihm am Laufen. Als er die Sache beendet hat, hat sie wohl versucht ... Sie hat versucht, sich umzubringen.“

Es war so still im Raum, dass ich den Wind draußen heulen hören konnte.

„Das ist ja furchtbar“, wisperte ich und starrte sie an.

„Marcus hat mal ein Gespräch von Avalee und Gabriel im *Divas* mitbekommen. Sie soll wohl etwas wie ‚Sie war nicht stark genug für dich‘ gesagt haben und er hat bloß mit den Schultern gezuckt. Kannst du dir das vorstellen? Es hat ihn völlig kalt gelassen, dass sie seinetwegen in eine Psychiatrie gekommen ist.“

„Man kann ihm doch aber nicht die Schuld an ihrem Suizidversuch geben, oder? Da muss doch schon vorher etwas falsch gelaufen sein, in ihrer Familie oder so“, gab ich zu bedenken.

„Das will ich damit auch gar nicht sagen. Sie hat einen Brief geschrieben, in dem stand, dass sie ohne ihn und seine Berührung nicht länger leben wolle. Ich weiß, Sophie hatte wirklich einen an der Klatsche, aber wenn jemand so etwas schreibt und daraufhin eine

Überdosis Tabletten nimmt, ist damit wirklich nicht zu spaßen."

Ich nickte, nicht fähig dazu, etwas zu erwidern. In meinem Kopf wirbelten die Gedanken durcheinander. Das musste ich erst einmal verarbeiten.

„Gib auf dich Acht, Emma", sagte Meggie plötzlich. Ihre Stimme klang belegt.

„Ich habe nicht vor, ihm in irgendeiner Weise näherzukommen. Mach dir keine Sorgen. Der Kerl ist ein Spinner und ich habe keine Lust auf solche Psychospielchen", sagte ich und meinte es auch so. Gabriel war ab jetzt ein Tabu, vor allem nach dem, was ich gerade erfahren hatte. Auf ein weiteres Drama in meinem Leben konnte ich gut verzichten.

„Gut so! Lass es raus", rief meine Freundin und hob die Faust optimistisch. „Außerdem bin ich nach wie vor der Meinung, dass du mit Skander am besten zusammenpasst."

Bevor ich auch nur ein Wort des Protests einwerfen konnte, hielt sie mich mit einer Handbewegung davon ab.

„Nein, nein! Sieh dir doch mal die Tatsachen an: Ihr beide liebt Bücher, Musik und seid auf diese niedlich verschrobene Art tiefgründig. Und auch vom Äußeren würdet ihr ein wirklich nettes Paar abgeben. Er mit seinen hellen Haaren, du mit deinen etwas dunkleren, er mit seinen dunklen, du mit deinen bernsteinfarbenen Augen ...“

„Das sind doch nicht die Kategorien, nach denen ich mir jemanden aussuche!“, quiekte ich empört.

„Nicht? Was sind sonst deine Auswahlkriterien? Hauptsache arrogant, attraktiv und ein Bad Boy Image?“, entgegnete Meggie und duckte sich, als ich ein Kissen nach ihr warf.

„Wollen wir nicht mal das Thema wechseln und über deine Fortschritte bei Marcus reden?“, lenkte ich ab und hob anzüglich die Brauen. Anscheinend hatte ich einen wunden Punkt getroffen, denn Meggie umarmte das Kissen verträumt und seufzte. Oh weh.

„Ach, ich weiß auch nicht. Einerseits ist da diese Spannung zwischen uns und andererseits habe ich schrecklich Angst, dass er einen Rückzieher macht, weil er unsere Freundschaft nicht zerstören will.“

„So, wie es jetzt ist, wird das eure Freundschaft auf die Dauer doch auch ruinieren“, sagte ich kopfschüttelnd. Ich konnte nicht glauben, dass ein solch gutmütiger Mensch wie Meggie derart hingehalten wurde. Am liebsten hätte ich Marcus mal gründlich den Kopf gewaschen.

„Einen Tag schreibt er mir durchgehend SMS, am nächsten sehe ich ihn mit einem anderen Mädchen tanzen, dann kommt er wieder zu mir und ... Ich weiß einfach nicht, woran ich bei ihm bin.“

„Du weißt nicht, woran du bist? Ist das dein Ernst?“, fragte ich sie und ihre Augen wurden kugelrund. „Meggie, wenn es jemanden gibt, bei dem du dir sicher sein kannst, dann ist es Marcus.“

„Wie kannst du dir da so sicher sein?“ Ihre Stimme war ganz dünn geworden, als fürchte sie sich vor meiner Antwort.

„Sobald er in den Raum kommt, sieht er sich krampfhaft um und scheint nach etwas zu suchen. Bis er dich sieht. Dann leuchtet sein Gesicht auf und er kann beruhigt weitergehen. Glaub mir, der Kerl ist verrückt nach dir“, sinnierte ich.

Meine Freundin richtete sich auf.

„Bestimmt hat er noch Bedenken was eure Freundschaft anbelangt. Ihr kennt euch doch schon ewig oder?“, fragte ich weiter.

Sie nickte und umarmte das Kissen ein wenig fester. „Schon seit dem Kindergarten. Er ist meine erste große Liebe.“

Das war so niedlich, dass ich fast eifersüchtig wurde.

„Dann mach du doch einfach den ersten Schritt“, schlug ich vor. „Vielleicht geht es ihm genauso wie dir, bloß er traut sich einfach nicht, etwas zu sagen.“

Meggie presste die Lippen aufeinander und schien mit sich selbst zu ringen. Ich konnte gar nicht glauben, dass das meine selbstbewusste, schlagfertige Freundin war. Was die Liebe mit einem machen konnte, war wirklich unfassbar. Ich nahm mir fest vor, mich niemals derartig abhängig von jemandem zu machen. Nicht einmal, wenn dieser Jemand eine unbändige Anziehungskraft auf mich ausübte.

8 Kapitel

Die Rose hatte die Farbe von geronnenem Blut und roch nach Metall. Angst, Ekel, Trauer ... Die Gefühle, die sich in mir anstauten, drohten hervorzubrodeln, doch ich hielt sie krampfhaft zurück.

Ich blickte an dem Arm hoch, der mir die Blume entgegenhielt und zuckte zusammen, als ich in ein vor Schwärze entstelltes Gesicht sah. Die Haut schien verbrannt und der Geruch von verkohltem Fleisch drang in meine Nase. Ich unterdrückte ein Würgen. Das Wesen hielt sich die Blüte ans Gesicht und atmete mit geschlossenen Augen ein.

„Ich habe sie gesehen und musste sofort an dich denken, Prinzessin“, wisperte es leise und sah mich an. In den dunklen Pupillen loderte ein schwarzes Feuer. Hitze breitete sich auf meinem Körper aus und ich wich zurück, als die Kreatur mich angrinste. Sie entblößte eine Reihe weißer, spitzer Zähne. Die Schatten krochen um ihre langen Beine herum und trugen sie in meine Richtung. Es sah aus, als würde sie schweben.

„Du bist ein Inkubus, Nachtmahr oder wie auch immer ihr euch schimpft“, murmelte ich, als ich mich

an meine nutzlos geglaubte Recherche in der Bibliothek erinnerte. Hätte ich das Buch doch nur weitergelesen! „Belial, ist es nicht so?“ Ich wich einen weiteren Schritt zurück, drückte aber gleichzeitig den Rücken durch, um an Größe zu gewinnen. Auf keinen Fall würde ich Schwäche vor diesem Ding zeigen.

Ein raues Lachen ertönte und ich sah, wie dabei Schatten aus der Nase der Kreatur traten, die man für Rauch halten konnte. Die Konturen ihres Gesichts schienen sich durch die Dunkelheit ständig zu verändern. Im einen Moment war das Gesicht entstellt, im nächsten so wohlgeformt, dass man es als schön bezeichnen konnte.

„Du hast deine Hausaufgaben gemacht. Sehr gut“, zischelte der Inkubus. Er machte eine Geste mit der Hand und Schatten fuhren seinen Körper entlang. Sie fauchten, verformten seine Züge und ließen sie deutlicher werden, bis ich sein Antlitz erkannte.

Vor mir stand ein Mann von höchstens Mitte zwanzig, wenn nicht sogar jünger. Zwar fuhren die schwarzen Schatten noch immer über seinen Körper, aber das Bild vor meinen Augen verdeutlichte sich zusehends. Sein Haar war dunkelgrau und erinnerte mich irgendwie an Asche. Unter den Schattenschwaden konnte ich sein wohlgeformtes Gesicht erkennen. Es wirkte andersartig und unwiderstehlich zugleich. Ich konnte nicht anders, als ihn eingehend zu mustern. Die ergreifende Dunkelheit, die ihn umgab, schien mich mit in einen tiefen Abgrund zu reißen. Irgendwoher kam mir dieses Grinsen bekannt vor.

„Was willst du von mir?“, fragte ich. Ich tat so, als verspüre ich keine Angst, dabei schlug mein Herz mindestens so schnell wie das einer Maus in der Falle. Wieder war ich in der dunklen Gasse gefangen, die Steinwände zu beiden Seiten ragten in schier unendliche Höhen. Doch dieses Mal sah ich nirgends einen Funken Licht. Kein bisschen Hoffnung. Ich war auf mich selbst gestellt.

„Ich wollte mir bloß ansehen, welchen Leckerbissen meine Schatten dieses Mal für mich ausgesucht haben“, sagte der Inkubus und ein boshaftes Lächeln breitete sich auf seinen Zügen aus. „Ich muss zugeben, sie haben eine vortreffliche Wahl getroffen. Du bist wirklich annehmbar für eine Sterbliche.“

Einer der Schatten löste sich von seinem Körper und griff nach meinen Haaren. Sanft spielte er damit und ich konnte die zähe Schwärze spüren, die von ihm ausging. Die Dunkelheit drückte mich nieder, legte sich wie flüssiges Blei auf mich und ich hatte Mühe, aufrecht zu stehen.

„Und du wirklich gruselig, selbst für einen Nachtmahr“, presste ich angestrengt hervor.

Der Inkubus lachte harsch und wieder standen seine weißen Zähne in völligem Kontrast zu seinem düsteren

Äußeren. „Nachtmahr? Inkubus? Ihr Sterblichen nutzt viele Namen für meinesgleichen. Ich bevorzuge die Bezeichnung Dunkelfae, Prinzessin", flüsterte er und es klang, als hätten mehrere Personen gleichzeitig gesprochen. Der dunkle Chor echote in meinen Ohren. „Ach, Emma. Was gäbe ich dafür, wenn dein loses Mundwerk mir gehörte." Seine Stimme nahm einen verlockenden Ton an und die Schatten strichen weiter über meine Haut. Es war eine zärtliche Geste und trotzdem jagte mir ein unangenehmer Schauer über den Rücken.

„Mein loses Mundwerk bleibt schön da, wo es hingehört", fuhr ich ihn an.

Belial nahm einen tiefen Atemzug und mein Körper wurde unerbittlich in die Tiefe gezogen. Die Schatten um den Dunkelfae japsten gierig und streckten ihre Fänge nach mir aus. Mit dem Rücken stieß ich gegen die brüchige Fassade der Passage.

„Du schmeckst köstlich", zischte er leise und legte den Kopf schräg.

Angewidert verzog ich das Gesicht. Ich wusste nicht genau, was er gerade tat, aber jede seiner Gesten schien mir gefährlich. Mein Instinkt schrie, dass ich mich gefälligst von ihm fernhalten sollte, doch mein Körper reagierte vollkommen gegenteilig auf seine Stimme. Es gefiel mir, dass er von meinen Gefühlen trank. Ich wollte ihm noch mehr geben.

„Würdest du diese Rose nehmen? Als Zeichen meiner Zuwendung?“, fragte er leise und ich war versucht, seinem Wunsch nachzugeben.

„Es soll Mädchen geben, die Rosen etwas einfallslos finden“, ertönte es bedrohlich leise und ich fuhr zusammen. Gleichzeitig begann meine Haut zu prickeln und eine Woge von Sicherheit überkam mich. Es gab nur eine Stimme, die solch eine Wirkung auf mich ausübte.

Aus dem Nichts tauchte Gabriel neben mir auf. Seine Augen sprühten Giftgrün und das Einzige, was ich darin erkannte, war Hass. Angesichts seiner Wut stachen seine Wangenknochen stärker hervor als sonst und auch sein Kiefer mahlte hart. Jedoch strafte er nicht mich mit seinem Blick, sondern Belial.

„Gancanagh.“ Der Schatten lachte gehässig. „Du weißt, dass sie mir gehört. Fühlst du denn nicht die Finsternis, die in ihr schlummert?“

Gabriel packte mich beim Arm und schob mich hinter sich. „Sie ist keines deiner Schattenmädchen. Lass deine Finger von ihr“, knurrte er.

„Das werden wir sehen.“ Belial grinste höhnisch und hob die nahezu schwarze Blüte dicht an seine Nase, als würde er ihren Duft inhalieren.

„Hört auf, über mich zu reden, als wäre ich nicht anwesend!“, fuhr ich dazwischen und schob Gabriel wüst zur Seite.

Der bedachte mich mit einem Blick, welcher zwischen Erstaunen und Abneigung schwankte, bewegte sich aber kein Stück von meiner Seite.

„Emma, Prinzessin, würdest du mir die Ehre erweisen?“, fragte Belial und hielt mir die Rose auffordernd entgegen. Obwohl ich Angst verspüren sollte, konnte ich nicht anders, als mich zu den Schatten hingezogen zu fühlen. Mein Körper gehorchte mir nicht länger. Wie von selbst hob ich meinen Arm.

„Nein!“, schrie Gabriel und schlug ihm die Rose aus der Hand, bevor ich sie zu fassen bekam.

Die Blüte zerbarst. Ein Blütenblatt nach dem anderen fiel herunter und verwandelte sich in einen dichten, schwarzen Nebel. Gabriel sank auf die Knie, das Gesicht vor Schmerz verzerrt. Stöhnend presste er sich die Hand gegen die Brust.

„Gabriel!“ Ich kniete neben ihm und streckte die Hände aus, um ihn zu stützen. Er machte eine abwehrende Handbewegung, aber es war der Ausdruck in seinen Augen, der mich davon abhielt.

„Nicht anfassen“, ächzte er und krümmte sich.

„Oh, oh. Sieh nur was du angerichtet hast“, tadelte Belial mich mit gespieltem Bedauern. „Die Rose war für dich bestimmt, du Närrin, nicht für ihn.“

„Was hast du mit ihm gemacht?“, rief ich. „Mach, dass es aufhört!“

„Ich fürchte, das kann ich nicht. Es ist deine Schuld, dass er Schmerzen verspürt, Emma. Die Leute um dich herum vergehen wie Blumen, die sich nach Licht und Wasser sehnen. Sie alle werden vergehen, einer nach dem anderen, bis du irgendwann ganz allein auf der Welt sein wirst", zischte er und seine Stimmen hallten von den Wänden wider.

Sein Körper verwandelte sich in dichten schwarzen Nebel und in einer so schnellen Bewegung, dass ich es mit dem bloßen Auge kaum erfassen konnte, war er bei mir. Seine Lippen hielten über meinem Ohr inne. Ich konnte seinen versengenden Atem auf meiner Haut spüren, als er unheilvoll wisperte: „Und dann werde ich da sein, um dich aufzufangen, Prinzessin der Finsternis. Das verspreche ich dir."

Als ich aus dem Schlaf hochschreckte, brauchte ich zunächst eine ausgiebige Dusche. Noch immer fühlte ich Belials widerliche Berührungen auf mir und musste mir die Erinnerung an die Schatten dringend vom Körper schrubben. Nach einem spärlichen Frühstück fuhr ich in die Bibliothek. Etwas anderes kam mir überhaupt nicht in den Sinn. Ich musste dort weitermachen, wo ich gestern aufgehört hatte. Obwohl ich auf dem Weg mühsam in die Pedalen meines

Fahrrads trat, war mein Geist wach und geschärft wie schon lange nicht mehr.

Mit kritischem Blick betrachtete ich die übriggebliebene Lektüre, die auf dem Tisch vor mir ausgebreitet lag. Inzwischen war ich mir nicht mehr sicher, ob ich überhaupt herausfinden wollte, was es mit dieser ganzen Sache auf sich hatte. Wenn ich diese Erkenntnis zuließ, gab es kein Zurück mehr. Und genau davor fürchtete ich mich am meisten. Natürlich konnte es sein, dass es in meinen Träumen um die Verarbeitung meines Verlusts ging, aber daran zweifelte ich momentan.

Ob es Gabriel gut ging?

Bei der Erinnerung an sein schmerzverzerrtes Gesicht wurde mir unwohl, doch ich rief mir in Erinnerung, dass ich nichts zu befürchten hatte. Es war bloß ein Traum gewesen, nichts weiter. Ein ziemlich irrsinniger Traum, ganz nebenbei bemerkt. Sein hasserfüllter Blick hatte deutlich gezeigt, dass er mir gegenüber bloß Verachtung empfand und keinen Beschützerinstinkt. Allein das war Beweis genug. Ich war nur hier, um dieses wirre Kapitel abzuschließen. Ich würde die Sache beenden und mich auf wichtigere Dinge konzentrieren. Gestern erst hatte ich Meggie versprochen, mir nicht länger den Kopf über Gabriels merkwürdiges Verhalten zu zerbrechen und daran würde ich mich auch halten. In meinem Kopf herrschte ab sofort ein absolutes Gabriel-Kent-Verbot. Ich würde nicht länger über seine ungewöhnlichen Augen nachdenken, auch wenn dunkelgrün inzwischen meine neue Lieblingsfarbe war. Oder über seine Stimme, die geschmolzener Schokolade und Honig Konkurrenz machte. Oder darüber, wie ebenmäßig sein ...

„Ach, halt die Klappe“, verfluchte ich mich selbst

„'Tschuldigung“, piepste das Mädchen am PC neben mir und sah mich verschüchtert an. Mit gesenktem Kopf stand sie auf und verschwand aus der Kinder- und Jugendbuchabteilung.

„Hey, das war nicht so gemeint!“, rief ich ihr hinterher, doch sie beschleunigte ihre Schritte bloß noch.

Stöhnend raufte ich mir das Haar.

„Man sollte dir Hausverbot erteilen. Du verschreckst die armen Kinder.“

Aufgeschreckt hob ich den Blick. Gabriel lehnte an der Trennwand, hinter der mein Tisch verborgen lag und verschränkte die Arme vor der Brust. Die übliche Belustigung stand ihm ins Gesicht geschrieben, auch wenn unter seinen Augen bläuliche Schatten lagen.

Ich ignorierte ihn geflissentlich und stapelte die geliehenen Bücher in der alphabetisch korrekten Reihenfolge.

„Mit Feuereifer bei der Sache, wie ich sehe“, fuhr er fort und griff über meine Arme hinweg nach dem ledernen Einband, den Eleanor mir gegeben hatte. Er schlug ihn in der Mitte auf und überflog die von mir markierten Seiten.

„Für einen Aufsatz“, sagte ich zähneknirschend.

„Ein Aufsatz ... über keltische Mythen und Sagen?“, fragte er und blätterte um.

„Ja, Gabriel.“ Ich spuckte seinen Namen aus. Oh, das tat gut.

Ich entriss ihm das Buch und schob es in meine Tasche. Mit dem restlichen Stapel lief ich hoch erhobenen Hauptes an ihm vorbei in die Sachbuchabteilung. Leider hielt er mit Leichtigkeit Schritt. Mit zusammengekniffenen Augen scannte ich das Regal und schob zwei Bücher auseinander, um für den ersten Einband Platz zu machen. Ich seufzte und sah meinen Verfolger an. Wenn er schon hinter mir herlief, konnte ich schließlich meinen Nutzen daraus ziehen. Kurzerhand drückte ich Gabriel den Stapel in die Hand und nahm das oberste Buch herunter. Am liebsten hätte ich das Schmunzeln von seinen Lippen gewischt.

„Du brauchst gar nicht so zu grinsen“, sagte ich und schob den Band in die Lücke.

„Ich finde die Hingabe, mit der du recherchierst, bewundernswert“, witzelte er und versuchte nicht einmal, das Zucken seiner Mundwinkel zu unterdrücken.

Ich rollte genervt mit den Augen und griff nach dem nächsten Sachbuch. „Wenn ich etwas mache, dann zu hundert Prozent“, gab ich zurück und lief zum nächsten Regal auf der anderen Seite.

Gabriel blieb mir dicht auf den Fersen.

„Und?“, fragte er betont nebensächlich.

„Ich habe aufgegeben. Mein Bedürfnis eine Antwort zu finden“, ich stellte mich auf Zehenspitzen, kam aber trotzdem nicht bis zum oberen Regalbrett, „ist nicht mehr vorhanden.“

Gabriel langte an mir vorbei und ergriff das Buch. Lässig schob er es an seinen Platz. „Ich hätte nicht gedacht, dass du so leicht aufgibst“, meinte er und sah mir tief in die Augen. Wieder war ich fasziniert von den goldenen Tupfern darin.

Darauf würde ich mich heute nicht einlassen, ermahnte ich mich selbst. Stirnrunzelnd schnappte ich mir den nächsten beklebten Buchrücken und machte kehrt in die Geschichtsabteilung. „Ich sehe keinen Grund, dieses Thema noch weiter zu vertiefen. Die bisher gefundenen Informationen reichen mir schon.“ Ich spürte seinen Blick in meinem Nacken und verfluchte meinen eigenen Körper für seine Reaktion auf Gabriels bloße Anwesenheit.

„Also bist du zu einem Entschluss gekommen.“ Er kam dicht neben mich und sah mich ernst an.

„Ich habe die ein oder andere Theorie“, wich ich aus.

„Theorien?“, fragte er hinter mir, als ich in den nächsten Gang bog. Er schloss schnell auf. Abrupt blieb ich stehen.

„Was willst du von mir?“, fuhr ich ihn an.

Er griff sich ins zerwühlte Haar und rieb sich den Nacken. Irgendwie wirkte er nervös. Seine Miene verfinsterte sich. Er warf einen Blick nach hinten, als hätte er Angst, belauscht zu werden. „Das hier“, er deutete mit den Fingern zwischen uns hin und her, „ist nicht gut. Weder für dich, noch für mich.“

Das war doch unfassbar! Er kam tatsächlich hierher, um mir einen Korb zu geben?

„Das habe ich auch schon gemerkt“, erwiderte ich kühl und griff nach dem nächsten Buch. Er hielt mich davon ab und umfasste meine Hand mit seiner. Mir stockte der Atem. Wieder stand die Welt still, nur Gabriel existierte noch. Als ich seinen vertrauten Geruch wahrnahm, hätte ich am liebsten die Distanz zwischen uns überbrückt und die Arme um ihn geschlungen, bloß um alles Glück der Welt in mich aufzusaugen. Doch ich tat nichts dergleichen. Stattdessen ermahnte ich mich, einen kühlen Kopf zu bewahren und löste meine Hand aus seiner.

Seine Augen weiteten sich. „Wie machst du das?“, entfuhr es ihm.

„Wie mache ich was?“, gab ich zurück und runzelte die Stirn.

„Einfach loszulassen, wenn ich dich berühre“, sagte er mehr zu sich selbst. Er griff mit der Hand nach meinem Kinn und zwang mich, ihn anzusehen.

Wütend schob ich seine Finger beiseite. „Was soll der Scheiß?“, fragte ich geladen. Meine Haut prickelte.

„Du weißt, was ich bin, ist es nicht so?“, zischte er und auf einmal zogen sich seine Brauen zusammen. Er packte mich bei der Schulter und stieß mich gegen das nächste Regal. Unter der Wucht meines Aufpralls blieb mir die Luft weg und die Bücher hinter mir begannen gefährlich zu wackeln.

„Was – wovon redest du?“, krächzte ich und versuchte, mich aus seinem Griff zu befreien. „Lass mich los!“

„Tu nicht so! Das ist doch alles Teil seines Plans! Mir Hoffnungen zu machen und dann alles vor meinen Augen zu zerstören.“ Sein Griff um meinen Arm wurde so fest, dass ich wimmerte.

„Genug, Gancanagh“, erklang eine gebieterische Stimme. Gabriel ließ mich augenblicklich los und fuhr herum. Haltsuchend klammerte ich mich am nächstbesten Regal fest und atmete stockend aus. Am Ende des Gangs stand Eleanor, die Arme hinter ihrem gebeugten Rücken gefaltet. Auch ihr heutiges Outfit sah aus, als hätte sie es aus der Altkleidersammlung zusammengestellt. „Dieses Mädchen hat nichts mit dem König der Finsternis zu schaffen.“

Mühsam schluckte ich den Kloß in meinem Hals herunter und starrte die alte Frau an.

„Woher wissen Sie ...“, fing Gabriel an und hielt inne.

Er drehte sich um und sah mich bestürzt an, als hätte er soeben erst realisiert, was er getan hatte.

„Emma, ich ...“

Als er einen Schritt auf mich zu machte, zuckte ich zusammen, so wie ich bereits in meinem Traum vor Belial zurückgeschnellt war. Bloß, dass es dieses Mal Gabriel war, der mir Angst einflößte.

„Fass mich nicht an“, sagte ich und rieb mir die schmerzende Schulter.

Gabriel schüttelte ungläubig den Kopf, bevor er kehrtmachte und davonstürmte. Ein paar endlose Sekunden verstrichen, in denen ich versuchte zu verstehen, was gerade geschehen war.

Eleanor schlürfte mir in ihren Plüschpuschen entgegen. „Komm, mein Goldschatz. Es gibt da ein paar Dinge, die ich gern mit dir besprechen würde“, sagte sie und legte einen Arm um mich.

Ohne es zu bemerken, hatte ich angefangen, am ganzen Körper zu zittern.

Eleanors Büro, falls man den Raum, der einer Abstellkammer nicht unähnlich sah, überhaupt so bezeichnen konnte, platzte vor lauter Papierkram aus allen Nähten. Überall waren Aufzeichnungen und gekrakelte Notizen an die Wände gepinnt. Vor dem kleinen Fenster, das zur Einkaufsstraße hinausging, stand ein Schreibtisch, dessen gesamte Arbeitsfläche mit Pappkartons vollgestellt war. Die Ledereinbände, die daraus hervorragten, sahen nach einer ziemlich wertvollen Sammlung aus.

„Hier“, sagte Eleanor und reichte mir einen dampfenden Becher, von dem mir Katzenaugen entgegenstarrten. „Es ist eine der Mischungen deiner Großmutter. Habe ich zu Weihnachten bekommen“, sagte sie stolz und grinste mich an.

Wie konnte sie in dieser Situation bloß lächeln? Ich wollte nichts mehr mit diesem ganzen Kram zu tun haben, wollte es alles aus meinem Kopf streichen und nicht mit verrückten Dingen wie dem Volk der Fae konfrontiert werden! Schon gar nicht an einem Samstagvormittag.

„Danke Eleanor.“

„Nicht dafür. Der Gancanagh macht momentan eine schwierige Zeit durch. Er nimmt an, dass du ihn an der Nase herumgeführt hast. Dabei muss er nur verstehen, dass immer dort, wo Schatten sind, auch eine Menge Licht strahlt. Nur davon wird die

Finsternis erst angelockt“, erklärte sie, als würden wir über Mikrobiologie sprechen.

Ich nickte, obwohl ich kein Wort ihres Gefasels verstand. Ich wollte auch gar nichts davon verstehen.

Du weißt, dass sie zu mir gehört, Gancanagh. Unwillkürlich hallte die Stimme Belials aus meinem Traum in meinen Ohren wider. Fieberhaft dachte ich nach. Gancanagh. Was hatte es damit auf sich? Ich hatte es für einen Kosenamen gehalten, war mir inzwischen aber nicht mehr so sicher.

„Was meinen Sie mit Gancanagh, Eleanor?“, fragte ich und wärmte mir die Hände an der Tasse.

„Eigentlich solltest du nichts darüber erfahren, mein Goldschatz, aber wie es aussieht, haben sie es auf dich abgesehen.“ Ihre Pupillen weiteten sich und sie begann nervös an den Bommeln ihres Schals herumzufummeln. „Es gibt einige Geschichten über Gancanaghs und die wenigsten gehen gut aus. Gefährliche Wesen, sehr unberechenbar.“

„Sie gehören zu den Fae?“, fragte ich und hätte mich am liebsten für meine eigene Frage geohrfeigt. Ich sprach mit einer Verrückten über das unsterbliche Elfenvolk der Anderwelt. Langsam wurde ich selbst plemplem.

Die alte Bibliothekarin nickte. „Man sagt, sie seien ausgestorben. Aber das eben war der lebende Beweis dafür, dass es sie noch gibt.“ Eleanor griff mit ihrer knochigen Hand nach meiner und drückte sie behutsam. „Und anscheinend hat es sich dieser eine zur Aufgabe gemacht, dich zu beschützen."

Ich grunzte. „Ja, sicherlich. Genau so hat er gewirkt, als er auf mich losgegangen ist." Der Sarkasmus in meinem Tonfall erschreckte selbst mich. Seit wann klang ich so verbittert?

Gabriels Augen waren giftgrün geworden, er hatte einen unmenschlichen Laut von sich gegeben und mich gegen das nächste Regal geschubst. Vielleicht hatte Eleanor eine schlechte Wahrnehmung? Oder sie war schon sehschwach und womöglich taub.

Sie hob tadelnd den Finger. „Schon die Berührungen normaler Fae haben einen enormen Einfluss auf die Gefühle eines Sterblichen. Die Zärtlichkeiten eines Gancanaghs dagegen machen süchtig nach mehr. Seit Jahrhunderten wandeln diese Wesen in der Dieswelt herum und müssen zusehen, wie die von ihnen Erwählten dem Tod geweiht sind."

„Wieso ... wieso dem Tod geweiht?", fragte ich zögerlich.

„Es heißt, der erste Gancanagh sei ein normaler Fae am Hofe des Elfenkönigs gewesen. Er gehörte der Leibgarde Fions an und der König höchstpersönlich schätzte seine Fähigkeiten. Hast du schon mal etwas vom Glanz der Fae gehört?", fragte Eleanor.

Ich rief mir den Absatz über Fae aus dem Buch über Mythen und Legenden in Erinnerung. „Ist das nicht diese Gabe der Illusion, die die Sinne benebelt?“, fragte ich leise und gab meinen Widerstand gegen dieses abwegige Thema vorläufig auf. Ich versuchte, es als Geschichte zu betrachten. Ich saß hier, gemeinsam mit der Kollegin meines Dads, und lauschte ihr bei einer Tasse Tee dabei, wie sie eine Märchengeschichte erzählte. Ja, mit diesem Gedanken konnte ich leben.

Eleanor nickte bedächtig. „Ganz genau. Dieser Glanz macht es Fae möglich, andere zu beeinflussen. Sterbliche reagieren ganz besonders auf diese Gabe. So können Fae Erdenkinder dazu bringen, Dinge für sie zu tun. Sie sind darüber hinaus in der Lage, ihr Aussehen und die Natur um sie herum zu verändern, um im Verborgenen zu bleiben. Der junge Fae am Lichthof nutzte diese Gabe nicht nur für die Sterblichen, sondern schaffte es außerdem, seinesgleichen zu manipulieren. Durch seine Künste der Betörung beeinflusste er sein Umfeld. Es heißt, er wurde mit Ruhm überschüttet, Frauen wie Männer hingen an seinen Lippen und hofften auf seine Anerkennung. Es kam, wie es kommen musste: Der Erfolg stieg ihm zu Kopf und er fing an, sich zu langweilen. Die Leute schlossen Wetten darauf ab, wen er als nächstes erobern würde und so kam es dazu, dass er sich vornahm, die Königin höchstpersönlich für sich zu gewinnen.“

„Ich hoffe, er hat eine saftige Strafe für seine Selbstüberschätzung bekommen“, bemerkte ich trocken. In meinen Ohren klang der Kerl nach einem absoluten Idioten.

Eleanors Gesicht wurde ernst. „Er wusste nicht, was er mit sich anfangen sollte. Seine Begabung, diejenigen um sich herum in seinen Bann zu ziehen, genügte ihm nicht länger. Er wurde unzufrieden und langweilte sich. Durch die Eroberung der Königin erhoffte er sich die Art der Bestätigung, nach der er sich so sehnte. Natürlich wurde er beim Versuch, sich in die königlichen Gemächer zu schleichen, erwischt. Oonagh war außer sich, als sie davon erfuhr. Sie verfluchte ihn.“

Ich hielt den Atem an. Mann, diese Geschichte war wirklich spannend.

„Sie verbannte ihn aus der Anderwelt. Den Rest seiner Existenz sollte er in der Welt der Sterblichen verbringen, verstoßen von seinesgleichen. Seine Gabe des Entzückens sollte von nun an sein Verderben sein. Die Königin machte ihn zum Gancanagh, einem Fae, dessen Berührung in der Welt der Sterblichen wie Gift wirkt. Ihm sollte jede Möglichkeit, Liebe zu empfangen, genommen werden. Oonagh verdammte ihn zu einem Leben, in dem jede Berührung eine Lüge war. Denn sobald der Gancanagh eine Sterbliche anrührte, sehnte sie sich nach mehr und wurde abhängig von seiner Zuwendung."

Ich starrte die Bibliothekarin an. „Und was passiert, wenn eine Sterbliche abhängig wird? Rein hypothetisch meine ich", rutschte es mir heraus.

„In den meisten Fällen sterben die Verführten am Entzug. Voller Sehnsucht nach der Berührung vergehen sie an ihrem Verlangen, bis sie in eine tödliche Depression verfallen", antwortete Eleanor und sah mich vielsagend an.

Für mich klang das nach übertriebenem Liebeskummer. Wenn ich Meggie fragte, wie sie momentan in Bezug auf Marcus empfand, würde sie mir mit Sicherheit auch sagen, dass sie bald umkommen würde vor Herzschmerz. Bei dieser Geschichte handelte es sich nämlich um genau das, was auf dem Buchdeckel von Eleanors Einband stand: Um Mythen und Legenden. Geschichten, die heute dem Alltag entsprachen und damals von Poeten und Erzählern literarisch aufgewertet worden waren, um zu unterhalten. Nichts weiter. Es gab keine Fae, ebenso wenig Schattenwesen, die einem nachts die Lebensenergie rauben. Und es gab schon gar keine Gancanaghs, die durch ihre Berührung dafür sorgen, dass man in tödliche Depression verfällt.

Doch ich spielte weiter mit – Eleanor zuliebe.

„Und Sie sagen, Gabriel sei einer dieser verfluchten Fae?“, fragte ich die alte Frau skeptisch.

„In der Tat, ja.“

„Wie können Sie sich da so sicher sein?“, hakte ich nach und nippte an meinem Tee. Inzwischen war er kalt und schmeckte bitter. Ich wollte nach Hause und hätte mir sogar freiwillig eine der schnulzigen Liebeskomödien angesehen, die Meggie bei mir vergessen hatte.

„Ich sehe genauer hin als andere Menschen. Tust du das nicht auch?“ Eleanor legte den Kopf schräg. Mit ihren kugelrunden Augen, die durch das dürre Gesicht besonders zur Geltung kamen, erinnerte sie mich an eine Eule. Die Frau konnte echt gruselig aussehen.

Ich war froh, als mein Dad kurz darauf den Kopf zur Tür reinsteckte, um zu sehen, ob alles in Ordnung war. Allerdings konnte ich ihm diese Frage auch nicht so recht beantworten.

Zuhause stellte ich mich unter die Dusche. Ich musste mir diesen Tag vom Leib waschen und ließ das heiße Wasser auf mich herabprasseln. Die Wärme beruhigte mich und half meinem Verstand dabei, sich zu sortieren.

Ich konnte den Dingen, die ich in den letzten beiden Tagen erfahren hatte, keinen Glauben schenken – und ich wollte es auch nicht. Das einzige, was ich wollte, war zu vergessen, wie wütend Gabriel mich angesehen hatte. Wie er mich gegen das nächste Regal gestoßen hatte und dabei ausgesehen hatte, als würde er mich im nächsten Moment umbringen. Seine Wut und das Flackern in seinen Augen hatte doch unmöglich davon herrühren können, dass ich keltische Mythen recherchiert hatte. Falls doch: Was hatte ihn daran derartig in Aufruhr versetzt? Möglicherweise, weil doch mehr an den Legenden dran war, als ich glauben wollte?

Ich schloss die Augen und legte den Kopf in den Nacken, bis mir das Wasser direkt ins Gesicht spritzte und mich wachrüttelte. Sahen wir den Tatsachen einfach mal ins Auge: Gabriel war nicht so, wie die Jungen aus meinem Jahrgang. Er war anders, als alle Menschen, die ich jemals zuvor kennengelernt hatte. Das war eine Realität, an der niemand rütteln konnte. Allein schon die Art, wie er sich bewegte – selbstsicher, agil und so still, dass man nicht einmal seine Schritte hören konnte – war schlichtweg ... anders. Ebenso seine Stimme, die mich mitten auf der Straße zum Stehenbleiben gezwungen hatte. Ich hatte mir diese unsichtbare Mauer doch nicht bloß eingebildet!

Jede Faser meines Körpers verlangte nach mehr, sobald Gabriel mich berührte und ich hatte ständig das Gefühl, dass alles um mich herum verblasste, sobald er in der Nähe war. Nur er blieb gestochen scharf. Aber diese Anziehung konnte doch unmöglich übernatürlich sein ... Oder etwa doch? Es gab dutzende Mädchen, die Gabriel anhimmelten und ihn am liebsten für sich beansprucht hätten. Ich rief mir seine Berührung in Erinnerung, und die Art, wie er mich beim Kinn gefasst hatte. Der Ausdruck in seinen Augen hatte Bände gesprochen. Und auch, wenn er arrogant war und sich selbst überschätzte – dieser Schrecken, diese nahezu bestürzte Ungläubigkeit darüber, dass ich mich gegen die Kraft seiner Berührung wehren konnte, war selbst für seine Verhältnisse nicht normal.

Ich drehte den Hahn für das Kaltwasser weiter auf und atmete ruckartig ein. Mein Kopf sackte nach vorn und ich ließ das Wasser über meinen Nacken laufen, bis er sich taub anfühlte.

Nahmen wir einmal an, rein hypothetisch, Gabriel wäre kein ... Mensch. Es fiel mir schwer, diesen Satz auch nur in Gedanken zu formen, doch ich zwang mich dazu, ganz gleich, wie lächerlich es mir im Nachhinein erscheinen würde.

Wenn Gabriel tatsächlich einem Volk angehörte, das sich Fae nannte, dann ergab sein Verhalten auf einmal mehr Sinn. Das konnte selbst ich nicht abstreiten. Diese Stimme, sein betörender Geruch und die Fähigkeit, scheinbar aus dem Nichts aufzutauchen. Dass er mir sagte, wir seien nicht gut füreinander. Auch meine wirren Träume und die monatelang andauernde Erschöpfung ließen sich durch das, was ich über den Dunkelhof gelesen hatte, erklären. Ich biss mir angestrengt auf die Lippe.

Gabriel hielt sich nicht bloß für unwiderstehlich. Wenn er ein Gancanagh war und somit unsterblich, dann *war* er in der Lage dazu, Sterbliche mit seiner Berührung abhängig zu machen. Deshalb war auch Sophie Waters in eine Psychiatrie eingeliefert worden – sie war ihm erlegen und hatte nichts dagegen unternehmen können.

Bis sie in tödliche Depression verfallen …

Gabriel glaubte nicht, dass sich jemand gegen diesen Zwang wehren konnte. Und aus diesem Grund war er wütend geworden! Er hatte angenommen, ich gehöre dem Dunkelhof an. Er dachte, ich verfolge irgendeinen ausgeklügelten Plan, der ihn täuschen und in eine Falle locken sollte. Das hatte Eleanor mit ihrem unverständlichen Gefasel gemeint.

Wenn ich Meggie von meinen Gedanken und Eleanors Geschichte erzählen würde, dann wäre ich mit Sicherheit die nächste im Irrenhaus. Ich stand unter der Dusche und dachte allen Ernstes über

Elfenvölker nach, nur um Gabriels Verhalten mir gegenüber erklären zu können.

Eigentlich hatte ich mir Elfen immer so vorgestellt wie Legolas aus *Herr der Ringe*. Gewandt, spitzohrig und edel. Davon war Gabriel mit seiner markanten Art so weit entfernt wie nur möglich. Und auch wenn ich ein Fan von Orlando Bloom war, fand ich Gabriel um einiges attraktiver. Mehr sogar ... er war die fleischgewordene Versuchung aller weiblichen Wesen und egal, wie sehr ich mich dagegen zu wehren versuchte, konnte ich nicht anders, als mich unweigerlich zu ihm hingezogen zu fühlen. Er war wie ein riesiges Stück Schokoladentorte, auf das man sich stürzen wollte, sich aber mit Mühe zurückhielt. Weil man genau wusste, dass man diese Sünde im Nachhinein bereuen würde.

Ich drehte den Hahn zu und wickelte mir ein Handtuch um den Kopf. Anschließend griff ich nach meinem Bademantel und machte es mir mit *Das Wunder von Narnia* von C.S. Lewis beim Fenster bequem. Mein Versuch, in der Geschichte zu versinken, scheiterte kläglich. Ich erwischte mich dabei, immer wieder denselben Satz zu lesen, ohne auch nur eines der Worte zu verstehen. Wieso hatte ich nach einem Roman gegriffen, wenn mir mein neues Leben mehr als das bot?

Ich linste hinüber zu meiner Tasche, aus der das Buch über keltische Mythen und Sagen ragte. Eleanor hatte es mir mitgegeben und gesagt, ich solle es so lange behalten, wie ich brauchte, um das Ganze zu verstehen. Allerdings wusste ich immer noch nicht recht, ob ich das wirklich wollte. Ein Teil von mir leugnete diese angebliche Übernatürlichkeit, wahrscheinlich aus einer Art Selbstschutz. Doch wenn ich in mich ging und ehrlich war, dann spürte ich, dass ich schon mittendrin steckte.

Betty hatte recht: Dinge zu fühlen, die nicht jeder fühlen konnte, und sich der Welt um einen herum bewusst zu sein, war eine Gabe. Ich konnte mich genau auf mein Bauchgefühl verlassen, das wusste ich. Und inzwischen rumorte mein Bauch lauthals und schrie mir entgegen, dass ich aufhören solle, mich selbst zu belügen, indem ich haufenweise Ausreden erfand, um das Fundament meiner kleinen heilen Welt nicht erschüttern zu lassen.

Mit jedem Atemzug seines berauschenden Dufts hatte ich gespürt, wie anders Gabriel war. Ich wusste zwar nicht genau, ob diese Anziehung von einer übernatürlichen Kraft stammte, aber ich war mir sicher, dass es nur eine Person gab, die mir meine Fragen beantworten konnte: Gabriel selbst.

9 Kapitel

Ich stand vor meinem Ganzkörperspiegel und musterte mich skeptisch. Heute trug ich eine Schicht Mascara mehr als sonst auf und hatte sogar farbigen Lipgloss benutzt. Mein erster Geburtstag nach dem Tod meiner Mom und ich hatte keinen blassen Schimmer, wie ich mich verhalten sollte. Es würde mit Sicherheit nicht so sein wie in den letzten Jahren. Und obwohl ich mich selbst vorgewarnt hatte, konnte ich nicht umhin, darüber nachzudenken, wie es wohl wäre, wenn sie noch unter uns weilte. Wahrscheinlich würde ich die Treppen hinunterrennen und Dads und ihrer schrägen Version von *Happy Birthday* lauschen. Früher hatte ich mir dabei immer spielerisch die Ohren zugehalten und das Gesicht verzogen. Heute konnte ich mir nichts Schöneres vorstellen.

Verdammt, meine sorgfältig aufgetragene Wimperntusche verwischte unter den Tränen, die sich in meine Augenwinkel schlichen. Ich war wirklich keine Heulsuse, aber an meinem Geburtstag war die Melancholie auf ihrem Höhepunkt angelangt.

Meine anfänglichen Vorsätze, Gabriel zur Rede zu stellen, hatten sich leider nicht in die Tat umsetzen lassen. Ich konnte schlecht jemanden befragen, der sich die ganze Woche nirgends blicken ließ. So oft, wie er mir in den letzten beiden Wochen über den Weg gelaufen war, erstaunte es mich, dass ich ihm nirgendwo zufällig über den Weg lief. Anscheinend hatte er bemerkt, wie absolut idiotisch er sich mir gegenüber verhalten hatte und war deshalb wie vom Erdboden verschluckt. Inzwischen war meine Lust, sich weiter mit diesem törichten Thema zu beschäftigen, auf null gesunken. Ich war sauer und frustriert darüber, dass er meine Gesellschaft derart mied. Eigentlich sollte ich diejenige sein, die ihn mit Verachtung strafte.

Den Schultag überstand ich, ohne Aufmerksamkeit auf mich zu ziehen. Ich war froh, niemandem von meinem Geburtstag erzählt zu haben, sonst hätten sich alle noch mehr über meine betrübte Miene und die kargen Antworten gewundert. Mein einziger Triumph war, dass ich Ms Meyner eine richtige Antwort gab, als sie mich aufrief. Wenn dies die einzige Freude des Tages sein sollte, dann war das mit Abstand der beschissenste Geburtstag, den ich jemals hatte.

Bruno und Betty hatten sich morgens ziemlich normal verhalten. Es gab einen kleinen Kuchen und drei Bücher, die sich auf meiner Wunschliste befunden hatten. Ich redete mir ein, dass mir das mehr zusagte, als wenn sie mich mit aufgesetzter Überschwänglichkeit in den Tag geschickt hätten.

Nach Schulschluss begleitete ich Meggie ins Café. Grams hatte strikt abgelehnt, dass ich an meinem Geburtstag eine Schicht einlegte, aber ich wollte nicht allein zu Hause sitzen und mir den Kopf über Mom zerbrechen. Nein, lieber wollte ich mich ablenken, sodass ich gar nicht die Gelegenheit dazu bekam, weiter Trübsal zu blasen. Ich erlaubte mir nicht, mich wieder hinter der dicken Mauer abzuschotten, so wie ich es das letzte halbe Jahr über getan hatte.

„Schön, dass du mitkommst“, meinte Meggie auf dem Weg und hakte sich bei mir unter, als wir in die Einkaufsstraße bogen.

„Ich freue mich auch“, sagte ich und zwang mich zu einem Lächeln. Oh nein, heute war wirklich nicht mein Tag. Ich fühlte mich, als hätte ich eine Maske aufgesetzt. Je fröhlicher ich zu werden versuchte, desto schwerer wurden meine Mundwinkel.

Ich drückte mit der Schulter gegen die Tür und sah mich nach meiner Freundin um, die direkt hinter mir stehen geblieben war. „Kommst du?“, fragte ich über die Schulter hinweg und trat, begleitet vom Klimpern der Türglocke, in den Laden.

Eine Ladung Konfetti schoss in mein Gesicht und ich hob die Arme in Abwehrhaltung. „Was zur Hölle

...?“, entfuhr es mir, doch Meggie hatte schon fest die Arme um mich geschlossen.

„Herzlichen Glückwunsch!“, tönte es mehrstimmig in meinen Ohren.

Bevor ich wusste, wie mir geschah, begann Musik zu spielen und bunte Lichter flackerten quer durch den Laden, der über und über mit Deko behangen war. Mein Dad, ein paar seiner Mitarbeiterinnen aus der Bibliothek und die zierliche Italienerin aus der Boutique gegenüber saßen an einem mit Kuchen beladenen Tisch und prosteten mir mit ihren Sektflöten zu. Über der Theke hing ein Banner, auf dem in schimmernden Lettern *Happy Birthday* stand. Darunter erkannte ich Skanders aschblonden Schopf. Er lehnte unbefangen am Tresen. Als er meinen Blick erfasste, grinste er breit.

Inzwischen erdrückten Judy und Steph mich beinahe und kreischten mir Glückwünsche in die Ohren, bei deren Tonlage sich meine Nackenhaare aufstellten. Steph schob mir eine silberne Plastikkrone mit Strass-Steinen auf den Kopf und quietschte noch lauter, als sie ihr Werk in Augenschein nahm. Marcus und Chris umarmten mich nur flüchtig, schienen sich aber über die gelungene Überraschung zu freuen.

Damit hatte ich nicht gerechnet. Und ich hielt den Matheunterricht fälschlicherweise für das Highlight meines Tages.

Völlig überfordert mit der Situation versuchte ich, die ganzen Eindrücke aufzunehmen und allen dankbar zuzulächeln, die sich die Mühe bereitet hatten, mir einen unvergesslichen Geburtstag zu bescheren.

Das nächste, was ich spürte, waren Skanders Arme, die sich behutsam um mich legten und mir für einen Moment warme Geborgenheit spendeten. Seine Locken kitzelten mein Ohr.

„Dachtest du allen Ernstes, du könntest deinen Geburtstag vor Meggie verheimlichen?“, erklang seine rauchige Stimme gedämpft.

„War wohl ein Fehler, das anzunehmen“, seufzte ich, musste aber trotzdem lächeln.

„Alles Liebe, Prinzessin“, feixte er und schob mein Krönchen zurecht, das von den stürmischen Umarmungen inzwischen schief auf meinem Kopf saß.

„Danke“, gab ich zurück und war versucht, ihm für diesen bescheuerten Spitznamen die Zunge rauszustrecken.

Schließlich drehte ich mich zu Meggie um und umfasste den Raum mit einer Bewegung meiner Hand. „Das hier habe ich also dir zu verdanken?“, fragte ich und deutete auf die Deko, die inzwischen nicht nur den Raum schmückte, sondern auch meinen halben Körper verdeckte.

Meine Freundin nickte stolz und klopfte sich auf die Schulter.

Lachend nahm ich sie in den Arm. „So etwas hat noch nie jemand für mich getan. Danke Meggie."

„Ich bin so froh, dass du und dein Dad hergezogen seid", erwiderte sie und löste sich von mir. Dann holte sie eine pinkfarbene Box inklusive Schleife hervor und reichte sie mir. Perplex starrte ich Meggie an.

„Ist die Überraschungsfeier nicht Geschenk genug?", fragte ich skeptisch.

„Bloß eine Kleinigkeit", besänftigte sie mich.

Vorsichtig zog ich die Schleife auf und schob den Deckel herunter. Ich stutzte. Vor mir lag ein bunter Einband auf dem in schnörkeligen Lettern *Erinnerungen* stand. Verwundert blickte ich vom Buchdeckel hinüber zu Meggie, die mir mit einer Handbewegung deutete, ihn aufzuklappen.

Es war ein Fotoalbum.

Auf der ersten Seite war ein Gruppenfoto unserer Clique abgebildet, das an unserem ersten gemeinsamen Abend im *Divas* entstanden war. Lächelnd blätterte ich um. Auf der nächsten Seite waren Dad und Grams zu sehen, die selbstgebastelte Schilder mit *Alles Liebe* und *Wir haben dich lieb* hochhielten. Auch die weiteren Seiten waren mit Bildern beklebt. Skander präsentierte ein Schild, auf dem ein grinsender Smiley zu sehen war, zwischen Judy und Steph prangte eine Pappe mit Shakespeare Zitaten und Zeichnungen von Streifenhörnchen, die anscheinend an unser Gelächter aus dem Englischunterricht erinnern sollten, und Marcus und Chris boten weitere Glückwünsche in ihren Händen dar.

„Wann habt ihr das denn gemacht?“, fragte ich völlig geplättet und sah meine Freundin überrascht an.

„Zwischendurch, dann und wann“, wich Meggie aus und grinste mich breit an. „Gefällt es dir?“

„Aber natürlich! Das ist das tollste Geschenk, das ich jemals bekommen habe“, sagte ich und strich mit den Fingern über die Bilder.

Unglaublich, wie viel Mühe sie in die Überraschungsparty gesteckt hatten. Ich konnte gar nicht glauben, dass sie das für mich machten, schließlich kannten wir uns erst wenige Wochen. Als ich in die zufriedenen Gesichter um mich herum blickte, wallte ein völlig neues Gefühl in mir auf.

Es war, als wäre ich endlich angekommen.

Nachdem ich mich bei allen ausgiebig bedankt hatte, drehte Grams die Musik lauter und Meggie verschwand ab und an hinter dem Tresen, um die Kunden zu bedienen, die zwischendurch den Laden betraten und sich verwundert umblickten. Es war ein toller Nachmittag mit vielen Albereien, netten Gesprächen und ziemlich viel Kuchen. Dad erzählte mir stolz, dass er unseren alten Kombi endlich verkauft hatte und einen Teil des Geldes auf einem Konto anlegte, damit ich bald meinen Führerschein machen konnte. Wie sehr mir diese Idee missfiel, wusste er genau, aber ich wollte heute ungerne einen Streit vom Zaun brechen.

Später am Nachmittag reichte Betty eine Platte mit Häppchen und Sandwiches herum, auf die sich vor allem die Jungs stürzten und ich trat zu Meggie hinter den Tresen. Ich hievte mich auf die Arbeitsfläche und hoffte inständig, dass niemand die mehrfachen Anläufe beobachtete, die ich dafür brauchte.

„Gefällt dir die Party?“, fragte Meggie, während sie die Kaffeemaschine säuberte.

„Ganz ehrlich? Eigentlich dachte ich, dass der Tag ganz schrecklich wird, so ganz ohne ...“, ich stockte kurz und atmete tief ein, „... ohne meine Mom. Aber das alles hier hat meine Erwartungen total in den Wind geschossen.“ In meiner Brust zog es sich zusammen, doch ich atmete durch den Schmerz. Schon seit Wochen hatte ich mich mit dem Gedanken auseinandergesetzt, dass am heutigen Tag nichts so sein würde wie in den Jahren davor. Doch wenn ich ehrlich war, fühlte es sich mindestens genauso qualvoll an wie an jedem anderen Tag des letzten halben Jahres.

Meggie sah mich mitfühlend an und setzte zu einer Antwort an, doch sie wurde unterbrochen.

„Emma Parker! Nur, weil du eine Krone trägst, heißt das nicht, dass du Sonderrechte besitzt! Wenn du nicht bei drei deinen Allerwertesten von meiner Arbeitsfläche nimmst, setzt es was!“

Ich war froh, dass der Klang von Bettys empörter Stimme das aufkeimende Mitgefühl in Meggies Augen erstickte. Stattdessen drückte sie meine Hand flüchtig und machte sich weiter daran, die Mühle abzustauben, während meine Großmutter sich mit in die Hüften gestemmten Händen vor mir aufbaute.

„Außerdem ist der Tag noch jung. Du kannst jetzt nicht schon schlappmachen“, fuhr Grams fort.

„Ist die Feier noch nicht vorbei?“ Ich sah mich nach Meggie um, doch diese schien auf einmal intensiv mit der Kaffeemaschine beschäftigt zu sein.

„Ich glaube, deine Freunde haben noch etwas mit dir vor“, sagte Betty leichthin und verschwand in den Büroräumen.

Die Schlange vorm *Divas* war endlos, aber durch die angeregten Gespräche kam mir die Wartezeit in der Eiseskälte überhaupt nicht lang vor. Der bullige Türsteher musterte meinen Aufzug kritisch. Wahrscheinlich lag das an den um meinen Hals drapierten Glitzergirlanden, die der halben Welt mitteilten, dass heute mein Tag war. Letztlich gewährte er uns kopfschüttelnd Eintritt.

Wie auch schon beim letzten Mal war die Bar gut besucht. Die Leute wippten auf der Tanzfläche ausgelassen im Takt irgendeines Songs, der wahrscheinlich aus den Charts stammte. Schon bald grüßten mich einige Mitschüler und beglückwünschten mich.

„Geburtstagskind!", rief Steph und kam mit einem Tablett voll pink und grün gefüllter Schnapsgläser auf mich zu. „Tradition im *Divas*. Du bekommst heute eine Runde ausgegeben."

„Oh, okay. Und was genau ist das?", fragte ich skeptisch und hielt eines der Gläser ins bunte Licht der Lounge, in der wir es uns auf den Sofas gemütlich machten. Tief sank ich in die Lederpolster und wurde fast von der riesigen Couch verschluckt.

„Ich vermute Himbeer- und Waldmeisterschnaps", meinte Judy schulterzuckend und hob das Glas hoch. „Auf einen unvergesslichen Abend!"

„Auf Emma", sagte Meggie stattdessen augenrollend und hob das Glas an die Lippen.

Ich schüttelte mich, nachdem ich das süßliche Getränk heruntergekippt hatte, obwohl es gar nicht so übel schmeckte. Es hinterließ eine warme Spur in meinem Hals, und als es hinunterrann breitete sich diese Hitze auch in meiner Magengegend aus. Judy bot mir gleich den nächsten Schnaps, doch ich wollte nichts überstürzen.

„Was hält dich zurück?“, fragte Skander neben mir.

Ich lehnte mich ins weiche Ledersofa und sah ihn an. „Ich kann es nicht leiden, wenn mir Dinge entgleiten und ich die Kontrolle verliere“, erwiderte ich. Am liebsten wäre ich nach Hause in mein Bett gegangen und hätte eine Runde geschlafen. Ich unterdrückte ein Gähnen.

Skander beugte sich vor und griff nach zwei weiteren Gläschen.

„Es tut auch mal ganz gut, wenn man loslässt und das Ruder aus der Hand gibt. Sei es auch nur für einen kurzen Moment“, sprach er und drückte mir ein Glas in die Hand. „Es ist dein Abend, Emma. Du kannst tun und lassen, was du willst. Schließlich bist du jetzt achtzehn.“ Er zwinkerte mir zu.

„Ach, und sonst kann ich das nicht?“, fragte ich belustigt.

Skander rollte mit den Augen und kramte schließlich ein kleines Paket aus seiner Hosentasche hervor. Fragend sah ich ihn an, als er es mir entgegenhielt.

„Mein Geschenk“, sagte er und grinste schief.

„Aber ...“, fing ich an, doch er drückte mir das Päckchen einfach in die Hand. Es sah aus, als hätte es ein Mann eingepackt. Die Klebestreifen waren schief aufgeklebt, das graue Papier an manchen Stellen eingerissen und das Geschenkband mehr Knoten als Schleife. Ich unterdrückte ein Grinsen.

„Jetzt ist nicht die Zeit, um bescheiden zu sein. Nimm es einfach und freu dich drüber“, sagte er nachdrücklich und deutete mir, es auszupacken.

Kopfschüttelnd zog ich das schmale Bändchen auf und wickelte das Papier ab. Zum Vorschein kam ein kleines, schwarzes Notizbuch. Der Einband war aus weichem Leder und sah ziemlich edel aus. Ich klappte es auf.

Träume, Wünsche, Offenbarungen. Hier hat alles Platz. – S.

„Dankeschön“, sagte ich und strich über die kursiven Buchstaben. Er hatte wirklich eine schöne Handschrift.

„Ich weiß, dass du nicht so gern über persönliche Dinge sprichst. Das geschriebene Wort kann da manchmal ganz hilfreich sein“, meinte er leise.

Am liebsten wäre ich ihm um den Hals gefallen, allerdings spürte ich die Blicke der Zwillinge auf mir und lächelte ihn einfach bloß an.

„Das ist wirklich sehr aufmerksam von dir. Danke“, wiederholte ich.

„Und jetzt“, sagte er und reichte mir eines der Gläser, „runter damit!“

Seine Augen funkelten, bevor er den Kopf in den Nacken legte und die grüne Flüssigkeit in einem Zug austrank. Mit dem Handrücken wischte er sich über den Mund und grinste mich an. Jetzt wirkte er nicht mehr wie der Junge, der mir im Unterricht als Stütze diente und komplizierte Gleichungen beibrachte. Sein Kinn war kantig und die im Zwielicht silbrig schimmernden Locken ließen ihn draufgängerisch wirken. Er schien sich wohl in seiner Haut zu fühlen.

Unter seinem herausfordernden Blick knickte ich ein und griff das Glas aus seiner Hand. Als meine Finger seine streiften, wurde meine Haut heiß und eine Wärme breitete sich in mir aus, die ich nicht deuten konnte. Noch wärmer wurde mir, als ich meinen zweiten Schnaps trank, und schließlich den dritten. Ich ließ los.

Beflügelt durch das ungewohnte Gefühl des Alkohols, folgte ich der Truppe auf die Tanzfläche und ließ mich mitreißen. Die Gesichter meiner Freunde leuchteten in den verschiedensten Farben auf und um mich herum begann sich alles zu drehen. Ich befand mich in einem Sog, gefangen in den flackernden Lichtern, die mit ihren Strahlen meine Sorgen in die hinterste Ecke beförderten. Je länger ich tanzte, desto verwirrender schienen mir die bunten Neonröhren. Der Bass begann in meinem Kopf zu wummern. Ich wusste weder, wo oben und unten war, noch wo sich meine

Freunde aufhielten oder was ich hier eigentlich gerade tat.

Ich fühlte die Hände, die sich über meine Taille abwärts zu meinen Hüften und weiter in deutlich verbotene Zonen hervorwagten. In einer ruckartigen Bewegung, die mich schwanken ließ, drehte ich mich um und nahm deutlichen Abstand. Chris grinste mich dämlich an und hob die Hände beschwichtigend in die Luft.

„Was soll das?“, versuchte ich die Musik zu übertönen, doch er zuckte mit den Achseln und tanzte das nächste Mädchen von hinten an. Idiot.

Die Menge kümmerte sich nicht um den Vorfall, sondern tanzte munter weiter. Von Sekunde zu Sekunde fiel es mir schwerer, frei zu atmen. Trotz der lauten Musik konnte ich meinen eigenen Herzschlag hören und in meinem Kopf hämmerte ein Schlagbohrer. Ich musste hier raus! Ich zwängte mich durch die ausgelassene Masse an Menschen. Das Gedrängel verstärkte mein Schwindelgefühl und mir wurde übel. Umso erleichterter war ich, als ich endlich an der Bar anlangte und meine Bewegungen nicht länger eingeschränkt waren. Gehetzt lief ich zur Hintertür und stemmte mich dagegen.

Kühle Luft drang in meine Lungen und ich ließ mich erleichtert gegen das Backsteingemäuer sinken.

Mit den Händen stützte ich mich auf den Knien ab. Mein Atem ging abgehackt.

Es war zu viel. Die Überraschungsparty, die Geschenke, das Übermaß an Aufmerksamkeit. Nach der langen Zeit im Schneckenhaus, wie Dad es liebevoll nannte, nahm mir all das die Luft zum Atmen.

Ich riss die Krone von meinem Kopf und mit ein paar ruppigen Bewegungen versuchte ich, mich von den unzähligen Girlanden zu befreien, die noch immer um meinen Hals geschlungen waren. Wahrscheinlich würde ich bei der nächsten Dusche Konfetti an Stellen finden, an denen man niemals welches haben wollte. Je hastiger ich versuchte, die Girlanden über meinen Kopf zu ziehen, desto zäher schienen sie sich um meine Kehle zu wickeln. Sie waren wie Schlangen, die nur darauf warteten, ihr Opfer zu erwürgen.

Ich fluchte laut. Inzwischen war das Chaos quer über mein Gesicht, um das linke Handgelenk und auch um den rechten Arm verworren. Das konnte doch nicht sein! Konnten Luftschlangen sich vermehren?

„Darf ich fragen, was du da machst?“

Nein. Das konnte doch jetzt nicht wahr sein! Ich verwünschte mein Schicksal und riss weiter an den Glitzerbestien herum.

„Sieht auf jeden Fall ziemlich interessant aus.“ Es schwang die Art Belustigung in der melodischen

Stimme mit, die mich rasender machte, als alles andere.

Ich drehte mich zu Gabriel um und funkelte ihn wütend an. Seine Reaktion darauf war ein sanftes Lachen, das meinen Körper erschauern ließ. Seine Augen strahlten tiefgrün und die Funken darin schillerten selbst im spärlich beleuchteten Hinterhof golden.

„Wenn du nur da stehst, um dumme Sprüche zu klopfen, kannst du auch gleich wieder verschwinden", grummelte ich und richtete mich auf. Ich versuchte, so anmutig vor ihm zu stehen, wie es in einem Wirrwarr aus Luftschlangen und Konfetti möglich war.

Sein Schmunzeln verwandelte sich in ein Grinsen und ich konnte wieder das Grübchen sehen, das seinem Gesicht den zuweilen harten Ausdruck nahm.

„Lass mal sehen", sagte er und kam auf mich zu. Er blieb vor mir stehen und machte sich daran, das Chaos erst von meinem Hals, dann von meinen Armen zu lösen.

„Du lässt dich die ganze Woche nicht blicken und tauchst dann ausgerechnet hier auf", brummte ich. „Es ist fast so, als hättest du das geplant."

„Vielleicht habe ich das ja", sagte Gabriel amüsiert.

„Haha, sehr witzig. Nach deinem Auftritt in der Bibliothek sollte ich eigentlich *dich* mit Schweigen strafen. Nicht umgekehrt", meinte ich gereizt. Dieser

Kerl wusste wirklich, wie man alle Schalter bei mir umlegte.

„Hast du mich vermisst?“, fragte er sanft und mit einem Mal war die Belustigung aus seiner Stimme verschwunden.

„Ja“, antwortete ich trotzig und erstarrte. Da sprach eindeutig der Alkohol aus mir. Ich selbst hätte niemals zugegeben, dass er mir gefehlt hatte. Dafür war ich viel zu stolz.

„Das ist nicht gut, Emma“, sagte Gabriel und machte sich an meinem Arm zu schaffen. „Ganz und gar nicht gut.“

„Wieso? Weil du ein Feenprinz bist?“, fragte ich und verdrehte die Augen. Weshalb musste er immer so verdammt bitter sein?

Sein ernster Ausdruck wich einem Stirnrunzeln. Seine gezwungene Strenge bröckelte von Sekunde zu Sekunde. Dann wurden seine Gesichtszüge weicher, bis er schließlich laut lachte. Sein ganzes Gesicht erblühte und es klang in meinen Ohren wie schöner Gesang. Mir war, als stünde ich in einem warmen Sommerregen. Ich genoss das Gefühl, das dieser Wohlklang in mir auslöste. Am liebsten hätte ich mit eingestimmt. Doch etwas klingelte in meinem Hinterkopf und mir wurde bewusst, dass er über mich lachte. Nun breitete sich kochend heiße Wut in mir aus.

„Das ist nicht witzig“, fuhr ich ihn an und wollte gegen seinen Arm boxen, war allerdings noch immer eingeschränkt. „Hör auf zu lachen!“

„Ist ja gut“, gluckste er und entknotete die letzten Luftschlangen, die kurz darauf zu Boden fiel. „So, ich glaube du bist girlandenfrei.“

„Du lachst immer noch“, bemerkte ich säuerlich und verschränkte die Arme vor der Brust.

„Tut mir leid, aber du bist wirklich amüsant.“

„Und du bist ein unglaublich mieser, hinterhältiger, gemeiner ...“, ich rang nach Worten, doch die passende Beleidigung wollte mir einfach nicht einfallen. Mir schossen einfach zu viele im Kopf herum, die auf ihn gepasst hätten.

„Idiot? Arsch?“, half Gabriel mir nach und machte mich noch wütender.

„Schuft! Du bist ein mieser Schuft!“ Anklagend deutete ich mit dem Finger auf ihn. „Erst kommst du in mein Leben gewalzt, mit deinen funkelnden Augen und – sieh mich nicht so an, Gabriel Kent, du weißt genau was ich meine! – rennst mich um, ignorierst mich, bist dann wieder freundlich, heilst meine Verbrühung und stellst mich dann als Verrückte hin! Nein, ich bin noch nicht fertig!“, rief ich, als ich sah, dass er den Mund aufmachte, um etwas zu erwidern.

Beschwichtigend hob er die Hände und bedeutete mir, weiterzusprechen.

„Dein Weib von Schwester ist vor versammelter Mannschaft – na gut, es waren nur ein paar Leute in der Mensa, aber trotzdem – auf mich losgerauscht und hat mir gesagt – nein, befohlen! – ich solle meine Finger von dir lassen! Dabei hatte ich nie vor, Finger an irgendetwas von dir zu legen und ... Hör auf zu lachen!“, schnauzte ich und sah, wie er sich darum bemühte, mit dem Schmunzeln aufzuhören. „Dann tauchst du in meinen Träumen auf, machst einen auf Hobby-Hypnotiseur, Mentalist oder wie auch immer man das nennt, und tickst in der Bücherei dermaßen aus, dass ich um mein Leben fürchten muss!“

Völlig außer Atem ließ ich mich wieder gegen die Wand hinter mich fallen. Es war echt anstrengend, sich all das von der Seele zu schreien. Aber irgendwie auch befreiend.

„Fertig?“, fragte Gabriel dicht neben mir.

Ich ließ meinen Kopf zur Seite fallen und sah ihn an. Trotz meines Widerstands war ich versucht, in seinen Augen zu ertrinken. Heute erinnerten sie mich an einen Waldsee im Herbst.

Als er meinen Blick erwiderte, hatte ich das Gefühl, dass er sich weiter in mein Innerstes vorwagte, als ich jemals zulassen wollte.

„Ich glaube schon.“ Ich zuckte mit den Schultern.

„Das ist eine ziemlich lange Liste“, bemerkte er und raufte sich das Haar. „Vielleicht kann ich ein paar Dinge davon klarstellen“, schlug er vor.

„Ich werde dich bestimmt nicht davon abhalten“, sagte ich verdrießlich.

„Fangen wir bei meiner Schwester an“, begann er.

„Deine Schwester hat sie nicht mehr alle“, erwiderte ich betont sachlich.

Ein schmales Lächeln stahl sich auf seine Züge und er rieb sich den Nacken. „Sie kann recht forsch sein. Aber das ist sie nur, weil sie sich Sorgen um mich macht.“

„Vor allem, weil ich eine solch überaus große Gefahr für dich darstelle.“ Meine Gedanken verselbstständigten sich und blubberten einfach aus mir heraus.

„Ob du es glaubst oder nicht, das tust du tatsächlich“, sagte Gabriel und sein Blick wanderte zum sternenklaren Himmel.

„Ja, ich kann ziemlich gefährlich werden. Ich beherrsche Kibotu.“

„Kibotu?“

„Kinder-Boden-Turnen. Hab früher mal eine Kleinkindergruppe geleitet.“

Wieder lachte er und ich musste mich zusammenreißen, nicht mit einzustimmen. Mit eisernem Willen hielt ich mich davon ab. Ich *wollte* weiterhin wütend sein und ihm die kalte Schulter zeigen. Wieso fiel mir das so schwer?

„Das hätte ich gerne gesehen“, sagte er melodisch und seufzte. Er stieß sich von der Wand ab und stellte sich vor mich.

„Was mich anbelangt“, fing er an, „kann ich nur sagen, dass es mir leid tut.“ Er hob die Hand an meine Wange und hielt kurz über meiner Haut inne. Dann entschied er sich anders und wickelte eine meiner Haarsträhnen um seinen Finger. Die Luft zwischen uns war so angespannt, dass ich das Knistern förmlich hören konnte.

„Was genau?“, fragte ich und bereute es, das Wort ergriffen zu haben. Selbst ich hörte, wie atemlos ich klang.

Ich brauchte nur die zu Hand heben, um die Konturen seiner Wangenknochen nachzumalen.

„Alles. Ich entschuldige mich für alles, was auf deiner ellenlangen Liste steht. Und glaub mir, *a ghrá*, ich kann mich nicht daran erinnern, wann ich so etwas zum letzten Mal gesagt habe“, murmelte er.

Hätte ich nicht gewusst, was für ein arroganter Aufreißer er war, hätte ich ihn für verlegen gehalten. „Ich möchte wissen, was das für ein Spitzname ist, mit dem du mich ständig betitelst.“ Meine Augen waren auf seine schönen Gesichtszüge geheftet.

„Eiskalt. Da wird meine Entschuldigung einfach übergangen“, sprach Gabriel und nahm wieder ein Stück Abstand.

Erleichtert atmete ich auf, verspürte aber gleichzeitig einen Stich. Anscheinend wollte mein Körper andere Dinge als mein Verstand.

„Du kannst nicht solche Sachen mit mir abziehen und dann erwarten, dass nach einer kurzen Entschuldigung alles wieder in Ordnung ist“, fing ich an. „Du musst dir meine Vergebung erkämpfen, mein lieber Freund.“

„Mein lieber Freund? Eben war ich noch ein mieser, hinterhältiger, gemeiner Schuft.“ Gabriel grinste verschmitzt und ich zog eine Grimasse.

„Das hast du dir gut gemerkt. Ich bin beeindruckt“, ätzte ich.

„Wäre ich deiner Vergebung einen Schritt näher, wenn ich dir auch etwas schenke?“, fragte er mit einem Mal und wieder schwankte seine Stimmung von Belustigung zu absoluter Ernsthaftigkeit.

„Bitte nicht. Ich kann keine Geschenke mehr sehen“, stöhnte ich. Als seine Augenbrauen erstaunt in die Höhe gingen, hob ich die Hände. „Ich bin es nicht gewohnt, so viel Aufmerksamkeit zu bekommen“, erklärte ich.

„Bist du deshalb vor deinen Freunden geflüchtet?“

„Es war von allem ein wenig zu viel", stimmte ich zu und lehnte den Kopf zurück.

Die Sterne leuchteten am tiefschwarzen Himmel. Ich konnte mich nicht erinnern, jemals so eine klare Nacht erlebt zu haben.

„Also bist du es gewohnt, für dich selbst zu sein", stellte er fest.

„Ich habe mich im letzten halben Jahr ziemlich zurückgezogen. Es ist alles sehr ungewohnt. Und auch, wenn es nicht so aussieht: Ich bin wirklich dankbar für den Tag. Er war toll", sagte ich und schloss die Augen für einen Moment. Mann, ich war wirklich erschöpft.

„Du kannst nicht für andere entscheiden, wie sie dir gegenüber empfinden sollen", sagte Gabriel leise und ich spürte, wie er sich neben mich gegen die Mauer lehnte.

Ich öffnete die Augen. Jetzt waren wir fast auf Augenhöhe. Er bräuchte sich nur ein kleines Stück herunterzubeugen, um seine Stirn gegen meine zu lehnen.

„Das musst gerade du sagen. Was ist aus ‚Das ist ganz und gar nicht gut' geworden?", fragte ich und imitierte seinen grimmigen Tonfall.

Hörbar atmete er aus. „Das ist etwas anderes."

„Weil du ein Feenprinz bist", antwortete ich.

„Wer hat etwas von Prinz gesagt?", fragte er kopfschüttelnd.

„Was?! Du willst mir sagen, dass gar kein royales Blut in deinen elbischen Adern fließt? Hinfort, Legolas, hinfort!“ Gespielt entsetzt blickte ich ihn an.

„Da hat jemand zu viel *Herr der Ringe* geguckt“, seufzte Gabriel. „Ich dachte, du hättest deine Recherche aufgegeben?“

„Habe ich auch. Leider hast du die Rechnung ohne Eleanor gemacht.“

Daraufhin erwiderte er nichts. Wieder überkam mich das Gefühl, dass an dieser ganzen Geschichte mehr dran war, als es den Anschein machte. Er hatte seine Gefühle hinter einer stählernen Fassade aus Ironie und Härte verborgen, während ich, seitdem ich ihn kannte, meine Gefühle so offen zur Schau trug wie noch nie in meinem Leben. Es war befreiend und frustrierend zugleich.

„Weißt du was?“, fragte ich.

Fragend neigte er den Kopf.

Ich wählte meine Worte mit Bedacht. „Ich weiß nicht, was es mit diesem ganzen Kram auf sich hat und in welchem Umfang ich dem glauben darf, was Eleanor mir erzählte. Für den Moment reicht es mir, wenn du mich einfach nicht länger für dumm verkaufst. Ich bin nämlich nicht blöd, weißt du? Was du mit deiner Stimme anstellen kannst, diese merkwürdigen Träume und die Stromstöße, die ständig von dir ausgehen. Das ist nicht normal. Aber es ist okay. Normal wäre mir persönlich auch zu langweilig."

Gabriels Miene verfinsterte sich zusehends. „Du hast keine Ahnung, worauf du dich damit einlässt", knurrte er.

„Wie denn auch, wenn du nicht mit mir reden möchtest?"

„Touché." Gabriel raufte sich erneut das Haar.

Ich realisierte, dass es eine ähnliche Macke war, wie die meines Dads, wenn er sich vor Nervosität dauernd die Brille die Nase heraufschob. Irgendwie fand ich es niedlich.

„Für eine Sterbliche bist du viel zu gerissen", sagte er nach einer Weile und ich erstarrte.

Hatte er mich gerade sterblich genannt? Implizierte diese Aussage, dass er ...? Nein. Gerade eben erst hatte ich beteuert, dass ich nicht weiter nachhaken würde. Zumindest noch nicht.

„Danke für das Kompliment", grinste ich stattdessen und versuchte meiner Stimme einen unbeschwerten Beiklang zu geben.

„Oh, glaub mir, das war keines. Es ist ein Ärgernis, dass du so anders bist", erwiderte er und das Lächeln meiner Lippen erstarb.

„Ich bin vielleicht anders, kann aber immerhin von mir selbst behaupten, keine vollkommene Hohlbratze zu sein", sagte ich verkniffen.

In Gedanken war ich bei seiner Bekannten Shailene. Das Bild von den beiden im Café flackerte vor meinem inneren Auge auf und ich knirschte mit den Zähnen, als ich mich daran erinnerte, wie sie ihre Hand besitzergreifend auf seine gelegt hatte.

„Das war nicht abwertend gemeint", sagte Gabriel und beim Klang seiner Honig-Stimme überkam mich eine Gänsehaut. Ich hätte ihm den Rest der Nacht und auch den darauffolgenden Tag lang zuhören können. „Es ist erfrischend, dass du so bist, wie du bist. Aber es verkompliziert alles."

„Wieso denn?", fragte ich aufgebracht.

In seinen Augen blitzte es auf. „Weil ich dabei bin, Gefühle für dich zu entwickeln, die allem widersprechen, was ich mir für den Rest meiner Existenz vorgenommen habe."

Mir stockte der Atem. Er stand völlig gefasst vor mir, als hätte er gerade nicht etwas gesagt, das meine Welt von jetzt auf gleich aus ihren Fugen reißen konnte.

„W-wie bitte?", stammelte ich.

Seine Lippen verzogen sich zu einem Grinsen. „Schön zu sehen, dass auch dir mal die Worte fehlen können."

„Du blöder ...", fing ich an, um ihn zur Rechenschaft zu ziehen, doch er brachte mich mit einer Handbewegung zum Schweigen. Ich hörte das Blut durch meine Adern rauschen und mein Herz begann, enttäuscht zu poltern. Er hatte sich einen Spaß mit mir erlaubt, um mich aus der Fassung zu bringen. Dieser absolute Volldepp.

„Ich weiß, dass du keine Geschenke mehr sehen kannst, aber ich könnte nachts wirklich ruhiger schlafen, wenn du das hier annimmst“, sagte er besänftigend, doch die Belustigung stand ihm noch immer ins Gesicht geschrieben. Aus seiner Hosentasche holte er ein schmales Silberkettchen mit Anhänger hervor.

„Normalerweise packt man Geschenke ein“, merkte ich an, als er sie wortlos in meine Hand fallen ließ.

Es war ein filigranes, nach unten spitz zulaufendes Oval, kaum größer als ein Fingernagel. Nahe dem Ende war ein keltischer Knoten eingefasst, direkt darüber ein winziger, dunkelgrüner Stein. Der Machart nach zu urteilen, handelte es sich um ein sehr teures Schmuckstück. Es war wunderschön.

„Das kann ich nicht annehmen“, brachte ich hervor und strich mit den Fingern vorsichtig über den zierlichen Anhänger.

„Du musst“, entgegnete Gabriel und nahm mir die Kette aus der Hand. Bevor ich wusste, wie mir geschah, fasste er mich bei den Schultern und drehte mich zur Seite. Er stellte sich dicht hinter mich und schob mir das Haar aus dem Nacken.

Als seine Fingerspitzen meine Haut streiften, zuckte ich zusammen. Diesmal war das Prickeln sanft und betörend. Ich wusste nicht, ob es daran lag, dass wir eine längere Zeit miteinander verbrachten oder der Alkohol mein Hirn noch immer lahmlegte. Doch ich konnte und wollte mich nicht dagegen wehren. Im Gegenteil. Am liebsten hätte ich den Kopf nach hinten fallen lassen, mitten in die Kuhle seiner Halsbeuge, und von dort aus die Sterne beobachtet. Doch ehe ich mich versah, rastete der Verschluss mit einem leisen Klicken ein und Gabriel stellte sich wieder vor mich, um sein Werk zu begutachten.

„Das ist ein Trinity Knot“, erklärte er. „Er soll dir helfen ... die Träume fernzuhalten.“

Sprachlos starrte ich ihn an. Ich war nicht einmal erstaunt darüber, dass er von den nächtlichen Begegnungen mit den Schatten wusste. Irgendwie hatte ich es ja bereits geahnt. Er war dagewesen und hatte mich davon abgehalten, die Rose anzunehmen. Ein Blick in seine Augen genügte, um zu wissen, dass er mich vor Belial beschützt hatte.

Bevor ich wusste, was ich tat, machte ich einen Satz auf ihn zu und schlang meine Arme um seinen Hals. Tief atmete ich den betörenden Frühlingsduft ein, den er ausströmte und fühlte mich augenblicklich von Glückseligkeit erfüllt. Mein Herz hämmerte heftig und ich fühlte mich so lebendig wie noch nie zuvor in meinem Leben. Jede Faser meines Körpers schrie nach mehr. Eine Hand um seinen Nacken geschlungen, wanderte die andere sein Schulterblatt hinab, ohne dass ich darüber nachdachte, was genau ich da eigentlich tat.

Gabriel versteifte sich unter meiner Umarmung und stieß mich mechanisch von sich.

Mein Atem ging abgehackt und ich stützte mich taumelnd an der Wand ab. Ich fühlte mich, als wäre ich gerade erst aufgewacht und aus einem Traum gerissen worden.

„Das machst du besser nicht nochmal“, warnte er mich und in seinen Augen loderte es bedrohlich auf.

Ich schluckte schwer. „Ich ... Tut mir leid“, stotterte ich.

Seine Reaktion war mehr als deutlich gewesen. Ich biss mir auf die Wangeninnenseite, um eine ruhige Miene beizubehalten. Lieber gab ich mich diesem Schmerz hin, als genauer über die Abfuhr nachzudenken.

Geräuschvoll wurde die Hintertür geöffnet.

„Emma?“ Meggies Stimme klang besorgt. Schnellen Schrittes kam sie auf mich zu. „Ich hab dir doch gesagt, du sollst Bescheid sagen, wenn du rausgehst! Ich hab gerade die halbe Bar nach dir abgesucht!“ Sie machte eine Pause und schaute verwirrt zwischen Gabriel, der vor mir stand wie eine Statue, und mir hin und her. Mit Sicherheit blickte ich gerade so verstört drein wie ich mich fühlte. Als hätte mich ein Taxi überrollt.

„Komme ich ungelegen?“, fragte sie verunsichert.

„Ja“, sagte Gabriel kalt, seinen reservierten Blick auf mich geheftet.

„Nein“, sagte ich im selben Moment und hakte mich dankbar bei meiner Freundin unter. „Du kommst genau richtig.“

Ich zog sie in Richtung der verrosteten Tür. Bei jedem Schritt konnte ich die glühenden Augen spüren, die sich in meinen Rücken einbrannten. Doch dieses Mal war ich diejenige, die sich nicht umdrehte.

10 Kapitel

Ich konnte mich nicht daran erinnern, wann ich das letzte Mal derart lang und tief geschlafen hatte. Es musste über ein halbes Jahr her gewesen sein. Vor jenem unheilvollen Tag, der mit schweren Gewitterwolken angekündigt hatte, dass etwas Schreckliches passieren würde. Danach hatten die Alpträume begonnen, die mich mitten in der Nacht schweißgebadet aufwachen ließen.

Die Nacht war so angenehm gewesen, dass ich Samstagmorgen kaum aus dem Bett kam. Ehrfürchtig betrachtete ich den Talisman, den Gabriel mir gegeben hatte. Er war ein ungewöhnliches Schmuckstück und keines, das ich mir selbst gekauft hätte. Dennoch gefiel er mir – allein schon durch die Tatsache, dass er angeblich finstere Träume verdrängen konnte. Dass Gabriel ihn mir geschenkt hatte, weil er sich um mich sorgte, war ein süßer Nebeneffekt. Als ich die Kette berührte, hatte ich das Gefühl, dass vom Anhänger eine wohlige Wärme ausging. Verrückt.

Noch einmal griff ich nach dem Fotoalbum, das Meggie und die anderen mir geschenkt hatten. Es waren nur die ersten paar Seiten gefüllt und noch ein gutes Dreiviertel übrig, das ich mit neuen Bildern füllen konnte. Zuletzt griff ich nach dem schwarzen Notizbuch von Skander und schnappte mir meinen Füller. Der Tag gestern war unvergesslich gewesen, ganz gleich, wie er geendet hatte. Ich wollte ihn unbedingt im Gedächtnis behalten und begann, alles aufzuschreiben, was mir gerade durch den Kopf ging: Dass Mom mir fehlte, wie sehr Gabriel mich verunsicherte und wie ich mich über die Mühe, die sich meine Freunde gemacht hatten, gefreut hatte. Das Rascheln der Seiten gab mir ein Gefühl der Geborgenheit und nachdem ich meinem neuen Tagebuch mein Herz ausgeschüttet hatte, fühlte ich mich befreit. Skander behielt Recht. Das geschriebene Wort besaß eine besondere Macht.

Mit dem Rad machte ich mich auf den Weg ins Zentrum. Heute schien die Sonne durch die Wolken und auf dem Wanderweg begegneten mir reichlich Familien, die mit ihren Kindern und Hunden spazieren gingen, um die Strahlen aufzufangen. Dad und Grams waren schon zur Arbeit gefahren, als ich noch im Tiefschlaf gewesen war. In der Küche hatte Grams die Reste des englischen Frühstücks auf einen Teller getürmt und mir einen Zettel hinterlassen.

Der ungestörte Schlaf der letzten Nacht hatte wirklich gut getan, ich war energiegeladen wie schon lange nicht mehr. Ich brauchte nicht einmal einen Kaffee zu trinken, um wach zu werden.

„Guten Morgen!“, rief ich, als ich das Café betrat.

Die Deko war fort, genau wie das Chaos, das wir gestern Abend im *Betty's* hinterlassen hatten. Ich fragte mich, wie Grams das so schnell bewerkstelligt hatte.

„Gut geschlafen?“, fragte meine Großmutter und füllte die Etagere auf der Theke mit frisch gebackenen Cupcakes.

„Sehr gut, danke“, antwortete ich und trat hinter die Klapptüren zu meiner Großmutter. Ich umarmte sie von hinten. „Und danke für die Feier gestern.“

Sie hob die Hand und tätschelte meine Wange.

„Gerne doch, Liebchen.“ Ihre Stimme hatte den forschen Beiklang für einen Moment abgelegt.

„Kann ich bei irgendwas behilflich sein?“, fragte ich und wollte schon nach einer der Schürzen greifen.

„Nein, danke. Megan ist schon hinten und bereitet die nächsten Teiglinge vor“, antwortete Betty. „Außerdem wollte ich heute mal wieder selbst backen. Und es gibt noch einiges in der Buchhaltung, das erledigt werden muss. Hast du heute nichts vor?“

„Nein, noch nichts geplant.“

„Also, Hilfe brauchen wir heute nicht. Wenn du magst, kannst du dir gerne ein Getränk nehmen und es dir mit deinem Buch gemütlich machen“, mit einem

Nicken deutete sie auf den Einband von Eleanors Buch, der aus meiner Umhängetasche ragte.

Ich wollte ihn der schrulligen Bibliothekarin zurückbringen, obwohl ich noch keinen einzigen Blick auf die von ihr markierten Seiten geworfen hatte. Ich traute mich nicht. Wenn ich es täte, wurde das ganze Zeug noch realer und dafür war ich nicht bereit.

Ich kam Grams' Vorschlag nach und setzte mich mit einer Eisschokolade ans Fenster. Und starrte weiter unentschlossen auf den braun gegerbten Buchumschlag mit keltischen Lettern.

Was soll's, schoss es mir durch den Kopf und kurzerhand blätterte ich die Seiten auf. Ich stellte fest, dass Eleanors Erklärungen eine gute Einführung in die Thematik gewesen waren. Trotzdem las ich mir den Absatz über Gancanaghs noch einmal aufmerksam durch.

Gancanaghs, auch Liebesredner genannt, sind eine seltene Art von Fae, die meist dem Lichthof angehört. Sie zeichnen sich durch intensiven Duft und ihre wohlklingenden Stimmen aus, die besonders anziehend auf Sterbliche wirken.

Anders als Inkuben, mit denen sie oft verwechselt werden, können sie sich nicht von dunklen Empfindungen ernähren – ihre Laster sind Lust und Liebe. Es liegt im Wesen der Gancanaghs, sterbliche Gespielinnen zu verführen und ihren Nutzen aus der

Situation zu ziehen, was durch die Aufnahme der Ekstase geschieht, die durch den von ihnen ausströmenden Geruch ausgelöst wird, der sich dem anpasst, wonach der Sterbliche sich am meisten sehnt. Sobald er die Berührung eines Gancanaghs erfährt, ist er berauscht und verlangt nach mehr, bis die Begierde einem Entzug gleicht, der bis zum Tod führen kann.

Kopfschüttelnd blätterte ich um. Auf der nächsten Seite stand mehr über die Entstehung der Gancanaghs. Dort hieß es, dass sich aus dem ursprünglichen Fluch heraus eine eigene Rasse von Fae entwickelte, nachdem der erste Gancanagh seine Runden in der diesseitigen Welt zog. Er schwängerte unzählige Frauen, deren Kinder in den meisten Fällen männlich waren und ebenfalls zu Gancanaghs heranwuchsen. Moment mal ... War Avalee auch eine Gancanagh? Gab es überhaupt weibliche Wesen dieser Sorte? Im Buch stand auf jeden Fall nur etwas über männliche Fae dieser Art.

Die Türglocke kündigte klimpernd einen neuen Gast an und in meinem Nacken begann es zu kribbeln. Ich brauchte nicht aufzublicken, um zu wissen, wer soeben den Raum betreten hatte. Trotzdem tat ich es.

Ich beobachtete Gabriel dabei, wie er sich seinen Kaffee bestellte und dann zu meinem Tisch kam, als wären wir miteinander verabredet. Er setzte sich auf den Platz mir gegenüber und streckte die Beine entspannt unter dem Tisch aus.

„Du gibst nicht so leicht auf, was?“, fragte er mich und verschränkte die Arme vor der Brust.

„Wieso habe ich das Gefühl, du hättest bloß drauf gewartet, mich bei meiner Recherche zu erwischen?“, entgegnete ich und verdrängte den Gedanken an seine gestrige Abfuhr, die mir noch immer in den Knochen steckte.

Gabriel zuckte mit den Schultern und beugte sich anschließend über den Tisch. Ich nahm seinen Duft wahr und konzentrierte mich darauf, einen kühlen Kopf zu bewahren. Angeblich rochen Gancanaghs für Sterbliche nach dem, was sie am meisten begehrten. Ganz klar, weshalb sein Geruch mich an den Frühling erinnerte.

„Sag mir, was es damit auf sich hat“, forderte ich und schob das Buch in die Mitte des Tisches, ohne den Blick von ihm abzuwenden. Würde ich jemals genug von seinem Anblick bekommen? Jedes Mal, wenn ich ihn ansah, entdeckte ich neue Details, die mir gefielen. Wie sich sein Grübchen vertiefte, wenn er schmunzelte. Die kleine Falte zwischen seinen Brauen oder die leichten Bartstoppeln, die ihn heute noch verwegener als sonst wirken ließen. Hatten Fae Bartwuchs? Also Legolas hatte keinen, soviel stand fest.

„Wie ich sehe, hast du eine spannende Lektüre, in der alles bestens erklärt ist“, sagte er belustigt.

Ich konnte hören, dass er nicht so selbstsicher war wie sonst. Je mehr Zeit ich mit ihm verbrachte, desto leichter fiel es mir, seine wahren Gefühle zu erkennen. Auch wenn er wirklich gut darin war, diese zu übertünchen.

„Du kannst mir nicht einfach so etwas schenken“, ich holte den Anhänger unter meinem Shirt hervor, „mir die beste Nacht meines Lebens bescheren und so tun, als wäre nichts dabei.“

„Die beste Nacht deines Lebens?“, grinste er und ich schüttelte abfällig den Kopf. War ja klar, dass er wieder eine seiner blödsinnigen Andeutungen machen musste.

„Damit meinte ich, dass ich das erste Mal seit Monaten ruhig schlafen konnte.“

Gabriel nickte und atmete durch. Anscheinend war er beruhigt darüber, dass sein Geschenk seinen Zweck erfüllt hatte.

„Ich will Antworten, Gabriel“, sagte ich, lehnte mich mit den Ellenbogen auf den Tisch und setzte meine beste Verhandlungsmiene auf.

„Und ich fürchte, ich kann dir keine geben.“ Er starrte beharrlich zurück.

„Kannst du nicht oder willst du nicht?“

„Selbst wenn ich wollte, könnte ich es nicht", feixte er.

Ich fühlte, wie meine ernste Miene ein wenig verrutschte. „Und natürlich willst du nicht", seufzte ich und zog das Buch wieder zurück. Dann genehmigte ich mir einen großen Schluck Eisschokolade. Ich besann mich darauf, überhaupt nichts mehr zu sagen, sondern ihn stattdessen mit beleidigtem Schmollen zu strafen.

„Ich glaube, deine Freundin ist nicht besonders gut auf mich zu sprechen", schmunzelte Gabriel nach einer Weile, die Lippen dicht an seinem Becher.

„Woran das wohl liegt", murmelte ich und suchte Meggies Blick.

Sie stand hinter der Theke und fixierte Gabriel mit zusammengekniffenen Augen.

„Macht sie sich Sorgen, wenn ich bei dir bin?", fragte er und wieder zogen sich seine Brauen dicht über den Augen zusammen. Von der einen auf die nächste Sekunde wurde seine Miene ernst.

„Sollte sie das denn?", gab ich zurück und versuchte seine Frage zu deuten.

„Wahrscheinlich sollte Megan sich Sorgen machen, ja", räumte er ein.

„Kennst du Meggie persönlich oder hast du eine weitere verborgene Gabe, die es dir möglich macht, Gedanken zu lesen?", fragte ich verbissen. Inständig hoffte ich, dass dem nicht so war. Meine Gedanken waren das Einzige, was mir noch blieb. Schließlich tauchte er auch nachts in meinen Träumen auf.

„Ich beherrsche die magische Gabe des Lesens."

Verwirrt sah ich ihn an.

„Deine Freundin trägt ein Namensschild."

Ich verschluckte mich an meiner Eisschokolade und prustete los.

„Eine ganz bewundernswerte Gabe", gluckste ich und schüttelte den Kopf über meine eigene Blödheit. Gott sei Dank war das mit dem Gedankenlesen vom Tisch. „Aber nach dem zu schließen, wie du mich letztens mit deinen Blicken getötet hast, hast du eigentlich kein Recht, dich über meine Freundin zu beschweren."

Mit dem Löffel rührte ich in dem halbvollen Glas herum. Obwohl der Blick in seinen Augen glühte, hielt ich ihm eisern stand.

„Was, wenn mein Blick nicht dir gegolten hat?", fragte er und ich hob skeptisch eine Augenbraue.

„Ein Blinder hätte sehen können, dass dein Blick auf meinen Tisch gerichtet war", sagte ich und hielt inne. Nun runzelte ich die Stirn. „Moment mal ... Ich war mit Skander hier."

Gabriel beugte sich über die hölzerne Platte und war mir so nah, dass ich eine Woge seines herben

Geruchs wahrnehmen konnte. Am liebsten hätte ich das Gesicht in seinem Haar vergraben.

„Du wirst keine falschen Versprechungen von mir bekommen. Ich werde dich niemals anlügen."

Was sollte das heißen? Dass er nicht mich, sondern Skander mit seinem hasserfüllten Blick gemeint hatte?

„Hör auf mit deiner bescheuerten Geheimniskrämerei. Mädchen finden es nicht toll, Spielchen zu spielen." Dieses Heißkaltgetue wurde mir allmählich zu viel. Nie wusste ich, woran ich bei ihm war.

„Manche Spiele sind es wert, gespielt zu werden", konterte er und sein Blick verfinsterte sich.

„Wie du schon gesagt hast, ich werde nicht so leicht aufgeben."

„Hätte ich mal lieber den Mund gehalten", sagte er mehr zu sich selbst und rieb sich die Stirn. Dann stand er plötzlich auf.

„Jetzt bist du beleidigt und gehst, bloß weil ich ein paar Fragen gestellt habe?", fragte ich verdutzt. Zwar wollte ich Antworten, aber es war nicht meine Absicht gewesen, ihn zu verschrecken.

„Nein, ich habe etwas vor. Und zwar mit dir", sagte er und streckte seine Hand nach mir aus. „Komm."

Ich verkrampfte die Hände im Schoß, nachdem ich den Sicherheitsgurt angelegt hatte. Als er mich zu seinem schwarzen Mini Cooper führte, war mir für einen Moment das Herz in die Hose gesackt. Mir gefiel es ganz und gar nicht, bei Leuten mitzufahren, deren Fahrstil ich nicht kannte. Allgemein war ich seit Moms Tod fast nie im Auto unterwegs. Auch die Fahrt anlässlich unseres Umzugs nach Heffield war die reinste Folter gewesen. Nervös begann ich, am Anhänger meiner Kette herumzufummeln. Ich gewöhnte mich schnell an das ungewöhnliche Schmuckstück. Es fühlte sich an, als besäße ich es schon seit Jahren und irgendwie mochte ich, wie es warm auf meiner Haut lag. Es gab mir ein Gefühl von Sicherheit und ich fragte mich unwillkürlich, was für eine Magie sich dahinter verbarg.

Wir befanden uns auf der Hauptstraße in Richtung Stadtrand und es begann zu nieseln. Vom anfänglich frühlingshaften Wetter war keine Spur mehr zu sehen. Ein Lastwagen kam uns auf der anderen Straßenseite entgegen und ich fuhr zusammen. Wie hypnotisiert starrte ich auf die Stoßstange des Lasters. Sie befand sich mindestens doppelt so hoch, wie die von Gabriels Auto. Bei einem Aufprall würde sie uns mit Sicherheit exakt auf Kopfhöhe erwischen. Gabriel läge blutüberströmt neben mir, nachdem mein eigener Körper durch die Wucht des Aufpralls durch die

Frontscheibe geschleudert würde und mit einem lauten Knirschen auf dem Asphalt aufschlüge.

Mein Atem stockte und mir wurde flau im Magen. Gabriel warf einen flüchtigen Blick in meine Richtung. „Alles okay? Du wirkst ein wenig blass um die Nase.“

„Kann ich das Fenster aufmachen?“, fragte ich und spürte, wie es sich in meiner Brust zusammenzog.

Ich zwang mich, ruhig zu atmen und brach in kalten Schweiß aus. *Bitte nicht jetzt! Bitte nicht vor ihm!,* schoss es mir durch den Kopf, doch es war bereits zu spät. Eine Panikattacke brach über mich herein, bevor ich sie aufhalten konnte.

Dunkelheit braute sich über mir zusammen und donnerte in meinen Ohren. Ich schnappte nach Luft und krallte mich mit den Fingern in der Schlaufe über der Autotür fest. Egal wie oft ich schluckte, der Kloß in meinem Hals wollte nicht verschwinden, sondern wurde schmerzhaft größer, bis ich das Gefühl hatte, mich übergeben zu müssen. Die Geräusche um mich herum verschwammen und meine Sicht wurde unscharf. Ich spürte kaum, wie der Wagen am Wegrand anhielt.

Der Gurt schlang sich um meinen Körper und nahm mir jede Möglichkeit zu atmen. Ich brauchte dringend Luft! Ich riss krampfhaft am Verschluss, doch er löste sich nicht. Verdammt! Wenn ich nicht schnellstens hier raus kam, würde ich ersticken.

Ungeschickt drückte ich mit den Fingern dort herum, wo ich den Knopf vermutete. Endlich löste sich der Gurt von meinem Körper und ich tastete blind nach der Autotür. Ich fiel mehr aus dem Wagen, als dass ich ausstieg. Ich schnappte nach Luft, doch atmete bloß Leere ein.

„Shhh, bleib bei mir", erklang es dumpf.

Ich röchelte nach Atem und schwarze Kreise erschienen vor meinen Augen.

„Emma, die Luft muss deine Lunge erreichen. Beruhige dich."

Gabriel umschloss mein Gesicht mit seinen Händen und diesmal verspürte ich nicht mal ein Kribbeln. Panik lähmte mich, paralysierte meine Gliedmaßen.

„Dir passiert nichts. Atme durch die Nase ein, durch den Mund aus."

Dicht an meinem Ohr konnte ich Gabriels ruhige Atemzüge wahrnehmen und ich versuchte sie nachzuahmen. Ich konzentrierte mich auf seine Stimme, die mir beruhigend gälische Worte zuflüsterte und ich schaffte es, meinen rasenden Puls unter Kontrolle zu bekommen. Wärme breitete sich in mir aus und vertrieb die düstere Kälte aus meinen Knochen. Meine Verzweiflung ebbte ab und die Dunkelheit lichtete sich.

Mehrmals musste ich blinzeln, damit die schrillen Punkte vor meinen Augen verschwanden und sich meine Sicht wieder klärte. Gabriel hockte vor mir, die Hände an meine Wangen gelegt. In seinen Augen tobte ein goldener Sturm. Ich brauchte ein paar Atemzüge, um mich wieder zu sammeln.

Die Luft muss deine Lunge erreichen. Beruhige dich. Schließ die Augen. Atme durch die Nase ein, durch den Mund aus, erklang es in meinen Ohren.

„Alles ist in Ordnung. Du bist in Sicherheit“, sagte er leise und half mir auf. Seine Stimme drang trotz des kalten Regens zu mir durch.

„Du warst das“, krächzte ich. „An meinem ersten Tag. Im Schulflur.“

Die Art, wie er die Lippen aufeinander presste, genügte als Antwort. „Du hast nur das gesehen, was du sehen wolltest“, erwiderte er und schien nicht recht zu wissen, ob er mich stützen sollte oder nicht. „Schaffst du die Fahrt oder sollen wir zu Fuß weiter?“

„Es geht schon“, meinte ich und versuchte mich an einem Lächeln. Mit Gliedmaßen, die sich wie Pudding anfühlten, sackte ich auf den Beifahrersitz.

„Vielleicht wäre es gut, wenn du den Rest der Fahrt schläfst“, schlug Gabriel vor und zog die Fahrertür zu.

„Leider bin ich nicht müde. Dank deines Talismans habe ich letzte Nacht super geschlafen“, seufzte ich und wie von selbst verkrampften sich meine Hände an der Halterung über dem Sitz, als er den Motor startete.

„Ich denke, es wäre ganz gut, wenn du die Augen zumachst“, sagte er melodisch und ich spürte, wie meine Lider schwer wurden.

„Wie machst du das schon wieder?“, fragte ich argwöhnisch und widersetzte mich seinem Zwang. Mittlerweile hatte es zu regnen begonnen. Unnachgiebig prasselte es gegen die Frontscheibe.

„Vertraust du mir?“, fragte er und beugte sich über die Mittelkonsole. Sein dunkelgrüner Blick durchdrang mich und schien in meinem Innersten nach einer Antwort zu suchen. Ich konnte spüren, dass ich eine Entscheidung treffen musste.

Ohne weiter darüber nachzudenken, nickte ich. Dieses Mal erschrak ich nicht über meine Antwort. Dass ich diesem Mann jederzeit mein Leben anvertraut hätte, war eine Tatsache, die ich nicht länger leugnen konnte.

„Gut. Dann schlaf jetzt, *a ghrá*“, flüsterte er in einem leisen Singsang, der tief in meinen Körper drang. „Schlaf.“

Ich nahm bloß noch ein grün-goldenes Schimmern wahr, dann senkte sich ein Schleier der Geborgenheit auf mich herab und es wurde dunkel um mich herum.

Ein Knistern weckte mich. Ich rieb mir die Augen und sah mich schläfrig in dem Raum um. Ich lag auf einem weichen Sofa, gegenüber prasselte ein behagliches Feuer im Kamin. Ich befand mich in einem Wohnzimmer. Neben dem Kaminsims, über einem antiken Sekretär, waren einige Bretter angebracht, auf denen Bücher und antike Figuren standen. Die DVDs im schmalen Regal daneben wollten nicht wirklich dazu passen, da das geräumige Wohnzimmer aussah, als wäre es dem neunzehnten Jahrhundert entsprungen. Vor allem die Schnitzereien des Kirschbaumtisches wirkten schlicht und elegant, ganz im viktorianischen Stil.

„Wieder wach?", ertönte eine Stimme hinter mir und ich drehte den Kopf in Richtung Tür.

Gabriel lehnte mit verschränkten Armen im Rahmen und musterte mich eingehend. „Ich habe dir einen Tee gemacht", sagte er und deutete mit dem Kinn auf den Beistelltisch neben dem Sofa.

Völlig überrumpelt blickte ich auf das kleine Tablett, auf dem eine dampfende Kanne stand, inklusive geblümten Teeservice.

Gabriel betrat den Raum und setzte sich auf den Sessel mir gegenüber. „Möchtest du Milch und Zucker?", fragte er.

„Milch. Danke“, sagte ich mit zusammengekniffenen Augen und überlegte, wie ich hierhergekommen war. In meinem Kopf herrschte dichter Nebel.

Er griff über den Tisch und schenkte mir die dampfende Flüssigkeit in die Tasse, gab einen Schuss Milch dazu und verrührte das Ganze. Ich beobachtete ihn fasziniert dabei. Es war ungewohnt, ihn bei einer so gewöhnlichen Tätigkeit zu beobachten, vor allem, weil ich mir bei ihm alles andere vorgestellt hatte als ein antikes Teeservice. So richtig mit Schnörkeln und Blümchen.

Er schob die Untertasse über den Tisch in meine Richtung und dankend nahm ich sie in die Hand. Wieder beobachtete er mich, als erwartete er eine völlig gegensätzliche Reaktion. „Trink. Es wird dir gleich besser gehen.“

„Wie kommst du darauf, dass es mir nicht gut geht?“, fragte ich verwundert und sah mich erneut in dem Raum um.

Wie zur Hölle war ich hergekommen? Meine Hand zitterte und etwas des heißen Gebräus schwappte auf die Untertasse. Hastig stellte ich sie wieder ab.

„Vertrau mir“, sagte Gabriel, als ich seinen Blick fand. In seinen Augen flackerte es kurz.

Plötzlich fühlte ich mich, als hätte jemand einen Eimer Eiswasser über mir ausgekippt, so plötzlich schlug die Erinnerung an meine Panikattacke in meinem Hirn ein. Mein Gedächtnis wurde überflutet von den vergangenen Stunden und ich rieb mir die pochenden Schläfen.

„Alles in Ordnung?“, fragte Gabriel und sah aus, als wäre er bereit, jeden Moment aufzuspringen.

„Ich glaube, es ist an der Zeit für eine Aussprache, meinst du nicht?“, fragte ich und versuchte, mir meine Fassungslosigkeit nicht anmerken zu lassen.

Er hatte tatsächlich die Kraft, mein Gedächtnis zu beeinflussen. Wie hatte es noch in Eleanors Buch gestanden? Glanz! Glanz, der es den Fae möglich machte, alle fünf Sinne zu benebeln. Genau das hatte Gabriel mit mir gemacht und ich musste schwer schlucken, um nicht augenblicklich hysterisch loszuschreien.

„Wie wäre es mit einem Spiel: Antwort für Antwort?“, schlug er vor.

Das sah ihm ähnlich. Aber wenn ich so erfahren würde, was es mit ihm auf sich hatte, war es das wert.

„Abgemacht, aber ich fange an“, entschied ich und verschränkte die Arme vor der Brust.

„Einverstanden“, sagte er bloß.

„Wie hast du das im Auto gemacht?“, fragte ich und war so gespannt, dass ich kaum still sitzen konnte.

„Das weißt du doch bereits. Willst du deine Frage wirklich so leichtfertig verschwenden?“, fragte er amüsiert.

„Ich habe zwar eine Ahnung, will es aber trotzdem aus deinem eigenen Mund hören“, forderte ich.

Er seufzte und erwiderte meinen erwartungsvollen Blick mit ruhiger Miene. „Ich habe dich mit Hilfe des Glanzes einschlafen lassen.“

Ich war baff.

„Und das funktioniert so einfach?“, platzte ich heraus.

Gabriel überlegte kurz. „Nein, nicht bei jedem. Bei schwachen Menschen ist es einfacher als bei Sterblichen wie dir, die einen so starken Willen besitzen. Diesmal hast du es zugelassen, nur deshalb war ich in der Lage dazu.“ Seine Stimme klang weich, als wolle er mir jede Angst nehmen. Bevor ich den Mund aufmachen konnte, um die nächste Frage zu stellen, die mir auf der Zunge lag, hob er die Hand und hielt mich davon ab. „Ich bin dran“, ermahnte er mich.

Mürrisch lehnte ich mich zurück. Mir missfiel dieses Spiel jetzt schon. Aber ich hatte zugestimmt, da musste ich nun durch.

„Was ist der Grund für deine Panikattacken?“ Es klang nicht fordernd oder neugierig, sondern einfach nach einem Angebot, mich ihm anzuvertrauen, wenn ich wollte.

„Meine Vergangenheit“, erwiderte ich und hoffte, dass ihm das für den Augenblick genügen würde.

„Das ist ziemlich ausweichend, findest du nicht?“, fragte er.

Ich verzog das Gesicht. Verdammt.

„Ich habe vom Besten gelernt“, erwiderte ich spöttisch. „So, ich bin dran. Hast du noch mehr interessante Fähigkeiten, von denen ich wissen sollte?“, fuhr ich schnell fort, bevor er nachhaken konnte.

„Hast du darüber nicht schon reichlich recherchiert?“, stichelte er und wieder sah ich den Ansatz seines Grübchens.

Mahnend hob ich den Finger.

„Okay, ist ja gut“, seufzte er und fuhr sich durchs Haar. „Also, ich bin ziemlich hellhörig“, fing er an. „Beispielsweise kann ich wahrnehmen, dass dort draußen gerade eine Katze ums Haus schleicht. Sie ist auf der Suche nach Nahrung, auch wenn ich mir sicher bin, dass sie hier nichts finden wird. Sondern eher zwei Häuser weiter. In diesem Keller knabbern die Mäuse nämlich unüberhörbar. Außerdem hämmert die Musik des Taxifahrers an der Hauptstraße in meinen Ohren. Eine ziemlich schlechte Wahl, nebenbei bemerkt.“ Gabriel verzog das Gesicht. „Techno konnte ich noch nie leiden.“ Er fuhr sich durchs Haar und beugte sich vor. „Außerdem bin ich relativ schnell und ausdauernd. Wenn ich wollte, könnte ich von hier nach Inverness rennen und wäre heute Nacht wieder hier. Auch wenn ich keinen Sinn darin sehe, dies zu tun. Fliegen ist um einiges bequemer.“ Er grinste schief angesichts meines aufgeklappten Mundes.

Schnell machte ich meinen Unterkiefer zu.

„Ach und ich glaube behaupten zu können, einigermaßen stark zu sein“, fuhr er schulterzuckend fort. „Was auch immer das heißen soll. Dich tragen? Kein Problem. Gerne auch ein paar Stunden. Einen Elefanten hochheben? Schon eine Herausforderung, aber machbar.“

Mein Blick strafte ihn für den Vergleich mit dem Elefanten.

Gabriel legte die Finger an seine Lippen und sah mich aus funkelnden Augen an. Mir war vorher nie aufgefallen, wie schwarz und dicht seine Wimpern waren. Kleine Fältchen kräuselten sich um seine Augen, als er zu schmunzeln begann. Wäre ich nicht so sauer auf ihn gewesen, wäre ich wahrscheinlich auf der Stelle geschmolzen.

„Ach, und ich kann ... ziemlich überzeugend sein, wie du vielleicht schon bemerkt hast“, fügte er mit einem Zwinkern hinzu.

Ich presste meine Lippen aufeinander und griff nach meiner Tasse. Meine Finger drückten sich fest um den schmalen Griff. Irgendetwas musste ich zerquetschen.

„Das ist alles?“, fragte ich und tat ungerührt.

Gabriel lachte leise und mir fuhr ein angenehmer Schauer über den Rücken.

„Was ist daran nun wieder witzig?“, brummte ich und nahm einen Schluck des Tees, der durch die Milch eher nach Kaffee aussah.

„Du machst mich fertig. Wirklich, Emma“, sagte Gabriel und fuhr mit dem Finger nachdenklich über seine Lippen. „Da verrate ich dir meine größten Geheimnisse und du bist nicht einmal beeindruckt.“

„Was sollte mich daran beeindrucken?“, fragte ich und lehnte mich zurück. „Ich lese stundenlang Artikel über das Volk der Fae, recherchiere über deine Vorfahren und dann kommt so eine Antwort. Irgendwie hatte ich mehr erwartet.“ Ich zuckte mit den Achseln und freute mich insgeheim darüber, dass er mir meine kühle Miene abkaufte. „Vielleicht eine Verschwörung, ein Familiengeheimnis oder so etwas in die Richtung.“

„Du liest zu viele Abenteuerromane, kann das sein?“, fragte er kopfschüttelnd.

Ertappt nickte ich. Mein Blick schweifte in den Kamin und ich beobachtete, wie die Flammen am Holz leckten.

„Ich dachte, man nennt dich Liebesredner, weil du von Sterblichen alles bekommen kannst, was du willst“, sagte ich leise. Ich hörte selbst, dass es eher nach einer Anklage klang, als nach einer Frage. Ich biss mir auf die Lippe und sah ihn an.

Wieder wandelte sich Gabriels Ausdruck von Wärme zu absoluter Kälte. Er fuhr hoch und begann, vor dem Kamin umherzutigern. Das Knarren der Holzdielen unter seinen Sohlen war das einzige Geräusch im Raum.

„Tut mir leid, ich wollte dich nicht verletzen“, hängte ich schnell hinterher.

„Nein, Emma? Was wolltest du dann?“, fuhr er mich an und ich zuckte zusammen.

Noch nie hatte er mich angeschrien. War er jetzt völlig übergeschnappt?

Sein Ausdruck wurde bitter. „Ich weiß, dass es schwierig ist, all das in dein beschränktes Hirn zu bekommen, aber es kein Spaß, andere unbeabsichtigt in den Tod zu treiben.“

Ich erhob mich. Seine Wut stachelte mich dazu an. Was bildete er sich ein, mich derartig anzumachen?

„Du bist doch derjenige, der aus allem ein Spiel machen muss!“, rief ich. „Ich will doch bloß Antworten, damit ich weiß, woran ich bin, verdammt!“

Gabriel vergrub die Hand im Haar. „Du willst wissen, woran du bist? Gut, ich verrate es dir! Ich bin ein Gancanagh, Emma. Auf Leuten wie mir lastet ein jahrhundertealter Fluch, der nicht gebrochen werden kann und der es mir unmöglich macht, die Person, für die ich etwas empfinde, auch nur zu berühren", donnerte er.

Selbst wenn er wütend war, klang seine Stimme schön. Das war nicht fair. Ich realisierte, dass ihm nicht gefiel, was er war. Er hatte Angst davor, was seine Berührung mit mir anstellen konnte.

„Gut zu wissen. Hättest du das vorher erwähnt, hätten wir uns einiges ersparen können", gab ich zurück und wurde mit einem Mal ganz ruhig. Einer von uns beiden musste sich schließlich besinnen. Man kann Feuer nicht mit Feuer bekämpfen.

„Ich ... Was?", fragte Gabriel verwundert.

„Wärst du von Anfang an ehrlich zu mir gewesen, hätte das nichts an der Situation geändert", sagte ich und ging auf ihn zu. Behutsam griff ich nach seiner Hand und ignorierte den Energiestrom, der mich durchzuckte.

Gabriel machte keine Anstalten, sich von mir zu lösen. Stattdessen sah er schlicht überfordert aus.

„Es ist mir egal, was du bist", fuhr ich fort.

Er zuckte zusammen, als hätte dieses Mal er einen Schlag verpasst bekommen. „Du hast keine Ahnung, wovon du da sprichst", brachte er hervor. Ungläubig starrte er mich an.

„Nein, dafür ist mein Hirn viel zu beschränkt", wiederholte ich seine eigenen Worte kühl und zog eine Augenbraue hoch.

„So war das nicht gemeint." In seinen Gesichtszügen loderten die unterdrückten Gefühle auf, wie das Feuer im Kamin.

„Ich weiß. Du hast dich entgegen aller Vernunft nicht von mir ferngehalten", sagte ich.

Er sah atemberaubend aus. Die grünen Tiefen seiner Augen verschlangen mich. Ich wusste nicht, ob es der Fluch seiner Ahnen war, der mich zu ihm hinzog oder meine eigenen Gefühle, aber das war nicht von Bedeutung. Das Bauchkribbeln und Herzflattern fühlte sich real an.

„Vermutlich würdest du das jetzt auch nicht mehr zulassen, habe ich recht?", gab er zurück und ich konnte sehen, wie seine beherrschte Fassade anfing zu bröckeln.

„Niemals", wisperte ich und stellte mich auf die Zehenspitzen.

Als meine Lippen seine streiften, tobten meine Empfindungen. Die Spannung, die sich in den letzten Wochen zwischen uns angestaut hatte, entlud sich mit einer solchen Intensität, dass meine Knie nachzugeben drohten. Gabriel verhinderte meinen Fall, indem er seinen Arm um meine Taille schlang und mir den Halt gab, den seine warmen Lippen mir nahmen, als er den

Kuss vertiefte. Die andere Hand vergrub er in meinem Haar und endlich fühlte ich, zu was er imstande war, wenn er sich für einen Moment fallenließ.

Die Energie, die in mir pulsierte, füllte mich mit Lebensfreude, wie ich sie noch nie in meinem Leben gefühlt hatte, und ich spürte, wie sich diese Verbindung tief in mir verankerte. Das Blut rauschte kraftvoll durch meine Adern, mein Herz stand still und fing im selben Moment so heftig zu klopfen an, dass ich fürchtete, es würde aus meiner Brust springen.

Das war mehr als bloß ein Kuss. Es war der Moment, indem ich mich für ihn entschied, mit Leib und Seele.

11 Kapitel

Mein Kopf war auf Gabriels Schoß gebettet und er strich mir das Haar sanft aus dem Gesicht. Ich verspürte keine Stromstöße mehr. Seine Haut fühlte sich auf meiner bloß noch richtig an. Als gehörte ich hierhin, genau in diesem Augenblick.

„Es tut nicht mehr weh“, murmelte ich schläfrig.

Kurz hielt er inne. Dann liebkosten seine Finger mein Gesicht wieder.

„Hat es sehr geschmerzt?“, fragte er und ich blinzelte.

„Nein, nicht schlimm. Es war einfach sehr ungewohnt. Mach dir keine Sorgen.“

Er versuchte, seine Mauern wieder hochzuziehen. Ich konnte genau erkennen, wie viel Kraft ihm das abverlangte.

„Ich mache mir ständig Sorgen um dich. Es ist zum Verrücktwerden“, gab er zu und ich sah, welche Überwindung es ihn kostete, das zu sagen. „Deshalb möchte ich auch wissen, was dir dermaßen Angst bereitet. Ich wünschte, ich könnte sie dir nehmen.“

Ich lächelte schwach. Wieso hatte er vorher nie so schöne Dinge gesagt?

Vorsichtig hob ich die Hand an seine Wange. Zunächst wirkte er, als ob er zurückzucken wollte, doch dann entschied er sich anders und schmiegte sein Gesicht gegen meine Finger. Der Duft von Frühling wehte mir entgegen und ich spürte, wie mein Herz schneller zu schlagen begann. Mit Sicherheit konnte er hören, wie heftig mein Puls hämmerte. Meine Lungen waren erfüllt von Glückseligkeit und ich konnte es kaum erwarten, noch mehr von diesem Gefühl in mir aufzusaugen. Ich richtete mich auf und kam Gabriels Gesicht näher. Mein Geist blendete alles aus, bis nur noch er existierte. Ich atmete abgehackt.

Gabriel wich zurück und entzog sich meiner Hand. Seine Augen blitzten auf und ich sah, dass seine Schultern sich anspannten.

Wie aus einer Trance gerissen, schüttelte ich meinen Kopf, um die den Nebel der Verlockung zu lichten.

„Tut mir leid“, sagte ich und biss mir auf die Lippe.

Die Wirkung, die allein schon sein Geruch in mir auslöste, war verheerend. Ich hatte Angst, dass mir vom einen auf den nächsten Moment alles entglitt, sobald ich in diesen Sog der Versuchung geriet.

„Eigentlich muss ich mich entschuldigen“, murmelte Gabriel und rieb sich die Stirn. „Es ist meine Schuld, wenn das passiert.“

Fragend sah ich ihn an.

Er zog eine Grimasse. „In den letzten Jahren habe ich gelernt, wie man es steuern oder zumindest unterdrücken kann. Und normalerweise gelingt mir das ganz gut.“

„Was unterdrücken?“ Ich verstand nur Bahnhof.

„Gancanaghs wirken auf Sterbliche ziemlich ... wie soll ich sagen?“ Er machte eine Pause und suchte nach dem richtigen Wort. „Einladend?“ Die Art, wie er dies sagte, machte mir deutlich, wie selten er bisher darüber gesprochen hatte. Wer hätte gedacht, dass Gabriel Kent eine solche Unsicherheit an den Tag legen konnte?

„Das habe ich auch schon gemerkt“, witzelte ich in Erinnerung an den Vorabend.

All meine Selbstbeherrschung ging verloren, sobald ich im Strudel seiner Augen versank oder den Duft wahrnahm, der von ihm ausging. Ich hatte ihn einfach angesprungen! Hallo? Normalerweise wusste ich mich wirklich zu beherrschen, aber alles an ihm drängte meine Sinne dazu, vollkommen verrückt zu spielen. Wenigstens wusste ich jetzt, dass es nicht an mir lag.

„Üblicherweise reagieren Sterbliche auch nicht mit einem Energiestoß auf meine Berührung“, bemerkte Gabriel nachdenklich und sah auf seine Hände, als würde er sich an unsere erste Berührung erinnern.

„Also hast du auch jedes Mal, wenn wir uns angefasst haben, eine gewischt bekommen?“, fragte ich verwundert. Er hatte nie auch nur mit der Wimper gezuckt. Dieser verflixte Fae mit seinem undurchdringlichen Pokerface!

Gabriel nickte langsam. „Ich vermute, es liegt daran, dass du dich gegen den Glanz wehren kannst. Indem du dich dagegen gestemmt hast, war auch die Entladung meiner Berührung eine andere. Im wahrsten Sinne des Wortes.“

„Wie gehst du denn normalerweise damit um?“ Meine Neugierde war unüberhörbar.

„Du meinst, was ich unternehme, um nicht jeden Tag von sterblichen Frauen angesprungen zu werden?“, fragte er und bedachte mich mit einem unverfrorenen Lächeln.

Ich ballte meine Hand zur Faust und holte zu einem Boxschlag gegen seine Schulter aus, doch Gabriel bekam sie zu fassen. Sein Grinsen wurde breiter. „Eine der angenehmen Fähigkeiten die ich besitze, ist es, Sterblichen das Gedächtnis nehmen zu können.“

Mein Mund wurde mit einem Mal trocken und ich schluckte schwer. Meine Faust erschlaffte in seiner Hand.

„Sieh mich nicht so an“, sagte er sanft und malte mit dem Daumen Kreise auf meinen Handrücken. „Ich würde meine Begabungen niemals dazu missbrauchen, jemandem wehzutun. Eher im Gegenteil."

„Was soll das bedeuten?", fragte ich stirnrunzelnd.

Er ließ meine Hand los und sie sackte kraftlos auf meine Knie. „Ich bewahre die Sterblichen davor, sich auf mich einzulassen und entferne ihre Gedanken an mich, bevor sie zu tiefgehenden Empfindungen fähig sind." Er zuckte die Schultern und ließ es klingen, als sei das nicht von besonderer Bedeutung. Doch ich sah das traurige Flackern in seinen Augen. Und in diesem Moment war es mir völlig egal, dass er von anderen Mädchen sprach. Der Gedanke, ein solches Leben führen zu müssen, stimmte mich traurig um seinetwillen.

Ich erinnerte mich an unsere Begegnung nach dem Fußballspiel. Seine Stimme hatte mich dazu bewogen, einfach stehen zu bleiben. Daraufhin war es mir unmöglich gewesen, auch nur einen Zentimeter weiter zu gehen. Mir wurde bewusst, dass er das getan hatte, um auch meinen Geist zu beeinflussen.

„Du wolltest also auch mir die Erinnerung nehmen", stellte ich fest und biss die Zähne aufeinander.

Er hatte mich gar nicht kennenlernen wollen, sondern war mir erst entgegengekommen, nachdem ich dem Zwang widerstanden hatte. Große Klasse.

„Emma.“ Seine melodische Stimme durchdrang meine negativen Gedanken und ich konnte nicht anders, als ihn anzusehen. Sein Gesicht verzog sich bitter. „Es wäre besser so gewesen, glaub mir.“

Wie konnte er so etwas sagen, nachdem wir uns auf diese Weise geküsst hatten? Dieser Moment hatte meine Seele erschüttert.

Unsicher, ob ich die Frage stellen sollte, die mir auf der Zunge lag, fummelte ich an den Knöpfen meiner Strickjacke herum. „Was passiert denn, wenn man ... nicht vorsichtig genug ist?“

„Das möchtest du nicht wissen.“ Seine Worte klangen hart.

„Natürlich möchte ich es wissen!“, erwiderte ich aufgebracht. „Ich dachte, wir wären über die ständige Heimlichtuerei hinaus.“

Gabriel seufzte und begann, mit einer meiner Haarsträhnen zu spielen. Gedankenverloren wickelte er sie sich um den Finger. „Du hast doch sicher die Gerüchte über Sophie Waters gehört, nicht wahr?“

Mein Herz sackte mir in die Hose und meine Augen weiteten sich. Meggies Warnungen hallten in meinen Ohren wider und ich erschauerte.

„Sophie ist das Mädchen, das in die Psychiatrie gekommen ist.“ Meine Stimme war kaum mehr als ein Flüstern. „Weil sie versucht hat, sich umzubringen?“

Gabriel fuhr sich nervös durchs Haar und wich meinem Blick aus. Ich sah, wie er schwerfällig schluckte.

Unwillkürlich fasste ich nach vorn. Vorsichtig legte ich meine Hand auf seinen Unterarm, einfach um ihm klarzumachen, dass ich hier war. Dass er seine inneren Dämonen nicht allein bekämpfen musste.

„Du bist völlig verrückt“, murmelte Gabriel und ich zog meine Hand zurück, bevor er sie wegstoßen konnte.

„Warum bin ich verrückt, wenn ich dich trösten will?“, entgegnete ich. „Du kannst ja schließlich nichts für deine Natur. Außerdem hast du sie kaum absichtlich in den Wahnsinn getrieben. Oder?“

Gabriel stöhnte frustriert auf, legte den Kopf in den Nacken und rieb sich mit den Händen übers Gesicht.

Er wirkte nicht wie ein Herzensbrecher. Eher wie jemand, der sich jahrelang zurückgezogen hatte und nicht wusste, wie man sich anderen gegenüber öffnete.

„Erzähl mir, was passiert ist.“ Ich versuchte, nicht allzu fordernd zu klingen. Auch wenn ich Angst vor dem hatte, was er mir eröffnen würde.

„Da gibt es nicht viel zu erzählen“, fing er an. „Es war das erste Mal, dass ich mich ernsthaft auf jemanden einließ, ohne den Glanz zu verwenden und die Konsequenzen musste ich auf die harte Weise lernen.“ Er atmete hörbar aus. „Sophie ergab sich diesem Wahn, den auch du gespürt hast. Von Tag zu

Tag mehr. Mir blieb nichts anderes übrig, als die Sache zu beenden. Leider war es dafür bereits zu spät." Wieder griff er sich ins Haar und diesmal verharrte seine Hand an seinem Hinterkopf. „Sie litt an Depressionen, wurde aggressiv und verweigerte jegliche Nahrung. Schließlich schluckte sie zwei Packungen Schlaftabletten in Kombination mit Vodka." Er sprach gegen die Decke und vermied es, mich anzusehen. Ein tiefes Seufzen. „Avalee wusste von Anfang an, dass das mit Sophie niemals gut gehen würde. Sie hasst mich heute noch dafür."

„Aber du konntest doch nicht wissen, was mit ihr geschieht", sagte ich und konnte kaum glauben, dass ich seine Taten verteidigte. Eigentlich hätte ich stechende Eifersucht verspüren müssen. Oder gar Angst. Doch ich spürte nichts, als das Bedürfnis, ihm diese Last abzunehmen.

„Da liegst du falsch." Gabriels Kopf neigte sich zur Seite. Seine grünen Augen leuchteten gefährlich auf. „Ich wusste genau, was passieren würde."

„W-wie bitte?", entfuhr es mir. Ich glaubte, mich verhört zu haben. Wenn er wusste, dass er dazu imstande war, Frauen mit seiner Berührung in den Wahnsinn zu treiben, wieso hatte er es dann nicht gestoppt? „Was soll das heißen?"

„Ich habe mit eigenen Augen angesehen, zu was ein Gancanagh fähig sein kann“, sagte er bitter. „Meine Mutter war eine Sterbliche.“

„Moment, mach mal halblang.“ Mit einer Handbewegung hielt ich ihn vom Weiterreden ab. „Dann bist du ja gar kein richtiger Fae, Elf, Alb oder wie auch immer ihr euch nennt.“

„Wenn man so will, bin ich ein Halbfae. Wobei Gancanaghs eine Ausnahme darstellen“, erklärte er.

„Also hast du all ihre Fähigkeiten?“, fragte ich ihn.

Gedankenverloren schweifte Gabriels Blick auf die Flammen im Kamin. „Ja, mein Vater hat mir all seine Begabungen vererbt.“ Seine Stimme klang bitter. „Dank seiner Fähigkeiten musste ich meiner Mutter beim Sterben zusehen.“

Ich wusste, dass ich nichts sagen konnte, um die Situation zu verbessern. Ich kannte dieses Gefühl zu gut. Leute versuchen, einen zu trösten und verschlimmern die Trauer damit nur noch.

„Meine Mom gehenzulassen war das Schwerste, was ich jemals tun musste“, murmelte Gabriel. „Dieses Gefühl, wenn du weißt, dass du für eine Person nichts mehr tun kannst, da sie zu sehr damit beschäftigt ist, sich selbst zu zerstören ... Diese Hilflosigkeit raubt mir manchmal heute noch den Schlaf.“ Ein Schleier der Erinnerung legte sich über seinen Blick und seine Augen wurden glasig. „Ich wünschte, ich hätte sie aufhalten können. Etwas sagen oder tun können, das sie davon abgehalten hätte, sich das Leben zu nehmen.“

Ich schluckte schwer und meine Augen weiteten sich.

Die Dunkelheit wich aus seinen Augen und wurde durch das übliche Funkeln ersetzt, als er meinen Blick fand. „Sieh mich nicht so an. Ich bin froh, dass ich bei ihr aufwachsen durfte und eine halbwegs normale Kindheit hatte.“

„Definiere halbwegs normale Kindheit, Halbfae“, triezte ich ihn und tat so unbeschwert wie nur möglich. Ich verabscheute es, wenn Leute in meinem Umfeld mich anders behandelten, sobald sie vom Tod meiner Mutter erfuhren, also bemühte ich mich um eine sorglose Miene. Wahrscheinlich gelang es mir nicht so gut, wie ich dachte.

Gabriels Mundwinkel verzogen sich leicht. „Lass mich überlegen.“ Er tippte sich mit dem Finger gegens Kinn. „Also, ich bin in der Nähe von Cork geboren und aufgewachsen. Avalee kam fünf Jahre nach mir zur Welt, ab dem Zeitpunkt hatte ich eine kleine Schwester, die mich Tag und Nacht in Anspruch genommen hat. An die Zeit davor kann ich mich nur schemenhaft erinnern.“

Ich konnte ihm ansehen, wie sehr er seine Schwester liebte. Es war rührend, auch wenn ich es nicht wirklich nachempfinden konnte, so verstörend wie Avalee sich mir gegenüber bei jeder Begegnung verhielt.

„Meine Mutter hat Ava und mir während unserer gesamten Kindheit eingetrichtert, dass wir anders seien. Etwas Besonderes. Ich konnte es damals mit nichts mir Bekanntem in Verbindung bringen und verstand nicht, dass sie uns mitteilen wollte, dass wir keine Menschen waren“, sinnierte er. „An meinem achtzehnten Geburtstag überreichte sie mir einen Brief, den sie bereits seit dreizehn Jahren in ihrem Besitz hatte.“

Verwirrt versuchte ich, die Ereignisse miteinander zu verknüpfen, kam aber zu keinem eindeutigen Entschluss.

Gabriel holte tief Luft. „Es waren Papiere. Zwei Konten, die für Ava und mich angelegt worden waren, der Immobilienkaufvertrag für dieses Haus und zu guter Letzt ein Brief, in dem mein Vater mir eröffnete, was ich sei. Mit der Volljährigkeit entwickeln sich die Fähigkeiten eines Gancanaghs nämlich.“

„Mehr gab es nicht?“, platzte es aus mir heraus und ich sah ihn ungläubig an. Das durfte doch wohl nicht wahr sein! Dieser Mistkerl von einem Vater kümmerte sich jahrelang nicht um seine Kinder und versuchte sie dann, sie mit ein paar Papieren und Besitz abzuspeisen?

Gabriel nickte langsam. „Er eröffnete mir, dass er mit Hilfe vom Glanz die Erinnerungen meiner Mutter manipuliert hatte. Er löschte seine Existenz aus ihrem Gedächtnis und füllte ihren Kopf stattdessen mit glücklichen Erinnerungen. Als sie dann allerdings den Brief las, den ich ihr in meiner Aufregung zeigte, brach alles über sie herein. Sie war völlig durch den Wind und begann, wirres Zeug zu faseln." Er sah mich voll Bedauern an. „Ich musste dafür sorgen, dass sie wieder vergisst. Doch es war zu spät. Ich wusste noch nicht, wie ich diese Fertigkeiten richtig einsetzen sollte. Außerdem stand sie schon viel zu lange unter Einfluss des Glanzes. Ihr Gehirn hatte erheblichen Schaden davon getragen."

Meine Hand um seinen Arm drückte zu, um ihn zum Weitersprechen zu animieren.

„Ich habe bloß den Bruchteil einer Vorstellung davon, was das in ihr ausgelöst hat." Seine Stimme brach und er räusperte sich. „Glaub mir, du möchtest niemals sehen, was passiert, wenn jemand diesem Wahnsinn erliegt. Das würde ich nicht einmal meinem ärgsten Feind wünschen. Nicht mehr Herr über den eigenen Körper zu sein, Wahnvorstellungen zu bekommen. Und dieser unendlich große Kummer, der sie von innen heraus zerstörte ... Es war das Schlimmste, was ich jemals gesehen habe."

„Vermisst du sie sehr?", fragte ich vorsichtig.

Ein trauriges Lächeln zierte seine Mundwinkel. „Jeden Tag."

Die tiefe Verbundenheit, die ich ihm gegenüber verspürte, festigte sich mit jedem Satz, den er sagte. Ich kam zu einem Entschluss und holte tief Luft.

„Du wolltest wissen, was mit dermaßen Angst bereitet. Meine Mom ist vor einem halben Jahr von uns gegangen", sagte ich leise. „Es war ein völlig normaler Tag. Sie war auf dem Weg zur Arbeit. Ein Kraftfahrzeug hat sie frontal erwischt. Deshalb kann ich Lastwagen auch nicht besonders gut leiden", erklärte ich in Erinnerung an meine Panikattacke. „Bei der Beerdigung konnte ich nicht einmal weinen. Ich saß erstarrt daneben, während Leute, die meine Mom nicht einmal richtig kannten, sich die Augen ausgeheult haben."

Ohne ein Wort legte Gabriel seinen Arm um meine Schulter und zog mich an seine Brust. Seine tiefen Atemzüge beruhigten mich und gaben mir ein geborgenes Gefühl, ganz abgesehen von dem wohligen Geruch, den er ausströmte. In seiner Gegenwart darüber zu sprechen, fiel mir mit einem Mal überhaupt nicht so schwer, wie ich ursprünglich erwartet hatte.

„Es ist nicht leicht, jemanden zu verlieren, der einem so nahe steht. Vor allem so plötzlich und ohne die Gelegenheit, sich zu verabschieden. Dafür schlägst du dich toll", murmelte er in mein Haar.

„Danke. Du aber auch“, gab ich zurück und fühlte, wie er dicht an meinem Kopf zu schmunzeln begann.

„Inzwischen habe ich gelernt, mit der Situation umzugehen.“ Es kribbelte angenehm, als er antwortete.

„Wie geht Avalee mit damit um?“, setzte ich hinterher.

Nach dem, was sie durchgemacht hatte, war es kein Wunder, dass sie derart verbittert war.

„Meine Schwester sieht das Ganze nicht so gelassen. Wenn es nach ihr ginge, würden wir schon längst Jagd auf unseren Vater machen.“ Gabriels Hand auf meiner Schulter regte sich leicht. „Ich bin mir sicher, dass sie das früher oder später tun wird, egal ob ich mitkomme oder nicht. Sie verzehrt sich nach Rache.“

Ein Kesseltreiben auf den eigenen Vater zu veranstalten. Das stellte ich mir furchtbar vor. Ich wollte nicht länger, dass Gabriel sich über diese Dinge den Kopf zerbrach. Außerdem hatte er schon mehr von sich preisgegeben, als ich jemals erwartet hatte. Verzweifelt suchte ich nach einem Themenwechsel und griff gedankenverloren nach dem Anhänger unter meinem Shirt.

„Was hat es eigentlich mit meinen Träumen auf sich? Wenn es Gancanaghs gibt, ist Belial dann auch echt?“, fragte ich und Gabriel presste mir augenblicklich die Hand auf den Mund. Erschrocken riss ich meine Augen auf.

„Sprich diesen Namen niemals laut aus, hörst du? Das ist so, als würdest du ihm einen Freifahrtschein geben, dich heimzusuchen.“ Er benutzte ähnliche Worte, wie die alte Bibliothekarin.

Stumm nickte ich und langsam nahm Gabriel die Hand von meinen Lippen.

„Ich vermute, dass deine Seele durch den Tod deiner Mutter extrem geprägt wurde. Trauer kann einen Menschen zerrütten, das macht ihn anfällig für Wesen der Dunkelheit.“ Er spielte erneut mit meiner Haarsträhne und seine Mundwinkel verzogen sich. „Du bist unglaublich stark und versprühst so viel Energie, da ist es kein Wunder, dass dein Schutzwall nachts am schwächsten ist.“

„Wesen der Dunkelheit“, wiederholte ich matt. Langsam wurde es mir echt zu viel.

„In eurer Überlieferung auch unter dem Begriff Dämonen zu finden“, setzte er nach. „Bei uns als Anhänger des Dunkelhofs bekannt. Sie stehen unter Belials Herrschaft.“

„Hey!“, unterbrach ich ihn und richtete mich ein wenig auf. „Wieso darfst du seinen Namen sagen und ich nicht? Das ist ziemlich ungerecht.“

Gabriel grinste verschmitzt. „Ein weiterer Vorteil, zur Hälfte Fae zu sein. Ich kann nachts nicht von Dunkelheit heimgesucht werden. Du dagegen schon."

Ich sank zurück und ließ ihn weitersprechen.

„Belial ist der König der Finsternis. Seine Lakaien haben keine feste Form, sie sind wie Schatten. Deshalb gelten für sie nicht dieselben Grenzen wie für dich. Sie können in dein Inneres eindringen, sich an deiner Lebensenergie laben, bis du nur noch die Hülle deiner Selbst bist, und dir Dinge zuflüstern, die dich ins Delirium treiben", fuhr er fort.

„Wieso? Ich meine, was bringt ihm das?", fragte ich verwundert und bemühte mich diesmal, nicht den Namen jenes Dunkelfae auszusprechen, der mich nachts mit Bildern meiner verstorbenen Mutter quälte.

„Macht. Schattenwesen ernähren sich von menschlichen Gefühlen. Je mehr Energie sie bekommen, desto stärker wird der dunkle Hof."

In meinem Hirn ratterte es, wie in einem Uhrwerk.

„Das heißt, meine Alpträume sind wahr?" Mir wurde mulmig, obwohl Gabriel beruhigend über meinen Kopf strich.

Zu meinem großen Bedauern nickte er.

„Moment mal – du warst auch in der Gasse. Du warst dort und hast die Blume genommen, die er mir geben wollte!", rief ich und richtete mich abrupt auf.

Er schmunzelte. „Ich war da, das stimmt."

„Aber wie ist das möglich?“, quiekte ich und gestikulierte mit meinen Händen. „Das kann doch alles gar nicht sein! So etwas gibt es doch nur in ... in ...“ Das richtige Wort wollte mir partout nicht einfallen.

„Büchern?“, half Gabriel nach.

Ich nickte. Ja, so etwas gab es nur in alten Schinken. Schwarze Buchstaben, die mit dem Geruch von stockigem Papier eine Geschichte erzählten, mit der man sich in den Wintergarten setzte, um eine Pause vom Alltag zu bekommen.

„Du hattest Schmerzen“, erinnerte ich mich.

„Also angenehm war es nicht, falls du das meinst“, gab Gabriel zurück und legte den Kopf schräg.

Ich schnaubte. „Du lagst gekrümmt am Boden und hast gewinselt. Untertreibst du nicht ein wenig?“

„Wieso musst du auch immer alles anfassen, was man dir entgegenhält? Manchmal verhältst du dich wie eine Dreijährige, die alles in die Hand nehmen und befummeln muss.“

Empört sah ich ihn an. „Ich bin kein kleines Kind!“ Leider klang ich dabei nach dem genauen Gegenteil.

„Ja, das hast du vorhin eindeutig bewiesen“, feixte er.

Am liebsten hätte ich das anzügliche Grinsen von seinen Lippen gewischt. Plötzlich blitzte ein Gedanke in meinem Kopf auf. „Sag mal, wie alt bist du eigentlich?“

Er grinste. „Was meinst du denn?“

Ich stöhnte. „Gegenfragen sind bescheuert, weißt du das?“

Da er keine Anstalten machte, mir zu antworten und mich weiterhin unnachgiebig ansah, überlegte ich fieberhaft und lehnte mich frustriert zurück. Er sah keinen Tag älter aus als zwanzig – das konnte ich nicht bestreiten. Aber waren übernatürliche Wesen nicht immer steinalt?

„Dreihundert Jahre?“, schätzte ich und schüttelte mich innerlich beim Gedanken daran. Das würde ja bedeuten, dass Gabriel fast viermal so alt wie meine Großmutter wäre. Uäh!

„Liegt es an meiner unübertrefflichen Weisheit, dass du mir so ein Alter zutraust?“, fragte er belustigt und mir fiel ein Stein vom Herzen.

Keine dreihundert Jahre. Gott sei Dank.

„Zweihundert?“, riet ich weiter.

Wieder erntete ich ein fassungsloses Kopfschütteln.

„Einhundert?“

„Wie wäre es mit einer kleinen Rechenaufgabe?“ Ein Grinsen breitete sich auf seinen Zügen aus und ich verdrehte die Augen. Inständig hoffte ich, dass es meine Mathekenntnisse nicht überforderte. Mein Kopf rauchte jetzt bereits und auf eine schwierige Aufgabe konnte ich gut verzichten.

„Minus siebenundsiebzig, *a ghrá*.“

Ich brauchte eine Sekunde, um zu erfassen, was er gesagt hatte. Okay, wahrscheinlich waren es ein paar mehr Sekunden, bis ich fertig subtrahiert hatte.

„Soll das heißen du bist dreiundzwanzig?! Dann ist die Sache mit deinem Vater ja gerade mal fünf Jahre her!“, rief ich lauthals.

Gabriel verzog das Gesicht. „Wären dir dreihundert Jahre etwa lieber gewesen?“

Am liebsten wäre ich ihm um den Hals gefallen, so erleichtert war ich. Hastig schüttelte ich den Kopf. „Dreiundzwanzig ist perfekt, wirklich.“

„Dafür ist der Rest ziemlich verschroben“, sagte er und legte den Kopf schräg. Mit seinen verwuschelten Haaren und dem schiefen Lächeln sah er bezaubernd aus.

„Daran werde ich mich gewöhnen“, sagte ich so zuversichtlich, wie nur möglich.

Gabriel presste seine Lippen auf meinen Haaransatz. „Das wünsche ich mir auch.“

12 Kapitel

„Komm schon. Das wird bestimmt witzig!“, meinte Meggie und hüpfte neben meinem Spind auf und ab.

Sie wollte mich tatsächlich zum Frühjahrsball schleppen. Darauf konnte ich definitiv verzichten. Eine solche Veranstaltung überstieg meine Bereitschaft, neue Freundschaften zu schließen, bei Weitem. Früher hatte ich mir einen Schulball immer vorgestellt wie in einem Teeniefilm: Glitzernde Girlanden, die von den Decken hingen. Eine Band, die mit leisen Gitarrenklängen ein Liebeslied anstimmte. Und zu guter Letzt der Traumprinz, der die aschenputtelgleiche Heldin in die Mitte der Tanzfläche zog und dort mit ihr tanzte, bis die Füße auf bittersüße Art schmerzten.

Leider hatte ich letztes Jahr die Realität kennenlernen müssen, als ich in der Garderobe für den Oberstufenball meiner ehemaligen Schule aushalf. In der Realität waren Bälle nämlich nicht wie im Film. Meine betrunkenen Mitschüler erbrachen sich in Vasen und demolierten mutwillig die Deko, ein DJ in den Mittvierzigern legte Hits aus seiner Generation auf und grölte zwischendurch immer wieder etwas

Unverständliches ins Mikro, und die Traumprinzen des Abends reservierten haufenweise schäbige Hotelzimmer in Schulnähe, um ihre Begleitungen abzuschleppen.

Es war ein wundervoller Abend.

„Ich habe kein Kleid“, sagte ich lahm und bereute es in der nächsten Sekunde. Schließlich sprach ich mit Megan Reid, dem Fleisch gewordenen Kostümverleih.

„Das ist eine ganz miese Ausrede! Ich würde dir eins borgen, auch wenn es wahrscheinlich gekürzt werden müsste. In der Boutique gegenüber vom *Betty's* kann man auch Kleider für einen Abend entleihen. Dann muss man quasi nur eine Miete zahlen“, erzählte meine Freundin aufgeregt.

Ich zurrte mir meinen Rucksack fester um die Schulter und rüttelte an dem unnachgiebigen Spind. Ich hatte Meggie liebgewonnen, aber zu einem Ball wollte ich nun wirklich nicht. Leider gab sie mir gerade das Gefühl, dass ich mitkommen musste und ich fühlte mich meiner Freiheit beraubt. Konnte sie es nicht einfach dabei belassen?

„Ich plane diesen Abend schon seit Monaten, Emma. Seit Monaten! Ohne dich wäre es bloß halb so lustig“, quengelte sie.

„Aber ich habe doch nicht mal eine Begleitung!“, rief ich. Wobei ich in Gedanken sofort bei Gabriel war. Ihn konnte ich mir bei einer solchen Veranstaltung noch weniger vorstellen, als mich selbst. Ich nahm mir vor, ihn beim nächsten Mal, wenn ich ihn sah, zu fragen, ob er mitkommen würde. Dann wäre es halbwegs erträglich.

Unser Kuss war mittlerweile vier Tage her und ich hatte noch immer nichts von ihm gehört. Als er mich Sonntagabend nach Hause brachte, sagte mir, er müsse diese Woche einiges regeln, wolle mich aber auf jeden Fall sehen, wenn er es schaffe. Zwar war ich traurig darüber, dass er sich noch immer nicht gemeldet hatte, vertraute aber darauf, dass es dazu kommen würde, wenn er seine persönlichen Angelegenheiten klärte. Ich konnte es kaum erwarten, ihn endlich wiederzusehen.

Ein wohliger Schauer fuhr mir über den Rücken, als ich mich an unseren gemeinsamen Nachmittag erinnerte. Innerlich tastete ich nach dem Band, das tief in mir verankert war und spürte es leicht vibrieren. Es war also nicht bloß Einbildung gewesen.

„Erde an Emma! Hallo?“ Meggie riss mich aus meiner Trance und wedelte mit ihrer Hand vor meiner Nase herum. „Skander würde mit dir gehen! Und schon ist das Problem gelöst. Was ist deine nächste Ausrede?“, fragte sie siegessicher und strahlte mich von der Seite an.

Ich verzog das Gesicht und biss die Zähne aufeinander. Mit der flachen Hand schlug ich gegen das Metalltürchen, wie Skander es mir bereits mehrere Male gezeigt hatte. Nichts passierte und ich brummte verdrießlich. „Selbst wenn ich hingehen wollte, dann sollte mich meine Begleitung nicht aus einem verpflichtenden Gefühl heraus fragen müssen."

„Du weißt genau, wie verrückt er nach dir ist. Das wäre doch kein Mitleidsdate", sagte Meggie aufgebracht. „Und außerdem gibt es reichlich andere Kerle, die noch eine Begleitung suchen. Ich kann ja nichts dafür, dass du dich auf den einen Collegetypen fixiert hast, den du nicht haben kannst."

Autsch. Das hatte gesessen. Langsam wurde ich wütend. Darüber, dass Meggie mich durchschaut hatte und genau wusste, wie ich Gabriel gegenüber empfand. Darüber, dass ihm sein Ruf derart vorauseilte, obwohl er doch eigentlich nichts dafür konnte. Seine Ausstrahlung hatte nun einmal diese verlockende Wirkung auf Sterbliche. Meggie hatte überhaupt keine Ahnung, wovon sie da sprach. So etwas einfach in den Raum zu werfen, versetzte mich in eine tiefe Unruhe. Ich verspürte einen Stich, der durch das Band in meinem Inneren zuckte. Ich hatte keine Lust mehr, mich in dieser Weise von ihr anmachen zu lassen und fuhr herum.

„Weißt du was, Meggie? Vielleicht solltest du mehr Mühe in dein Liebesleben stecken, statt ständig meines unter Beschuss zu nehmen", fauchte ich.

Meggie klappte der Mund auf, doch ihr Schweigen dauerte nur kurz an. Trotzig reckte sie das Kinn.

„Keine Sorge, das werde ich nicht länger. Aber denk ja nicht, dass ich dich trösten werde, wenn er dir das Herz bricht!“ Mit diesen Worten zog sie von dannen. Sie bog um die Ecke und kurz darauf hörte ich die Klassenzimmertür zuknallen.

Ich stöhnte frustriert und versuchte, meinen Puls zu beruhigen, indem ich tief durchatmete. Allerdings wollte mir das nicht gelingen.

Die Schulglocke läutete den Unterrichtsbeginn ein und eine Unmenge von Schülern drängte sich durch die Gänge in Richtung der Klassenräume. Wenn ich pünktlich sein wollte, musste ich diesen verdammten Spind endlich aufbekommen! Dass ich im nächsten Moment von jemandem angerempelt wurde, half nicht wirklich bei meinem Vorhaben.

„Meine Güte, pass doch auf“, brummte ich.

„Dann steh hier nicht so dumm mitten im Gang herum und stell deinen Rucksack ab. Dann würden die Leute nämlich nicht dauernd daran hängenbleiben, wenn sie versuchen, sich an dir vorbeizuschieben“, erklang eine wohlbekannte Stimme.

Ich warf einen Blick über die Schulter. Avalee stand hinter mir und hatte die Arme vor der Brust verschränkt. Nein, jetzt hatte ich wirklich keine Zeit, mich auf Zankereien mit ihr einzulassen. Auch, wenn ich nach meinem Gespräch mit Gabriel etwas mehr Verständnis für ihr Verhalten aufbringen konnte –

nach meinem Streit mit Meggie war ich nicht erpicht auf eine weitere Auseinandersetzung. Als ich mich jedoch von ihr wegdrehte, tat sie im selben Moment einen Schritt nach vorn und stellte sich direkt neben mich.

„Ich habe dir doch gesagt, du sollst deine Finger von Gabe lassen“, zischte sie.

Wie bitte? Das konnte doch jetzt unmöglich ihr Ernst sein. Meine Hände am Spind hielten inne.

„Ja, das hast du“, erwiderte ich kühl und sah sie an. Für einen Moment vergaß ich sogar meinen Streit mit Meggie.

„Er hat mir von eurem kleinen Treffen erzählt.“ In ihren Augen loderte es dunkel auf. „Das darf auf keinen Fall noch einmal vorkommen, hörst du? Du wirst Gabriel in Zukunft in Ruhe lassen. Hast du das verstanden?“

Ihre Stimme verlor einen Teil des harten Klangs und wurde weicher. Meine Arme sanken an meinem Körper hinab. Avalee beugte sich weiter vor, bis ihre Lippen kurz oberhalb meines Ohrs innehielten. „Lass. Gabriel. In. Ruhe.“

Mir war vorher nie aufgefallen, wie schön ihre Worte klingen konnten. Ihre Stimme tönte voll und glockenklar, ganz ähnlich wie die von Gabriel und doch völlig anders. Mir wurde warm ums Herz und langsam nickte ich.

„Sehr gut. Vergiss, was zwischen euch geschehen ist“, fuhr sie in leisem Singsang fort. „Gabriel ist nicht dein Liebhaber und auch kein Freund. Ihr seid bloß flüchtige Bekannte.“ Der glockenklare Klang fuhr mitten durch meinen Körper und drängte mich zu einem Nicken. Das Bedürfnis, ihr zuzustimmen, war enorm, doch in der hintersten Ecke meines Kopfes schrie mir mein Unterbewusstsein etwas entgegen. Alarmiert weiteten sich meine Augen. Versuchte sie gerade etwa ...? Ich erwachte aus meiner Starre und schüttelte den Zwang abrupt vom Körper. Perplex starrte ich Avalee an.

„Was zur Hölle soll das?“, fuhr ich sie an.

Avalee nahm Abstand von mir und verschränkte die Arme vor der Brust. Abschätzend sah sie mich an. „Ich wollte sehen, ob die Gerüchte stimmen.“

Angesichts ihrer Dreistigkeit war auf einmal jedes meiner Gliedmaßen angespannt. Von ihr würde ich mich sicher nicht manipulieren lassen! „Für wen hältst du dich eigentlich? Denkst du, du kannst mir befehlen, was ich tun und lassen soll?“

Sie schien überrascht über meine Reaktion, verdeckte diese aber sofort wieder hinter einer dichten Mauer von Arroganz. „Schätzchen, glaub mir, *du* bist mir völlig gleichgültig. Es geht mir um Gabriels Wohl, nicht um deines.“ Ihre Schuhsohle tippte ungeduldig auf den Boden und das Klacken hallte in meinen Ohren wider.

Ich fühlte ein paar der Blicke, die uns Schüler im Vorbeigehen zuwarfen. Die Masse in den Fluren löste sich zwar allmählich auf, ich bemühte mich dennoch um einen ruhigen Gesichtsausdruck. Allerdings beherrschte ich diese Kunst nicht so gut wie Avalee.

„Er hat genug durchgemacht und braucht nicht schon wieder eine verhätschelte Göre, die nur auf Schmetterlinge und Blumen aus ist. Die hat bisher kein Mädchen von ihm bekommen und ich bin mir sicher, das wird sich auch bei dir nicht ändern, so durchschnittlich wie du bist.“ Sie taxierte mich aus ihren schwarzumrandeten Augen. „Also wenn du das nächste Mal eine Panikattacke hast, dann verhalte dich stillschweigend und halte meinen Bruder da raus. Er hat Wichtigeres zu tun, als sich um dein krankes Seelenleben zu bemühen.“

Ihre Worte versetzten mir einen schmerzhaften Hieb in die Magengegend. Wütend schluckte ich den Klumpen in meinem Hals herunter. Ich spürte, wie meine Maske der Gleichgültigkeit verrutschte. Sie wusste von meiner Panik. Wie hatte Gabriel ihr nur so leichtfertig davon erzählen können?

„Dann sag deinem Bruder, dass er mich nicht noch einmal zu euch nach Hause kutschieren soll. Das war nämlich nicht meine Idee.“ Meine Stimme bebte vor

Zorn und Schmerz. Ich wandte mich wieder meinem Spind zu.

„Keine Sorge, das wird er nicht." Ihre Stimme erklang bedrohlich leise. „Es wird kein nächstes Mal geben", fuhr sie fort.

Langsam drehte ich mich um.

„Was meinst du damit?" Ich sprach so leise, dass sie mich als Normalsterbliche wahrscheinlich nicht verstanden hätte.

Natürlich tat sie es.

„Er ist es leid, sich um dich zu kümmern." Sie zuckte mit den Schultern.

„So ein Blödsinn", entgegnete ich stirnrunzelnd, doch mein festes Vertrauen geriet ins Straucheln.

„Wessen Idee war es wohl, dir deine Erinnerung zu nehmen? Denkst du, ich würde meine Kraft freiwillig an dich verschwenden?" Ihre perfekt geformten Augenbrauen schossen in die Höhe. „Ganz bestimmt nicht."

„Ich verstehe nicht", murmelte ich und wollte nicht begreifen, was sie mir gerade sagte.

Avalees Gesicht näherte sich meinem. Ihre Augen funkelten hämisch. „Gabe bat mich darum, dir einen Besuch abzustatten."

„Nein." Ich war sicher, dass er mir niemals so in den Rücken fallen würde.

„Was hast du denn erwartet? Dass sich nach einem kleinen Kuss alles ändert? Dass du die erste seiner sterblichen Gespielinnen bist, zu der er mich schickt, um die Unannehmlichkeiten zu bereinigen?“

„Er hat dir davon erzählt?“, fragte ich ungläubig. Zwar wusste ich, dass die beiden sich nahestanden, aber irgendwo gab es doch Grenzen, oder etwa nicht?

„Natürlich hat er mir von eurem Techtelmechtel erzählt“, spottete Avalee und ihre Stimme fing an, mir Übelkeit zu bereiten. „Dachtest du allen Ernstes, das würde so weitergehen? Dass er sich für dich ändern würde?“ Sie stieß ein silberhelles Lachen aus und hielt sich die Hand affektiert vor den Mund.

Ich biss auf meine Wangeninnenseite, bis ich meinte, Blut zu schmecken.

„Tut mir leid, wenn ich dich enttäuschen muss, aber du bist nicht die Erste, die auf diese Masche reingefallen ist.“

Ihre geheuchelte Anteilnahme ließ meinen Puls noch heftiger in die Höhe schnellen. Getroffen starrte ich sie an.

„Ach, Schätzchen, jetzt sieh mich nicht so an. Ich habe von Anfang an gesagt, du sollst die Finger von ihm lassen.“

„Aber ... Gabriel sagte, dass ...“ Meine Stimme brach und verklang im Flur.

Avalee seufzte. „Er hat dir genau das gesagt, was er all seinen anderen Versuchskaninchen auch erzählt hat. Du warst nichts weiter als ein netter Zeitvertreib. Leider ist deine Zeit nun abgelaufen. Gabriel nutzt sein Spielzeug nicht mehrfach.“

Mit diesen Worten ließ sie mich im Schulflur stehen. Ich starrte ihr nach, doch als sie am Ende des Gangs verschwand, nahm ich meinen Rucksack von den Schultern und kramte fahrig darin herum, bis ich mein Handy zu fassen bekam.

Ich musste mit Gabriel sprechen. Und zwar sofort. Meine Finger zitterten, als ich nach seiner Nummer in meinem Verzeichnis suchte. Ich blickte mich vorsichtshalber nach allen Seiten um, um sicherzugehen, dass kein Lehrer auftauchte und mich ermahnte. Ich hob das Handy an mein Ohr und kniff die Augen zusammen. Das Freizeichen erklang ohrenbetäubend laut. Einmal ... Zweimal ... Dreimal ... Viermal. Kurz bevor ich auflegen wollte, hob er ab. Allerdings schwieg er.

„Gabriel?“ Meine Stimme klang heiser.

Er antwortete nicht. Stockend atmete ich ein, mein Herz flatterte. Mein Körper fühlte sich an, als schwebe er in endloser Höhe über steinernem Grund.

„Sag mir, dass du ihr nicht aufgetragen hast, mich vergessen zu lassen“, forderte ich leise.

Ich hörte seinen Atem am anderen Ende der Leitung. Er schien mir so vertraut, doch gleichzeitig fremd.

„Bitte sag mir, dass Avalee gelogen hat."

Die Welt um mich herum schien stillzustehen. Mein eigener Herzschlag erschütterte mich in Zeitlupe.

„Wir lügen nicht", ertönte es kaum hörbar am anderen Ende der Leitung. Dann dröhnte das Freizeichen in meinen Ohren und mein Körper befand sich im freien Fall.

Das Handy rutschte mir aus der Hand und landete dumpf auf dem Boden. Bevor mein Körper folgte, riss ich mich zusammen. Ich biss die Zähne aufeinander und ballte die Hände zu Fäusten, bis meine Nägel sich schmerzhaft ins Fleisch gruben. Mit aller Kraft schlug ich gegen die Tür meines Spinds. Durchdringender Schmerz zerriss meine Hand, der mich zurück in die Wirklichkeit katapultierte. Ich keuchte. Mein Handballen war aufgeplatzt. Jetzt schwang die Tür des Spinds auf. Ein Rinnsal warmen Blutes lief meinen Arm hinab und das Quietschen der Türscharniere klang in meinen Ohren wie höhnisches Gelächter.

Ich werde dich niemals anlügen.

Wie konnte man so etwas behaupten und völlig gegensätzliche Absichten hegen?

Sterbliche Gespielin, dass ich nicht lache. Ein Spiel, mehr nicht. Genau wie alles andere, was er mir vorgegaukelt hatte. Exakt wie Meggie es mir von Anfang an prophezeit hatte. In meiner Naivität hatte ich angenommen, ich wäre die Ausnahme von der Regel. Doch das hier war kein Märchen und Gabriel definitiv kein Prinz.

Ich hatte ihm vertraut. Ihm von meiner Mom erzählt, wie sehr ich sie vermisste und weshalb ich unter Panikattacken litt. Er wusste genau, dass Avalee mich verabscheute. Und dann breitete er meine Geheimnisse einfach vor ihr aus. Zog über mich her und erzählte ihr von unserem Kuss, der meine Seele erschüttert hatte. Er konnte das doch nicht einfach als ein kurzes Vergnügen abtun, mit der Absicht, mich im Nachhinein alles wieder vergessen zu lassen!

Natürlich konnte er das, gestand ich mir ein. Ich war nur eine kleine Abwechslung für ihn gewesen. Ein Versuchsobjekt. Bestimmt hatte er es spannend gefunden, dass ich in der Lage war, mich gegen den Glanz zu wehren. Nur deshalb war es überhaupt so weit gekommen. Und jetzt, wo es zu persönlich wurde, war ich ein emotionaler Ballast, den er nicht mit sich herumschleppen wollte. Abfall, der entsorgt werden musste.

Am schlimmsten war, dass er seine Schwester vorschickte, um mir das mitzuteilen und mir nicht persönlich gegenübertrat. Was für ein Feigling! Der würde sein blaues Wunder erleben, wenn ich ihn das nächste Mal zu Gesicht bekam. Falls ich ihn jemals wieder sehen würde, schließlich hatte Avalee mir unmissverständlich klargemacht, dass er nicht sonderlich erpicht auf ein erneutes Treffen mit mir war.

Als die Ärztin begann, meine Platzwunde zu nähen, biss ich die Zähne fest zusammen. Auf eine törichte Art und Weise gaben mir die Stiche Befriedigung.

„Fünf Stiche, mehr sind nicht nötig. Schön die Zähne zusammenbeißen“, sagte die Chirurgin beruhigend. Erneut durchdrang die gebogene Nadel meine Haut.

Im Krankenzimmer war ich sofort zu der örtlichen Unfallchirurgie überwiesen worden und saß inzwischen vor der blonden Ärztin, die mir mit ihrer gezwungen freundlichen Stimme versuchte, die Angst vor der Nadel zu nehmen. Ich konnte mir wirklich nicht vorstellen, dass dieser scheußliche Tonfall bei irgendeinem Patienten das bewirkte, was sie sich erhoffte. Mir bereitete er eher Kopfschmerzen.

„In sieben Tagen machen wir einen Termin, um die Fäden zu ziehen. Ich habe dir ein Rezept für Schmerzmittel mit beruhigender Wirkung verschrieben, damit du die Nacht durchschlafen kannst“, erklärte die blonde Frau und drückte meine Schulter mitfühlend.

„Du siehst ziemlich mitgenommen aus, also habe ich dir für morgen ein Attest für die Schule ausgestellt."

Okay, vielleicht war ich etwas voreilig gewesen. Die Ärztin war wirklich nett. Aber wenn sie gewusst hätte, weshalb ich derart mitgenommen aussah, hätte sie mir mit Sicherheit kein Attest gegeben. Liebeskummer war kein Grund, nicht zur Schule zu gehen.

„Vielen Dank", sagte ich tonlos und betrachtete meinen Handballen. Mir wurde mulmig zumute, als ich die Knopfnaht betrachtete. Schnell wandte ich den Blick ab und betrachtete stattdessen die Anatomieabbildungen an der Wand des spärlich eingerichteten Praxiszimmers.

„Dann wollen wir mal sehen, dass sich deine Großmutter keine Sorgen macht."

Ich brauchte mehrere Anläufe, um aufzustehen. Mir wurde schummrig vor Augen. Anscheinend hatte ich das mit dem Nähen doch nicht so gut überstanden, wie ich dachte. Der Boden unter meinen Füßen wankte, als stünde ich auf einem Schiff.

Betty lief im Wartezimmer auf und ab und atmete erleichtert auf, als sie mich aus dem Behandlungszimmer schlurfen sah.

„Was stellst du denn bloß für Sachen an?", rief sie und kam schnellen Schrittes auf mich zu.

„Ihrer Enkelin geht es soweit gut, Mrs Parker. Wenn überhaupt, dann wird nur eine schmale Narbe bleiben. Durch den Schock und die Schmerzmittel leidet man oft unter Übelkeit, von daher habe ich Emma ein Attest für die Schule geschrieben. Es muss bloß noch an den Klassenlehrer weitergereicht werden“, sagte die Doktorin.

„Vielen Dank“, sagte Grams und legte mir den Arm um die Schulter. Ich war dankbar für den Halt, den sie mir gab. „Dann wollen wir dich mal nach Hause bringen, Tollpatsch.“

Grams brühte mir einen Baldriantee auf und obwohl ich die Schmerzmittel eingenommen hatte, tat mir inzwischen der ganze Arm weh. Ich fühlte mich völlig gerädert. Einerseits durch die Tabletten, andererseits durch den Schmerz, der in meinem Inneren wütete.

Selbst nachdem ich mir Gabriels Kette vom Hals gerissen hatte, brannten seine Berührungen noch immer auf meiner Haut, sodass ich am liebsten stundenlang geduscht und sie mir vom Körper geschrubbt hätte. Leider durfte die Naht in den nächsten vierundzwanzig Stunden nicht mit Wasser in Kontakt kommen. Ich verfluchte mich für meine eigene Naivität und die Wut, die ich Meggie gegenüber empfunden hatte, als sie eine abwertende Bemerkung über Gabriel gemacht hatte. Er allein war schuld an diesem ganzen Schlamassel.

Ich fühlte mich zurückversetzt in die tristen Tage, an denen ich mich kaum dazu hatte aufraffen können, das Haus zu verlassen. Gabriels Verrat hinterließ seine Spuren, auch wenn ich mir geschworen hatte, mich niemals derart von jemandem abhängig zu machen. Und obwohl ich mich dafür verwünschte, konnte ich meine Gefühle nicht von der einen auf die andere Sekunde abstellen. Schließlich war ich kein herzloser Gancanagh, auch wenn ich eine ekelerregende Bewunderung für diese kaltblütige Eigenschaft verspürte.

Verdammter Mist.

Ich rollte mich in meinem Bett zusammen und hielt mich mit aller Kraft vom Weinen ab. Keine einzige Träne erlaubte ich mir. Ich schwor mir, wegen so etwas Banalem wie Liebeskummer nicht zu weinen. Mein Atem ging schwer und ich verschluckte mich an meinen unterdrückten Schluchzern. Dieses Mal hieß ich die Dunkelheit mit offenen Armen willkommen, als ich in den Schlaf fand.

13 Kapitel

Dieses Mal rannte ich nicht um mein Leben. Ich stand in der Dunkelheit und statt vor den Schatten zu fliehen, entschied ich mich dafür, ihnen entgegen zu kommen. Es war nicht von Bedeutung. Was konnte mir die Dunkelheit schon anhaben? Mein Herz war sowieso gebrochen.

Auf dem Absatz machte ich kehrt und lief in die dem Licht entgegengesetzte Richtung. Um meine Beine herum raschelte es und ich hielt kurz inne, um nach unten zu blicken. Mein Körper war in ein cremefarbenes Kleid gehüllt. Auf meinen Schultern fühlte ich die federleichten Tüllträger kaum. Ab der Taille verlor sich der Stoff in einem weiten Rock, der mit Sicherheit wunderbar schwang, wenn man sich drehte.

Kopfschüttelnd lief ich weiter und war erneut überrumpelt, als sich vor mir plötzlich eine Tür befand. Sie war aus dunklem Holz, ihr Knauf stählern. Der Bogen darüber mündete an der obersten Stelle in einer leichten Spitze.

Wie oft war ich schon hier gewesen? Nie hatte ich bemerkt, dass sich wenige Meter hinter meinem Rücken eine Tür befand! War ich vollkommen blind?

Ohne darüber nachzudenken, was sich hinter der abgerundeten Holztür befinden könnte, stemmte ich mich dagegen.

Ich verspürte weder Angst noch Trauer, sondern bloß diese dumpfe Gleichgültigkeit, die von meinem Körper Besitz ergriffen hatte.

Knarrend schwang die Tür nach innen auf.

„Das wurde auch langsam Zeit, Prinzessin. Ich hatte schon fast die Hoffnung aufgegeben", hallten die Stimmen Belials im Raum wider.

Ich war in einem Salon mit hohen Decken, die wirkten, als wären sie einem Londoner Altbau-Apartment entsprungen. Er war hell und vollkommen gegensätzlich zu allem, was ich bisher in dieser düsteren Traumwelt gesehen hatte. Mehrmals blinzelte ich, um mich an den ungewohnten Anblick zu gewöhnen.

Im hinteren Drittel des Raums stand ein Buchenholzschreibtisch, direkt dahinter ragte die Lehne eines Chefsessels in die Höhe, die sich in beunruhigender Langsamkeit zu mir umdrehte.

Belials weiße Zähne blitzten unter seinen schattigen Zügen hervor.

Spöttisch hob ich eine Augenbraue. „Ist das dein Ernst? Du ziehst wirklich die Nummer mit dem Drehstuhl ab? Irgendwie hatte ich mir von dir mehr Finesse erhofft“, blaffte ich und verschränkte die Arme vor der Brust.

Die Tür hinter mir knallte zu und ich zuckte kaum merklich zusammen.

„Was willst du von mir?“

Belial lachte diabolisch und wieder konnte ich nicht umhin, als ein vertrautes Gefühl bei diesem Geräusch zu empfinden. Als würden wir uns bereits länger kennen.

„Das fragst du? Du warst doch diejenige, die durch diese Tür gekommen ist.“ Er deutete hinter mich. „Die Frage ist doch viel eher“, in einer so schnellen Bewegung, dass ich es kaum erkennen konnte, löste er sich in Rauchschwaden auf und materialisierte sich direkt vor mir, „was du von mir *willst.“*

Ich schluckte schwer, ließ mir meinen Schrecken aber nicht anmerken. „Das war ganz schön gruselig. Kannst du mir zeigen, wie man das macht?“ Ich tat unbeeindruckt und ließ mich auf das Geplänkel mit diesem merkwürdigen Wesen ein.

„Ich könnte dir so einiges zeigen, Emma“, zischte er mehrdeutig und die Schatten begannen, um seinen Körper zu fahren. Diesmal reckten sie ihre Glieder nicht nach mir. Zumindest noch nicht.

Zu gerne hätte ich die Hand nach seinem Gesicht ausgestreckt und die Schwärze von seinen Zügen gewischt. Zwar sah ich seine äußere Erscheinung und konnte definitiv behaupten, dass die Dunkelheit seinem guten Aussehen keinen Abbruch tat. Trotzdem wünschte ich mir, ihn klar und deutlich erkennen zu können.

„Ich will, dass du dich von meinen Träumen fernhältst“, sagte ich fest und sah in die dunklen Augen des Königs der Finsternis. Heute wirkten sie wärmer als sonst, nicht mehr ganz so schwarz. Konnte ich dort einen braunen Funken erkennen?

„Bist du dir da sicher? Ich meine, gerade in deinen Augen ein ganz anderes Verlangen gesehen zu haben.“ Sein Grinsen wurde anzüglich.

Wütend ballte ich meine Hände zu Fäusten. Widerling! Ich konnte nichts dafür, dass diese übernatürlichen Wesen anscheinend alle mit göttlichen Genen gesegnet waren.

„Göttlich? Beim letzten Mal war ich noch ein Dämon, nicht?“, fragte der Schatten tückisch.

Mir blieb der Mund offen stehen.

„Du kannst meine Gedanken lesen?“, rief ich und erlaubte mir endlich, Abstand von ihm zu nehmen. Meine Güte, das hier war das reinste Chaos. Jetzt gehörten nicht einmal mehr meine Gedanken mir selbst. Große Klasse.

Im Kopf begann ich die Titelmelodie von König der Löwen *anzustimmen, um meine Gefühle zu verbergen. Wobei ich selbst nicht richtig einordnen konnte, was mich dazu gebracht hatte, freiwillig bei diesem Verrückten aufzutauchen.* Naaaaaaants ingonyama bagithi baba, *stimmte ich geistig an.*

„Ich könnte dir so viel geben, Emma. Dir zeigen, was die Welt zu bieten hat, wenn du dazu bereit bist, dich fallenzulassen und das Ruder aus der Hand zu geben.“ Er überbrückte den Abstand zwischen uns mühelos und umrundete mich, wie ein Kunstsammler, der ein kostbares Artefakt inspiziert. Ich fühlte seinen heißen Atem auf meiner Haut und erschauerte. Diesmal jedoch nicht aus Angst. Ein vollkommen neues Gefühl breitete sich in mir aus und loderte in meinem Inneren. Ich sah die Finsternis, die Belial umgab und verspürte das Verlangen, die Finger nach den Schatten auszustrecken. Die Dunkelheit fühlte sich faszinierend an. Sie zog mich nicht magisch an, wie ich es von Gabriel gewohnt war, sondern brodelte eigenständig. Ich durfte entscheiden, meinem Sehnen nachzugeben. Es war kein Zwang. Ich hatte die freie Wahl, mich von den Schatten erfüllen zu lassen. Dieses Gefühl der Freiheit, die Ahnung dessen, was Belial mir schenken könnte, war berauschend.

„Ich kann deinen Schmerz nehmen und dir ein neues Leben geben“, raunte er dicht an meinem Ohr.

Seine Stimme klang rauchig, als hätte er die Schatten eingeatmet, die ihn ständig umgaben. „Mit mir."

Belial bot mir eine dunkle Verlockung und klang dabei so überzeugend, dass ich gar nicht anders konnte, als zuzustimmen. Ich war nicht imstande, mich zu wehren, weil ich sein Angebot annehmen wollte. Mein Körper war nicht auf Autopilot gestellt, im Gegenteil. Alles, was er mir vorschlug, überzeugte mich von der ersten Sekunde an. In diesem Moment hätte ich allem zugestimmt. Selbst wenn es etwas gewesen wäre, das mich zerstört hätte.

„Willst du das?", ertönte es verführerisch über meinem Ohr und ich fühlte, wie er einen Träger meines Kleides hinunterschob, um meine Schulter zu entblößen.

„Ja", sagte ich automatisch und meinte es auch so.

„Alles mit mir teilen?" Seine Stimme war kaum mehr als ein Hauchen.

Seine Lippen verharrten kurz oberhalb meines Schlüsselbeins und ich wünschte mir nichts sehnlicher, als dass er sie darauf senken würde. Ich wollte so viel mehr. Mein Atem stockte.

„Mir deine Ängste und Sorgen schenken?"

Wieder nickte ich. Die Schatten fuhren über meinen Rücken und streichelten meine Haut. Wie angenehm sich ihre Berührung mit einem Mal anfühlte ...

Belial hauchte einen Kuss auf meine Haut. Er wusste genau, wie er seine Berührungen dosieren musste. Ich war Wachs in seinen Händen und schmolz allmählich dahin.

Mit einem lauten Krachen zerbarst die Holztür hinter uns. Splitter flogen in alle Richtungen. Ich fuhr zurück und hob schützend die Hand vor mein Gesicht, was jedoch nicht nötig war. Eine lässige Bewegung von Belials Hand reichte aus, damit sich einer der Schatten schützend vor mich warf und meinen Körper vor der Explosion schützte.

Im Türrahmen stand Gabriel. Seine Schultern bebten und er sah gefährlicher aus als jemals zuvor. Falls ich jemals daran gezweifelt hatte, dass er ein Fae war, stand das jetzt außer Frage. Aus seinen Augen war jegliches Gold verschwunden, in ihnen wütete ein giftgrüner Sturm. Sein Körper war angespannt, zum Angriff bereit.

„Was zur Hölle tust du da?“, knurrte er, den Blick auf mich geheftet. „Du solltest nicht hier sein.“

Die Gleichgültigkeit verschwand schlagartig, als ich ihn ansah. Ich erinnerte mich an unseren atemberaubenden Kuss. Daran, wie ich mit dem Kopf in seinem Schoß gelegen und mich ihm anvertraut hatte. Urplötzlich fühlte ich mich, als schlüge ein Blitz in meinem Körper ein.

Gabriel nutzt sein Spielzeug nicht mehrfach, *erklang Avalees glockenhelle Stimme in meinen Ohren wider und ich zuckte zusammen.*

Wir lügen nicht. *Ich schluckte schwer, als ich das Ausmaß des Schmerzes fühlte. Er machte sich in meinem Körper breit und ließ meine Glieder verkrampfen.*

Gabriel hatte mich bloß benutzt. Mich dazu verführt, mich ihm anzuvertrauen und mich dann zurückgelassen, ohne den Mut zu haben, mir selbst zu sagen, was für ein feiges, hinterhältiges Arschloch er war. Dieser verdammte, doppelzüngige Mistkerl!

Die Schatten um meinen Körper schienen die Veränderung zu spüren, die mein Innenleben durchmachte und wurden unruhig. Ihr Scharren kam mir mit einem Mal nicht mehr so unangenehm vor, sondern vielmehr wie eine Bestätigung. Als dachte ich in diesem Moment über genau das Richtige nach.

„Sie ist aus freien Stücken zu mir gekommen, Gancanagh. Dagegen kannst nicht einmal du etwas anrichten", sprach Belial und die Schatten um ihn herum zappelten unruhig.

Ich fühlte, dass sie sich am liebsten auf Gabriel gestürzt hätten, um ihn niederzureißen. Ich konnte es sogar nachempfinden, hätte selbst gern meine Klauen in seinem Körper vergraben und ihn in Stücke gerissen. Nachdem er seiner Schwester aufgetragen hatte, mein Gedächtnis zu manipulieren, hatte er nichts anderes verdient.

„Emma, wir müssen gehen. Komm“, forderte Gabriel und streckte die Hand nach mir aus.

Ich rührte mich nicht vom Fleck, starrte ihn bloß entgeistert an. Wie in Zeitlupe hörte ich meinen eigenen Puls hämmern. Er pochte unaufhaltsam in meinen Ohren.

„Ich weiß, dass wir über ein paar Dinge sprechen müssen, a ghrá, aber jetzt ist nicht der richtige Augenblick dafür.“

Alles in mir wehrte sich gegen den Klang seiner Stimme. Mein Kopf schien dem Zerplatzen nahe zu sein, so heftig missfiel mir dieser Klang.

Gabriel machte einen Schritt auf mich zu, gleichzeitig wich ich einen zurück. Sein Gesicht verzog sich, als koste es ihn unglaubliche Kraft, überhaupt hier zu sein. „Weißt du noch, was ich dir über Schatten und ihre Grenzen erzählt habe? Sie sind gefährlich und flüstern dir Dinge zu, die nicht wahr sind.“

„Was für ein Schwachsinn“, spottete Belial und lehnte sich entspannt gegen seinen Schreibtisch.

„Fahr zur Hölle, Belial!“, knurrte Gabriel ungehalten, doch der König der Finsternis schien sich von Sekunde zu Sekunde wohler zu fühlen.

„Die Dinge, die mir zu Ohren gekommen sind, stammen nicht von ihm“, sagte ich leise und deutete auf Belial, der in aller Seelenruhe dort stand und mich fasziniert, fast schon ehrfürchtig musterte.

Gabriels Gesicht verzog sich, als hätte er Schmerzen.

Ich legte den Kopf schräg und sah ihn ausdruckslos an. „Stört es dich, wenn jemand anders eines deiner weggeworfenen Spielzeuge benutzt?“, fragte ich und war nicht einmal erstaunt darüber, wie unmenschlich meine Stimme klang.

Der Schatten vor mir ragte jäh in die Höhe, als gefalle ihm, was ich sagte. Er saugte jedes meiner negativen Gefühle auf und wuchs empor. Ich dagegen fühlte mich kalt und leer. Sobald der Zorn durch meine Adern strömte, wurde er mir genommen. Ich wusste nicht länger, welche Empfindungen mir gehörten und welche nicht.

„Wir müssen darüber reden, was passiert ist, das weiß ich. Aber hier ist weder der richtige Ort noch der richtige Zeitpunkt dafür“, sprach Gabriel eindringlich, doch seine melodische Stimme drang nicht so zu mir durch, wie sie es sonst tat. Die Dunkelheit schirmte mich von ihr ab.

„Wann wäre deiner Meinung nach der richtige Zeitpunkt für ein solches Gespräch, Gabriel?“, fragte ich kalt. Es klang nicht nach mir selbst und obwohl ich

das merkte, wurde meine Wut noch größer. „Vielleicht, nachdem *‚die Unannehmlichkeiten bereinigt' wurden?"*

Er erstarrte mitten in der Bewegung und schien ernsthaft getroffen von meinen Worten. Doch ich empfand nicht einen Funken Mitgefühl. Das, was er mir hatte antun wollen, war unverzeihlich. Er hatte seiner Schwester aufgetragen, mich wie Abfall zu entsorgen.

„Schaff ihn mir aus den Augen", sagte ich zum König der Finsternis und wandte mich ab.

Belials Grinsen wurde breiter und wirkte nicht mehr so diabolisch. Stattdessen schwellte mir Stolz entgegen. Stolz und dunkle Verheißungen.

Ich fühlte mich wie eine Dramaqueen, als ich mich auf meine Fensterbank setzte und dort all meine mürrischen Gedanken in das schwarze Notizbuch kritzelte. Aber dazu hatte ich gutes Recht, wie ich fand. Schließlich war mein Herz von einem hinterlistigen Halbfae gebrochen worden und ich hatte mich lieber nachts der Finsternis ergeben, anstatt Gabriels Kette auch nur einen weiteren Tag um meinen Hals zu tragen.

Dunkle Ringe lagen wie Belials Schatten unter meinen Augen. Allerdings konnte ich mir heute den Concealer sparen, schließlich hatte ich ein Attest für die Schule. Oh Mann ... Nun, da ich das so in mein kleines Büchlein schrieb, kam ich mir noch blöder vor.

Ein Klopfen an der Zimmertür riss mich aus meinen trübseligen Gedanken.

„Komm rein", rief ich in Richtung Tür, ohne das Notizbuch von meinen angewinkelten Knien zu heben.

Mit den aschblonden Locken, die im Türrahmen erschienen, hatte ich nicht gerechnet.

„Hey." Skander kam in mein Zimmer, eine Hand wie üblich in der Hosentasche seiner zerschlissenen, dunklen Jeans vergraben. In der anderen hielt er unschlüssig einen Schnellhefter hoch. „Meggie muss arbeiten, also hat sie mich geschickt, um dir den Kram aus der Schule zu bringen."

Dieses hinterlistige Biest. Erst heute Morgen hatten wir telefoniert und uns zu meiner großen Erleichterung vertragen. Hätte sie mich nicht wenigstens vorwarnen können? Jetzt saß ich hier in meinen Schlabbersachen und hatte Augenkrater, die bis zum Kinn reichten.

„Danke dir", sagte ich und rang mir ein Lächeln ab.

Skander schüttelte die Locken aus der Stirn und kam zu mir ans Fenster. „Wie ich sehe, kommt mein Geschenk zum Einsatz", sagte er mit einem Nicken in Richtung meines Schoßes.

Dafür mochte ich ihn umso mehr. Er sprach mich nicht auf das Offensichtliche an, sondern respektierte Grenzen.

„Inzwischen kann ich gar nicht mehr ohne. Danke nochmal“, erwiderte ich und klappte das Notizbuch zu. Wenigstens darin blieben mir meine Gedanken erhalten und waren nicht für jedermann offengelegt.

Skanders Blick schweifte kurz aus dem Fenster, als würde er über etwas nachdenken und blieb schließlich wieder bei mir hängen. Ein jungenhaftes Grinsen breitete sich auf seinem Gesicht aus.

„Du siehst echt beschissen aus.“

So viel zum Thema Grenzen respektieren.

„Und du weißt wirklich, wie man einem Mädchen Komplimente macht.“

„Ein Talent, das mir in die Wiege gelegt wurde“, grinste er und beugte sich zu mir herüber. Eingehend betrachtete er meinen Handballen. „Hast du versucht, deinen Spind zu zerstören, Eisenfaust?“, feixte er.

„Bald verlierst du den Überblick an Spitznamen“, schalt ich ihn, konnte aber nicht anders, als ebenfalls zu grinsen, obwohl meine Mundwinkel schwer wie Blei waren. Skanders Art war ansteckend, egal in welcher Situation. „Die Technik habe ich mir übrigens bei dir abgeguckt.“

„Nein, nein. Das muss mit ein wenig mehr Feingefühl geschehen. Du kannst doch nicht einfach so auf einen Metallschrank eindreschen“, tadelte er mich.

Er setzte sich mir gegenüber auf den Fenstersitz und stutzte. Dann beugte er sich vor und nahm etwas vom Boden auf.

„Was machst du denn mit einem keltischen Knoten?“, fragte er stirnrunzelnd und ließ den Anhänger vor seiner Nase herumbaumeln.

„Ach, den habe ich zum Geburtstag bekommen“, meinte ich und ließ es klingen, als wäre es völlig unbedeutend.

Dabei wünschte ich mir nichts sehnlicher, als irgendwem mein Herz auszuschütten. Leider blieb mir dafür bloß die Nacht und die Gesellschaft Belials. Schließlich hatte ich Gabriel versprochen, sein Geheimnis zu wahren, ganz gleich, wie sehr mich sein Verrat schmerzte. Ich würde mich sicherlich nicht auf sein Niveau hinabbegeben.

„Von wem?“, hakte Skander nach.

„Ein ... Bekannter hat ihn mir geschenkt. Eine Art Glücksbringer“, antwortete ich schulterzuckend.

Gabriel zu einem Bekannten zu degradieren, fiel mir ziemlich schwer. Er war von einem Fremden zu so etwas wie einem Freund und schließlich zu einem Seelenpartner geworden. Jetzt stand ich wieder am Anfang. Er war mir fremd und es schmerzte mich mehr als alles andere, darüber nachzudenken, dass ich nicht mehr als ein Zeitvertreib für ihn gewesen war. Trotzdem erlaubte ich mir keine einzige Träne. Ich hatte schon weitaus schlimmeren Schmerz überstanden und würde auch diesen wegstecken. Alles, was ich dafür brauchte, war Zeit. Hoffte ich.

„Diese Kette hat *er* dir gegeben, nicht wahr?“, fragte Skander leise und umklammerte sie so fest mit seiner Hand, dass seine Knöchel weiß hervortraten.

Noch nie hatte er mich so angespannt angesehen. Ich wusste nicht was es war, aber irgendetwas in seinen Augen ließ meine Nackenhaare zu Berge stehen.

„Oh, das erklärt einiges“, murmelte Skander vor sich hin und betrachtete den Anhänger weiter. Als er mit dem Finger über den Trinity Knot strich, ließ er ihn plötzlich fallen, als hätte er sich verbrannt.

„Was ist los?“, fragte ich alarmiert und griff nach seiner Hand.

Er entzog sie mir, bevor ich sie zu fassen bekam. „Nichts. Ich habe bloß einen gewischt bekommen“, sagte er.

„Wie kann man denn von einer Kette einen gewischt kriegen?“, fragte ich skeptisch. Steckte womöglich noch etwas von Gabriels Energie in dem Schmuckstück? Wenn ja, musste ich es dringend entsorgen.

„Wie kann man sich an einem Schulspind eine Platzwunde zuziehen?“, gab Skander zurück. Ein verschmitztes Grinsen breitete sich auf seinem Gesicht aus, das ich nur erwidern konnte.

Mithilfe meiner Freunde würde ich diese Zeit überstehen, da war ich sicher.

14 Kapitel

„Es ist also davon auszugehen, dass Shakespeares Weltbild ein Spiegelbild der expansiven Zeit war, in die er hineingeboren wurde. Er hinterfragte alle Fronten des menschlichen Wissens. Ebenso war er ein Beobachter der humanen Interaktion und der Welt um ihn herum – und genau das ist es, was sich in seinen Werken widerspiegelt. Es scheint, als sei er durch eine Welt voll grenzenloser Möglichkeiten fasziniert worden“, beendete ich meinen Aufsatz und setzte mich mit heißen Wangen wieder auf meinen Platz.

Mr Chapman nickte mir zu und die Leute aus meinem Kurs begannen, verhalten auf die Tische zu klopfen.

Gott sei Dank war ich nicht als Erste mit dem Vortrag drangekommen, sondern stellte mit Meggie zusammen das Schlusslicht dar. Gemeinsam gingen wir nach Englisch in die Mensa und aßen einen Joghurt auf unseren Erfolg.

Skander ließ sich neben mir auf die Bank fallen und sah uns erwartungsvoll an. „Wie war der Aufsatz?“

„War ganz okay“, sagte ich und stocherte in meinem Becher herum.

Der Aufsatz war mir gleichgültig. Mein Kummer über Gabriel beherrschte all mein Denken und Fühlen. Allerdings erlaubte ich mir meine schlechte Laune bloß abends, kurz vorm Schlafengehen. Dort war sie nämlich bestens aufgehoben.

Inzwischen befand ich mich in meiner Traumwelt nicht mehr in der schmalen Gasse. Stattdessen erblickte ich Belial in seinem merkwürdig hellen Raum und ertrug seine entkräftende Gesellschaft, bis ich morgens völlig ermattet aufwachte und mich fühlte, als hätte ich seit Wochen kein Auge mehr zugetan.

„Sie untertreibt. Ihr Aufsatz war große Klasse. Genau wie meiner, nebenbei bemerkt“, meinte Meggie an Skander gewandt und riss mich aus meinen Gedanken.

Innerlich ermahnte ich mich und versuchte, meine Laune zu heben, indem ich mich ablenkte. Sei es auch nur durch ein weiteres Gespräch über Mr Chapmans Reaktion auf unseren Aufsatz.

„Meinst du Chapman war zufrieden? Er hat so mürrisch geguckt“, sagte ich und versuchte, den nagetierähnlichen Gesichtsausdruck unseres Lehrers zu imitieren, was schwieriger war, als es sich anhörte.

Meggie prustete in ihren Joghurtbecher. Kurz darauf wurde ihr Ausdruck ernst. „Wie geht es deiner Hand?“

„Ganz gut“, gab ich zu. „Tut kaum noch weh.“

„Ich kann nicht glauben, dass du aus Wut heraus gegen deinen Schrank geboxt hast. Eigentlich ist das meine Schuld“, sagte Meggie und presste ihre Lippen zu einem schmalen Strich zusammen.

Sie dachte immer noch, dass ich ihretwegen so wütend gewesen war. Von meiner Begegnung mit Avalee hatte ich ihr nichts erzählt. Schließlich hatte sie mich vorgewarnt und mich davon abhalten wollen, mich auf Gabriel einzulassen. Hätte ich ihr von Anfang an vertraut und auf sie gehört, wäre das alles gar nicht erst geschehen. Ich würde meinen Kummer wohl oder übel allein ausbaden müssen.

„Ach, so ein Quatsch. Ist doch mein Verschulden, wenn ich die richtige Technik noch nicht raus habe“, imitierte ich Skanders Worte.

Er zog eine Grimasse. „Wie ich höre, war dein Ärger auf den Frühjahrsball zurückzuführen?“

Ich warf Meggie einen Blick zu und sie zuckte unschuldig mit den Schultern. Leider ließ ich mich von der Unschuldslamm-Masche nicht täuschen. Dafür kannte ich sie inzwischen zu gut.

„Wohl eher auf die Person, die mich mit allen Mitteln dorthin zwingen will.“

Zum Glück beließen die beiden es dabei und forderten mich nicht erneut auf, irgendwohin zu kommen, wo ich schlichtweg nicht sein wollte. Zusammen mit den Schmerzen, meinem Liebeskummer und dem schlechten Schlaf der letzten Nächte war ich empfindlicher als sonst. Ich merkte, wie unberechenbar meine Reaktionen wurden und erschrak manchmal über meine fiesen Antworten.

Nach dem Unterricht machte ich mich, mit meinen Kopfhörern bewaffnet, auf den Weg in die Bibliothek. Nach einem kurzen Stopp bei Grams sprintete ich die Treppen hinauf, zwei Stufen auf einmal nehmend. Beinahe prallte ich mit einer Mutter zusammen, die gemeinsam mit ihrem Sohn einen ganzen Bollerwagen an Bilderbüchern und Filmen ausgeliehen hatte und nun vor dem Fahrstuhl neben dem Büchereieingang stand. Kopfschüttelnd musterte sie mich von oben bis unten.

„'Tschuldigung", murmelte ich im Vorbeigehen und drängte mich an ihr vorbei.

„Was machst du denn hier?", fragte Dad, als ich in den Personalbereich lief.

„Ich dachte, du hast vielleicht Hunger", sagte ich und hielt die mit Sandwiches gefüllte Papiertüte in die Luft.

Bei den Lachfalten, die sich um seine Augen bildeten, wurde mir warm ums Herz. Das hatte ich vermisst.

„Der Award für die beste Tochter des Jahres geht an ...", Dad legte eine dramatische Pause ein und machte einen Trommelwirbel auf seinem Arbeitstisch, „Emma Parker!“

Ich grinste und warf ihm die Tüte zu.

Beherzt riss er sie auf und biss in den ersten Toast.

„Wer sollte den denn sonst bekommen?“, klagte ich spaßeshalber und griff nach dem Cupcake, den Betty mir eingesteckt hatte.

„Ein guter Einwand.“ Mit hochgezogenen Augenbrauen sah er mich über den Rand seiner Brille hinweg an. „Wie lief der Aufsatz?“

„Ganz okay, glaube ich. Mr Chapman hat immer so ein Pokerface, da weiß man nie, ob er begeistert oder eher verstört ist.“

„Bei der ganzen Recherche, die du hier mit Eleanor betrieben hast, wird das mit Sicherheit eine großartige Note. Und sonst gehe ich eben zu – wie heißt er? Mr Chapman? – und mache einen auf verärgerter Vater. Den Hass deiner Lehrer nehme ich gerne auf mich, das weißt du.“

Ich liebte es, wenn er diese Unbeschwertheit ausstrahlte. Beinahe steckte er mich damit an. „Bitte nicht, Dad“, sagte ich trotzdem. Diese Peinlichkeit wollte ich sowohl ihm als auch mir eindeutig ersparen. „Apropos Recherche – ich habe Eleanor ein kleines Dankeschön mitgebracht, weil sie mir so geholfen hat.“ Das war immerhin keine richtige Lüge. Die schrullige Bibliothekarin war mir wirklich eine Stütze gewesen, wenn auch nicht zum Thema Shakespeare. „Ist sie heute da?“

„Ich bin stolz auf die Früchte meiner Erziehung.“ Dad presste inbrünstig die Hand auf den Brustkorb.

„Eigenlob stinkt, Dad“, gab ich augenrollend zurück.

„Na gut. Als ich Eleanor das letzte Mal gesehen habe, prüfte sie den Bestand in der Kunstabteilung. Anscheinend hat jemand Kaffee über die Monet-Bände von 1979 gekippt und die können leider nicht mehr bestellt werden.“ Er schob sich die Brille die Nase hoch und tippte etwas in seinen Computer, danach warf er einen Blick auf die etlichen Notizen auf seinem Schreibtisch und biss von seinem Sandwich ab. „Ich bin gerade dabei, die neue Bestellung aufzugeben, allerdings kosten diese riesigen Kunstbände ein halbes Vermögen. Von daher mache ich gerade Abstriche im Bereich der Spiele, meinst du, die Teenager werden mir das sehr übel nehmen?“ Flüchtig kratzte er sich den Hinterkopf. Bevor ich antworten konnte, fuhr er kauend fort. „Oder ich sehe noch einmal nach, ob überhaupt einer der Kunstbände gebraucht wird. Schließlich werden sie kaum ausgeliehen. Zumindest nicht von der breiten Masse. Und wenn ich dann schon dabei bin, kann ich auch gleich nochmal ...“

„Ähm, Dad?“, unterbrach ich ihn, bevor er weiterplappern konnte.

„Ah, tut mir leid. Heute habe ich viel um die Ohren“, entschuldigte er sich und rieb mit der freien Hand über seine Schläfe.

„Das macht doch nichts. Wir sehen uns heute beim Abendessen oder?“, fragte ich. Er nickte.

Länger wollte ich seine Zeit nicht in Anspruch nehmen, also begab ich mich auf die Suche nach Eleanor, um ihr das geliehene Buch zurückzubringen.

Bereits von Weitem konnte ich sehen, dass sie heute einen gemusterten Filzmantel trug, der an jedem anderen wahrscheinlich furchtbar ausgesehen hätte. Zu ihrer verrückten Art passte er jedoch perfekt.

„Emma, mein Goldstück! Schön, dich wiederzusehen“, erklang die greisenhafte Stimme, ohne dass Eleanor den Blick von dem Regal vor sich nahm.

Wow. Ihr Gehör musste wirklich gut sein. Oder sie hatte mich bereits aus dem Augenwinkel erspäht.

„Hallo Eleanor“, lächelte ich schließlich und zog mir einen Hocker neben ihren. Dann reichte ich ihr mein Geschenk.

Betty hatte mir dabei geholfen, einen eigenen Tee zusammenzustellen. Sie wusste, welche Sorten Eleanor am liebsten mochte und so mengten wir an ihrem freien Nachmittag alle möglichen Kräuter und Blüten zusammen und verpackten die Mischung in einer bunten Teedose. Eleanors erfreutem Blick nach zu urteilen, hatte sich die Mühe gelohnt. Erstaunt sah sie mich mit ihren Eulenaugen an, blickte von der Dose inklusive Schleife zu meinem Gesicht und wieder zurück.

„Das ist für Sie. Ein kleines Dankeschön für die Hilfe in Sachen Mythologie“, sagte ich und kramte mit der anderen Hand ihren Einband aus meiner Umhängetasche.

„Hat es dich in deiner Angelegenheit weitergebracht?“, fragte die alte Bibliothekarin.

„Ja, vielen Dank. Es gibt jetzt einige Dinge, die ich besser verstehe.“

„Das freut mich.“ Die alte Frau lächelte besonnen und griff nach der Teedose, die ich ihr hinhielt.

Als sich unsere Finger berührten, sprang Eleanor auf. Die Dose fiel klirrend hinunter und die sorgfältig erstellte Mischung verteilte sich auf dem Boden. Wie vom Donner gerührt, starrte sie mich an. Jegliches Blut wich aus ihren hutzeligen Wangen.

„Eleanor?“, fragte ich und erhob mich vorsichtig.

Behutsam wollte ich ihr eine Hand auf den Arm legen, um sie zu beruhigen, doch sie wich vor mir zurück und stolperte über ihre eigenen Puschen.

„Kindchen, was hast du getan?“, flüsterte sie bestürzt.

„Was?“ Völlig verdattert blickte ich an mir hinab und suchte fieberhaft nach Spuren meiner letzten

Mahlzeit, die sich womöglich auf meinem Körper verteilt hatten.

„Es ist zu spät. Viel zu spät", faselte Eleanor und ich hatte Mühe, sie zu verstehen. „Die Schatten ... Sie haben dich berührt."

„Niemand hat mich berührt", sagte ich stirnrunzelnd. „Sehen Sie doch, Eleanor. Ich bin dieselbe wie beim letzten Mal."

Ich ging wieder auf sie zu, doch sie flüchtete weiter rückwärts.

„Du hast dich ihm versprochen, nicht wahr?", flüsterte sie und ihre Augen wurden kugelrund. „Dem König der Finsternis."

„Habe ich nicht!", erwiderte ich aufgebracht.

„Da ist etwas Dunkles, das dich umgibt. Schatten, überall! Du standest am Abgrund und bist in die Tiefe gestürzt. Hast dich der Schwärze ergeben", spann Eleanor. „Jemand, der mit so gefährlichen Wesen verkehrt, ist nirgendwo sicher. Vor allem hier nicht. Ich denke, es ist besser, wenn du jetzt gehst."

Die Bibliothekarin zurrte sich den Schal fester um ihren dürren Hals und schlurfte davon. Sie warf noch einen gehetzten Blick über die Schulter, als habe sie Angst, ich würde gleich aufspringen und sie verfolgen.

15 Kapitel

Ich hielt das Glas ins Licht der Hängelampen und stellte zufrieden fest, dass ich beim Polieren Fortschritte machte. Wenigstens etwas, das mir heute gelang. Auf Zehenspitzen gestellt, schob ich es ins Regal.

Meine Hand war inzwischen größtenteils abgeheilt. Am Vortag waren die Fäden gezogen worden und ich musste keine Schmerzmittel mehr nehmen.

„Emma, kannst du bitte ein Salami Sandwich an Tisch Sechs bringen?“, rief Meggie mir im Vorbeigehen zu und verschwand anschließend mit dem Rücken zuerst durch die Klapptüren.

„Mach ich!“, gab ich mindestens genauso laut zurück und konnte noch ein unverständliches ‚Danke‘ hören, das gedämpft aus den Tiefen der Speisekammer tönte.

Nach der letzten Woche war ich froh über die Ablenkung. Durch die Arbeit im Café bekam ich kaum Gelegenheit, über Gabriels Verrat nachzudenken. Oder darüber, dass der König der Finsternis es anscheinend auf mich abgesehen hatte und ich deshalb auf alte Bibliothekarinnen ziemlich furchteinflößend wirkte.

Ich versuchte wirklich, nicht daran zu denken. Trotzdem hatte ich bereits zwei Gläser heruntergeschmissen, mich erneut an der Düse der Kaffeemaschine verbrüht und war bereits mehrmals über meine eigene Schürze gestolpert. Eigentlich musste Meggie am meisten unter meiner geistigen Abwesenheit leiden. Sie tat mir ernsthaft leid.

„Einmal Ihr Sandwich. Guten Appetit“, sagte ich freundlich und stellte den Teller auf den Tisch. Ich drehte mich schon wieder um, als die Frau mich aufhielt.

„Entschuldige, das hatte ich gar nicht bestellt“, erwiderte sie verdutzt und hob den Blick vom Bildschirm ihres Laptops.

„Hier drüben, Emma!“

Ich hob den Kopf und entdeckte die Zwillinge zwei Tische weiter vorne, die Köpfe über einem Haufen Zeitschriften zusammengesteckt. Ich lief zu den beiden und betrachtete die Magazine skeptisch.

„Hier, das Sandwich“, sagte ich gedankenverloren und versuchte, die kopfüber stehende Überschrift des Artikels vor Judy zu entziffern.

„Danke“, grinste Steph.

Judy quietschte, als sie die nächste Seite ihres Hochglanzmagazins aufschlug. „Das ist es!“, rief sie und hielt ihrer Schwester das Bild direkt vors Gesicht.

„Sicher?“ Steph rümpfte die Nase, wie ich es auch schon oft bei Meggie beobachtet hatte, wenn ihr etwas missfiel.

Neugierig lugte ich über Judys Schulter, um zu erkennen, was sie derartig in Aufruhr versetzte. Es handelte sich um irgendein Interview mit einer Schauspielerin, die ich nicht kannte.

„Nichts schmeckt besser als Wasser“, las ich laut. „Das ist das Geheimnis meiner Figur.“ Verächtlich schnaubte ich. „Dass ich nicht lache. Ich könnte dir mindestens zehn Getränke nennen, die besser als Wasser schmecken. Kaltes Frappé beispielsweise. Karamell Cappuccino. Eisschokolade.“

„War ja klar, dass du den Artikel lesen musst. Leseratte“, neckte Judy mich und deutete auf das Bild in der rechten unteren Ecke der Doppelseite. „Es geht um das Kleid! Es wäre perfekt für den Frühjahrsball, meinst du nicht?“

Kritisch nahm ich die Zeitschrift, die sie mir entgegenhielt und betrachtete das tropische Muster des Abendkleides, welches benannte Schauspielerin bei einer Gala im vergangenen Sommer getragen hatte.

„Nicht so meins. Zu bunt“, sagte ich schulterzuckend und legte die Zeitschrift zurück auf den Haufen vor meinen Freundinnen.

Die beiden hatten sich wirklich etwas vorgenommen, wenn sie die alle noch durchblättern wollten.

„Sie hat recht“, grübelte Steph und zupfte dann an meiner Schürze. „Wir könnten noch eine gute Beraterin gebrauchen. Hast du Lust, morgen mit uns die Boutiquen abzuklappern?“

Ich dachte einen Moment darüber nach. Wieso nicht? Ich konnte die Ablenkung gut gebrauchen.

„Bin dabei“, sagte ich. „Aber das bedeutet nicht, dass ich mit auf den Ball komme“, setzte ich hinterher, als ihre Gesichter aufleuchteten und sie einander verschwörerisch angrinsten.

„Natürlich nicht“, meinte Judy und zwinkerte mir zu.

„Nein, auf gar keinen Fall.“ Steph nickte übertrieben ernst.

Kopfschüttelnd nahm ich mein Tablett und lief zurück zum Tresen. Als die Eingangstür klimperte, hielt ich auf halbem Weg inne.

Ein Schauer kroch über meinen Körper und meine Haare richteten sich auf. Jede Faser meines Körpers drängte mich dazu, hinzusehen. Gleichzeitig fing mein Herz schmerzhaft zu pochen an. Meine Hände krallten sich um das Tablett und ich fühlte mich, als würde mein Körper von innen heraus zerreißen, als ich gegen den Drang ankämpfte. Es fühlte sich an wie eine

Panikattacke, nur noch dunkler. Dieses auseinandertreibende Gefühl verschlang mich von innen und Dunkelheit drohte an die Oberfläche zu brodeln. Die Verbindung, die ich Gabriel gegenüber verspürte und die Finsternis, die Belial mir nächtlich einpflanzte, lieferten sich in meinem Inneren einen erbitterten Kampf. Mir wurde übel und für einen Moment fühlte ich mich, als müsse ich mich übergeben.

Ich lauschte meiner Atmung und machte meinen Kopf frei von den finsteren Gedanken. Ein. Aus. Ein. Aus.

Langsam erlangte ich die Macht über meine Empfindungen zurück und verdrängte die Finsternis, ebenso wie das Band, welches mich spüren ließ, dass Gabriel wenige Meter von mir entfernt stand und mich eingehend musterte. Ich schluckte den Kloß in meinem Hals hinunter und unterdrückte den Kummer, den ich in den letzten Tagen verspürt hatte. Er hatte hier nichts zu suchen! Ich wollte nicht, dass meine Freunde sahen, was zwischen uns geschehen war. Trotzdem konnte ich nichts gegen das Stechen in meinem Herzen tun. Wieso konnte ich meine bescheuerten Gefühle nicht einfach abstellen?

Forschen Schrittes lief ich durch die Klapptüren und machte mich daran, den Geschirrspüler auszuräumen. Reihe für Reihe sortierte ich die Becher und Tassen auf das gläserne Regalbrett und achtete darauf, dass die Henkel alle in die gleiche Richtung zeigten, wie Grams es mir gezeigt hatte. Wenn ich mich darauf konzentrierte, würde ich nicht hören, mit wem er hier verabredet war. Ich konnte es ignorieren.

„Du hättest wenigstens warten können, bis ich meinen Schirm geholt habe", ertönte Avalees nervige Stimme in der Eingangstür.

„Was kann ich dafür, dass du so langsam bist?", gab Gabriel ungerührt zurück.

Je konzentrierter ich versuchte, die beiden zu überhören, desto deutlicher nahm ich ihre Stimmen wahr. Irgendetwas stimmte nicht mit meinem Gehör.

Ich schloss den Geschirrspüler und beobachtete widerwillig, wie die Beiden am Fenster Platz nahmen. Am selben Tisch, an dem auch ich mit ihm gesessen hatte. Wie passend.

Mit einer möglichst neutralen Miene wappnete ich mich für die unangenehme Begegnung, schnappte mir die Speisekarten und ein Feuerzeug und lief mit geradem Rücken zu den Fenstern, ohne Gabriel direkt anzusehen. Stattdessen heftete ich meinen Blick auf das Teelicht, welches ich anzünden wollte.

Ein Arm an meiner Hand hielt mich zurück und überrascht hielt ich inne. Meine Freundinnen hatten mich abgefangen und sahen hoffnungsvoll zu mir hoch.

„Das hier würden wir für dich toll finden“, sagte Steph aufgeregt und tippte auf die Seite einer Zeitschrift.

„Wow, das ist wirklich hübsch“, entfuhr es Judy. Sie schnappte sich das Magazin.

Ich betrachtete das Neckholderkleid und rümpfte die Nase. Diesen Fummel würde ich mit Sicherheit nicht anziehen. „Rot finde ich ganz schrecklich.“ Moms Auto war rot gewesen. Ich verabscheute diese Farbe. Sie löste bei mir sämtliche Alarmglocken aus.

„Aber es würde deinem Teint schmeicheln!“, rief Judy und drehte sich so herum, dass sie die Zeitschrift direkt unter mein Gesicht halten konnte.

„Emma, wir haben Kundschaft“, rief Meggie im Vorbeigehen und nickte in Richtung der Fenster. Insgeheim war ich dankbar dafür, dass die Zwillinge mich aufgehalten hatten. Schade, dass es nicht so richtig geklappt hatte.

Ich straffte die Schultern und trat mit einem aufgesetzten Lächeln zu Gabriel und Avalee an den Tisch.

„Was kann ich bringen?“, fragte ich ohne eine Begrüßung und holte den Block aus meiner Schürze. Hoffentlich entschieden sie sich schnell.

„Für mich ein Glas der selbstgemachten Limo“, sagte Avalee und ging völlig darin auf, mich zu ignorieren und wie eine Bedienung zu behandeln, die sie nicht kannte. „Und du Gabe?“

„Wofür brauchst du ein Kleid?“, ertönte Gabriels Stimme melodisch und ich zuckte zusammen, als ich merkte, dass er mit mir sprach.

Wie konnte seine Stimme derartig sanft klingen? Wärme in meiner Magengegend auslösen und in Wirklichkeit so niederträchtig sein? Ich gab den Versuch auf, seinem Blick auszuweichen und blickte ihn an.

Seine Haare waren feucht vom Regen. Er hatte sich nicht die Mühe gemacht, seine Lederjacke an der Garderobe aufzuhängen, sondern saß einfach da und sah mir in die Augen. Ich konnte seine Miene nicht deuten und dennoch schlug mir das Herz bis zum Hals. Bestimmt konnte er es mit seinem verfluchten Super-Gehör hören. Seine Mauern waren stärker, als jemals zuvor und schirmten alles ab, was mir beim letzten Mal noch so offensichtlich erschienen war. Ich wünschte mir, ebenfalls so gefühlskalt zu sein. Dann würde er nicht sehen, wie es mir in Wirklichkeit ging.

Reserviert erwiderte ich seinen undurchdringlichen Blick. „Ich wüsste nicht, was dich das angeht.“

Avalee lehnte sich zurück und starrte aus dem Fenster. „Wie unangenehm“, murmelte sie.

Ich fühlte mich wie ein Wasserkocher, der fast seine Höchsttemperatur erreicht hatte. Zu gerne hätte ich ihren Kopf genommen und einfach gegen die Scheibe geklatscht.

„Du trägst die Kette nicht“, fuhr Gabriel fort und ignorierte seine Schwester.

„Danke, dass du mich daran erinnerst“, sagte ich und griff in meine Hosentasche. Dann knallte ich den keltischen Knoten samt Kette auf den Tisch. Ein stechender Schmerz durchzuckte meine Hand, doch das war mir in diesem Moment egal. „Ich brauche sie nicht länger.“

Gabriels Kiefermuskeln pochten angestrengt. Argwohn blitzte in seinen Augen auf. „Sicher?“

Freudlos lachte ich auf. „Allerdings. Ich will gar nicht wissen, wie viele Mädchen vor mir diesen Scheiß schon bekommen haben.“

„Oh, mir würden ein paar einfallen“, lästerte Avalee vor sich hin.

Gabriels Faust donnerte auf die Tischplatte und mit Genugtuung sah ich, wie seine Schwester zusammenzuckte. Einige der anderen Gäste drehten die Köpfe zu uns, Judy und Steph blickten mich voller Neugier an, doch ich zuckte nur die Schultern, als wüsste ich nicht, worum es hier ging.

„Genug“, sagte Gabriel bedrohlich leise.

Avalee verdrehte die Augen.

Dann wandte er sich wieder an mich. „Wir müssen reden.“

Ich kniff die Augen zusammen, sah mich noch einmal im Raum um, doch die Gäste hatten sich wieder ihren eigenen Beschäftigungen zugewandt. Also antwortete ich leise, aber mit einem kalten Tonfall, der selbst mich überraschte. „Wir müssen überhaupt nichts. Wenn du jetzt so freundlich wärst und mir sagst, was du trinken möchtest?“ Mit gezücktem Stift blickte ich ihn erwartungsvoll an.

„Bitte, *a ghrá*“, flehte er leise und in seinen Augen leuchtete es auf.

Das Wasser erreichte den Höhepunkt und kochte über. Ich stieß einen beinahe unmenschlichen Laut aus und ballte die Hand zur Faust, bis die Naht meiner halbwegs verheilten Wunde bis zum Zerreißen gespannt war.

„Nenn mich nicht so“, zischte ich finster. „Nenn mich nie wieder so, hast du verstanden!“

Ich war nicht länger ich selbst. Mein Körper wurde solchem Hass ergriffen, dass mir übel wurde. Zäh breitete er sich in meinem Inneren aus und verschlang jedes Fünkchen des Bandes, das mich mit Gabriel verband. Meine Stimme klang so furchteinflößend, dass sogar Avalee mich erschrocken musterte. Das Leuchten in Gabriels Augen verschwand so schnell, wie es eingetreten war.

„Ich nehme einen Kaffee. Schwarz.“ Plötzlich war seine Stimme wie ausgewechselt.

Ich war mir sicher, er spürte die Veränderung, die in mir wütete. Auf dem Absatz machte ich kehrt und lief atemlos hinter den Tresen. Was war denn nur los mit mir?

Klirrend stellte ich den Kaffeebecher auf die dafür gedachte Untertasse und feuerte einen Löffel dazu, der leider sein Ziel verfehlte und über die halbe Arbeitsfläche rutschte.

„Lass mich das machen." Meggie war unbemerkt neben mir aufgetaucht und balancierte bereits eines der silbernen Tabletts auf ihrer Hand. Mit ihrer anderen drückte sie meine Schulter.

„Danke. Du bist die Beste", brachte ich mühsam hervor und versuchte, meinen in Rage geratenen Atem wieder unter Kontrolle zu bekommen.

Ich füllte ein Glas mit Wasser und trank es in einem Zug aus. Langsam beruhigte sich mein Puls. Trotzdem war etwas anders. Ein dunkler Knoten befand sich dort, wo ich zuvor noch Gabriels Verbindung verspürt hatte. Er war schwarz, zäh und breitete sich zusehends in mir aus. Das Band war gekappt. Mir stockte der Atem, als ich es realisierte und der Kloß in meinem Hals größer wurde. Was geschah mit mir?

„Emma?"

Ich drehte mich zur Theke um und versuchte, die Angst in meinem Blick mit einem gepressten Lächeln zu übertünchen. „Hey. Was kann ich dir bringen?“

Skanders Blick durchdrang mich. Ich hoffte, er sah nicht, wie dreckig es mir gerade ging.

„Soll ich dich nach Hause bringen?“

Verdammt.

„Ich muss arbeiten“, erwiderte ich und begann mechanisch, die Gläser auf der Spüle abzutrocknen, ohne hinzusehen, was ich eigentlich tat. Er sollte aufhören, mich so anzusehen! Er konnte mir mit seinem Röntgenblick, der sich in meinen Nacken brannte, wirklich gestohlen bleiben.

„Ich glaube, Meggie kommt mit dem Rest allein zurecht“, sagte er bestimmt. „Und ich will ja nicht wieder wie ein Arschloch klingen aber ... Du siehst nicht gerade fit aus.“

Meine Mundwinkel verzogen sich leicht und ich warf einen Blick über die Schulter. „Das hast du diesmal weitaus taktvoller formuliert, vielen Dank.“

Meggie stimmte zu und drängte mich, früher Feierabend zu machen. Ich schlüpfte in meine Jacke, legte mir meine Tasche über die Schulter und verabschiedete mich flüchtig von Judy und Steph. Dann lief ich gemeinsam mit Skander an den anderen Tischen vorbei zur Tür und ignorierte Gabriels Blicke.

Ich verspürte nicht einmal mehr das Bedürfnis, mich umzudrehen.

Als wir nach draußen traten, gingen die Straßenlaternen an und die Dämmerung setzte ein. Mit Freude stellte ich fest, dass es bereits länger hell blieb, und atmete tief durch. Der Frühling war nicht mehr weit entfernt.

Gemeinsam schlugen wir den Weg über die Brücke ein. Dieser war zwar ein wenig länger, verlief dafür aber über den breiten Fluss, der in einem See ganz in der Nähe von Grams' Haus mündete. Dass Skander bemerkt hatte, wie es mir ging, aber trotzdem keine Fragen stellte, erleichterte mich. Ich konnte gar nicht anders, als mich in seiner Gegenwart wohlzufühlen. Das schwarze Bündel pochte zwar immer noch rastlos in meinem Inneren, aber ich unterdrückte die düsteren Gedanken so gut es ging. Skanders Gesellschaft nahm einen Großteil der Last, die auf meinen Schultern lag, von mir. Das Schweigen zwischen uns war keineswegs unangenehm.

In der Mitte der gewölbten Steinbrücke hielt ich inne und lehnte mich über das Geländer. Ich warf einen Blick auf das Wasser, das unter ihr hindurchrauschte. Es glitzerte rot in der Abendsonne.

Früher war ich oft mit Mom und Dad picknicken gewesen. Dieser Fluss erinnerte mich an den Bach, zu dem wir häufig gefahren waren. Mein Herz schlug dumpf in meiner Brust.

„Eigentlich sagt man doch immer, dass Zeit alle Wunden heilt, nicht wahr?“, fragte ich Skander leise und beugte mich weiter über das Geländer. Ich lauschte dem friedlichen Plätschern des Wassers. „Diese ganzen Sprüche sind doch bloß Lügen, um einem die Dunkelheit vom Leib zu halten. Man gewöhnt sich nur an den Schmerz, nichts weiter.“

Skander trat neben mich und blickte in die Tiefe. „Sagt man nicht auch, dass die hellsten Sterne erst in der Finsternis leuchten? So schlecht ist die Dunkelheit auch wieder nicht“, gab er zurück und wieder wunderte ich mich über seine Meinung, die so anders war, als ich es erwartet hatte. Eigentlich war ich davon ausgegangen, dass er mir jetzt einen Vortrag darüber halten würde, wie bunt das Leben doch sei und dass ich jede Sekunde, die mir geschenkt wurde, genießen solle.

Ich betrachtete das Glitzern des Wassers und überlegte, wie tief ich fallen würde, wenn ich sprang. Erschrocken fuhr ich zurück. Augenblicklich realisierte ich, dass dies nicht meine eigenen Gedanken waren. Niemals hätte ich so etwas in Erwägung gezogen. Ich war mir sicher, es war Belials Einfluss, der einen solchen Gedanken in mir aufkeimen ließ. Er mochte es, mir Dinge einzuflüstern, die mir Schmerzen bereiteten, damit sich seine Schatten davon ernähren konnten. Ich hasste es, dass er mir die Macht über meinen eigenen Körper nahm.

Meine Lippen bebten, als ich mich an die Zeit zurückerinnerte, in der wir eine vollständige Familie gewesen waren. Mom, Dad und ich. Schmerzhaft breitete sich die Schwärze weiter in mir aus und verschlang auch diese Empfindung. Ich meinte sogar schon, Belials Schatten vor mir auf dem Boden kriechen zu sehen. Sie zischten und scharrten unruhig mit den Krallen. Das zerreißende Gefühl ließ mich taumeln und mir wurde schummrig vor Augen. Obwohl ich bei meiner Erinnerung wahrscheinlich hätte weinen sollen oder zumindest einen Anflug von Trauer spüren sollte, fühlte ich nichts. Nur diesen dunklen Schmerz. Er war anders als alles andere, was ich bisher durchmachen musste und nahm mir die Luft zum Atmen. Ich räusperte mich, um den Kloß in meinem Hals zu verdrängen.

„Alles in Ordnung?“, fragte Skander.

Ich erwiderte den Blick seiner dunklen Augen und versuchte, die Fassung zu wahren. Meine Seele wurde entzwei gerissen. So fühlte es sich jedenfalls an. Ich konnte nichts dagegen unternehmen. Ich verabscheute es, derart hilflos zu sein. Die Finsternis stachelte die Schatten um mich herum an, noch lauter mit ihren Krallen auf dem Boden zu scharren. Ich wollte schreien, um mich schlagen und mir die Hände auf die Ohren pressen und gleichzeitig konnte ich nichts davon tun. Mein Körper gehorchte mir nicht.

„Nichts ist in Ordnung “, murmelte ich. Keine Träne floss über mein Gesicht. Wie denn auch, wenn meine Gefühle von Dämonen aufgesaugt wurden? Ein trockener Schluchzer keimte in mir auf und ehe ich ihn zurückhalten konnte, entwich er meinen Lippen. Wütend presste ich sie aufeinander und wich Skanders Blick aus. Ich zuckte zusammen, als er seine warme Hand an meine Wange legte und mein Gesicht zu ihm drehte. Konzentriert sah er mich an.

Ohne ein weiteres Wort zog er mich an sich. Seine Arme legten sich um mich und gaben mir die Geborgenheit und Wärme, welche mir seit Tagen verwehrt gewesen war und mir fremd vorkam. Er strich weder über meinen Rücken, noch fuhr er durch mein Haar. Er hielt mich einfach nur fest.

Langsam fiel die Anspannung von mir ab. Ich atmete tief durch und vergrub den Kopf an seiner Brust. Ließ zu, dass er mir Wärme spendete, mich schützte und die Dunkelheit mit seiner Stärke vertrieb. Die Schatten verflüchtigten sich zu grauem Nebel.

Für einen Moment schloss ich die Augen und genoss, dass mein Körper mir wieder gehorchte. Jetzt hätte ich die Arme um ihn schlingen können, doch ich tat nichts dergleichen. Stattdessen dachte ich darüber nach, wie vertraut Skander roch. Er gab mir Klarheit, ganz im Gegensatz zu Gabriel, der mich mit seinem Duft dazu verlockte, den Kopf zu verlieren und das Chaos in mir bloß anstachelte.

„Danke“, murmelte ich an seiner Brust.

„Wofür?“, raunte er und machte keine Anstalten, sich von mir zu lösen. Stattdessen fing seine Hand an, in beruhigenden Kreisen über meinen Rücken zu streichen. Sein Körper war so warm.

„Dafür, dass du sofort weißt, wenn etwas mit mir nicht stimmt. Dafür, dass du keine Fragen stellst. Und dafür, dass du mir einen Moment Ruhe verschaffst, wenn die Welt um mich herum in Durcheinander ausbricht“, nuschelte ich.

Skander schob mich von sich, hielt meine Schultern fest und sah mir in die Augen. „Es gibt nichts auf dieser Welt, was ich lieber täte.“

Traurig lächelte ich ihn an. Er war zu gut, um wahr zu sein.

„Komm. Deine Grams hat doch mit Sicherheit irgendeinen tollen Tee, der gegen Trübsal hilft.“ Er löste seine Hände von meinen Schultern und schlang den Arm um mich.

Gemeinsam schlenderten wir in Richtung des Waldes.

16 Kapitel

„Du siehst aus wie eine griechische Göttin“, schwärmte Meggie, als Steph aus der Umkleide trat. Dunkelblauer Chiffon umschmeichelte ihre schlanke Figur und wurde über einer Schulter von einer silbernen Brosche zusammengehalten. So machte sie Aphrodite wirklich Konkurrenz.

„Leute, ich glaube, das ist es!“, rief sie zum gefühlt zehnten Mal an diesem Tag.

Ich konnte nicht anders, als ihre Euphorie zu belächeln. In meiner Rolle als Beraterin ging ich auf, was wahrscheinlich daran lag, dass ich mich zu hundert Prozent reinhängte. Keine Sekunde lang wollte ich über meine finsteren Gefühle nachdenken. Über den Hass, der jedes Mal in mir aufkeimte, sobald ich an Gabriel dachte, und mich die Schatten um mich herum spüren ließ. Sie brachten mich dazu, gehässige Antworten zu geben und ließen meinen Körper durchgehend unter Anspannung stehen. Langsam machte ich mir selbst Angst.

„Ich weiß nicht“, grübelte Judy und betrachtete ihre Schwester mit schräggelegtem Kopf. „Dreh dich nochmal.“

So elegant wie möglich kam Steph der Bitte nach, die Arme bis zu den Fingerspitzen durchgestreckt.

„Wundervoll, ganz wundervoll!“, rief die Inhaberin der Boutique und wir zuckten zusammen. Dafür, dass sie so zierlich war, hatte sie ein erstaunlich lautes Sprechorgan.

„Ich finde es auch super“, rief ich über die Kleiderständer mit den Sonderangeboten hinweg und reckte einen Daumen nach oben.

Judy war bereits im ersten Laden fündig geworden und hatte sich für eine apricotfarbene Robe entschieden. Meggie hatte ihr Kleid schon vor Monaten gekauft. Es musste bloß noch an ein paar Stellen geändert werden, damit es perfekt saß.

Ich durchwühlte den Ständer vor mir und betrachtete jedes der Kleider kurz, bevor ich es auf die andere Seite der Stange schob. Irgendwie sahen sie alle gleich aus. Zu lang, zu viel Glitzer, zu bunt, zu ...

Schlagartig erweckte ein weiter Tüllrock meine Aufmerksamkeit. Das Kleid war ein Modell aus der letzten Saison und hing ganz hinten. Gedankenverloren griff ich nach dem Bügel und strich über den schimmernden Stoff.

Ich kannte dieses Kleid. Nein. Ich hatte dieses Kleid bereits getragen! Fassungslos fuhr ich mit den Fingern über die Träger, die aus hauchdünnem Stoff bestanden und breit geschnitten waren. Der Stoff raschelte leise. Kopfschüttelnd hielt ich es am gestreckten Arm von mir weg, um es genauer in Augenschein zu nehmen. Es war tatsächlich das Kleid aus meinem Traum. Das konnte doch nicht wahr sein.

„Du kannst es gerne anprobieren“, sagte die Verkäuferin von der anderen Seite der Kleiderstange und machte eine auffordernde Bewegung in Richtung der Umkleiden. Für einen Moment zögerte ich, kam ihrer Aufforderung dann jedoch nach und verschwand hinter den Holztüren einer freien Umkleide. Schnell streifte ich meine Sachen ab und schlüpfte in den federleichten Stoff.

Wie im Traum, passte es sich meinem Körper perfekt an. Der Saum endete kurz oberhalb der Knie und kitzelte meine Oberschenkel. Der Ausschnitt war zwar gewagt, aber nicht so tief, dass er als unanständig galt.

Es war wunderschön. Ich konnte nicht umhin, mich zu fragen, ob der König der Finsternis das geplant hatte. Erst ließ er dieses Kleid in meinen Träumen erscheinen und jetzt tauchte es in dieser Boutique auf? An einen solchen Zufall konnte ich nicht glauben. Nicht mehr.

„Belial ...“, wisperte ich und drehte mich einmal um meine eigene Achse.

Der Rock fächerte sich genauso auf, wie ich erwartet hatte. Als ich wieder zum Stillstand kam, erstarrte ich. Ich befand mich nicht länger in der engen Umkleide, sondern stand mitten in Belials Arbeitszimmer – falls man den Raum als solches bezeichnen konnte.

Er hatte die Füße auf seinen Schreibtisch gelegt und musterte mich erfreut. Dieses Mal wirkten seine grauen Züge menschlicher, als jemals zuvor. Er schien jedes Mal einen weiteren Teil seiner düsteren Maske abzulegen.

„Du kannst mich nicht einfach tagsüber zu dir holen! So war das nicht abgesprochen!“, rief ich entsetzt und drehte mich zur Tür um, die Gabriel beim letzten Mal eingerissen hatte.

Sie war nicht länger dort. Stattdessen sah ich dort bloß eine kahle Wand, an deren Längsseite eine schwarze Ledercouch stand.

„Du rufst mich und beschwerst dich dann darüber, hier zu landen?“, fragte der König der Finsternis und machte keine Anstalten, aufzustehen. Stattdessen verschränkte er die Arme hinter dem Kopf. „Mach dir nächstes Mal Gedanken, bevor du meinen Namen aussprichst.“

Hatte er nichts Besseres zu tun? Irgendwelche Dämonen umherzuschicken und anderen Leuten das Leben zur Hölle zu machen, beispielsweise?

„Zügel deine Gedanken oder ich werde es tun“, zischte er leise und kniff die schwarzen Augen zusammen.

Ich biss die Zähne aufeinander. Bloß weil er mir menschlicher erschien als sonst, hieß das nicht gleich, dass ich ihn unterschätzen konnte. Er blieb gefährlich.

„Du musst ja nicht hinhören“, gab ich dennoch zurück und dachte fieberhaft darüber nach, wie ich hier wieder rauskommen könnte. Fluchtmöglichkeiten schien es keine zu geben. Es gab nur ein Fenster neben dem Schreibtisch, und da konnte ich mich ja schlecht hindurchstürzen. Derartig lebensmüde war ich wirklich nicht.

Belial beobachtete mich genau. Plötzlich löste er sich in schwarzen Nebel auf und festigte sich vor mir wieder zu seiner hochgewachsenen Gestalt. Meine Hände ballten sich zu Fäusten. Daran würde ich mich niemals gewöhnen können, ganz egal, wie oft ich von ihm heimgesucht werden würde. Die Schatten krochen über den Boden und ließen es aussehen, als schwebe er. Automatisch wich ich zurück, doch er folgte mir wie ein Magnet.

„Eine gute Wahl hast du da getroffen“, zischte er und betrachtete mich ungeniert von oben bis unten. „Jedoch missfällt mir die Farbe ein wenig.“

Er kam näher, bis ich den Rauch riechen konnte, der von ihm ausging, und berührte mit den

Fingerspitzen meine Taille. Augenblicklich verlief eine dunkelgraue, fast schwarze Farbe über den Stoff und tauchte das helle Kleid in vollkommene Dunkelheit. Es sah aus, als ließe man einen Tropfen Tinte auf ein Taschentuch fließen.

„So ist es schon viel besser." Zufrieden musterte er mich.

Wie in meinem letzten Traum hob er die Hand an meine Schulter und fuhr mit dem Finger meinen Arm hinab. Unter der Hitze, die von ihm ausging, zuckte ich zusammen. Dieses Mal war es real. Ich befand mich nicht länger in meiner Traumwelt. Belial hatte es geschafft, in mein Leben einzudringen, um mich auch tagsüber aufzusuchen.

„Es ist mitten am Tag. Bring mich zurück", sagte ich mit fester Stimme und versuchte, mir meine aufbrausenden Gefühle nicht anmerken zu lassen.

„Ist das also die Grenze, die du mir setzen willst, Schattenmädchen?", fragte er und seine Reibeisenstimme fuhr mir in die Glieder. „Tagsüber bist du bei ihm und nachts bei mir? So funktioniert das leider nicht."

Ich kniff meine Augen zusammen. „Ich bin nicht bei *ihm.* Wobei ich nicht wüsste, was dich das angeht. Ich überlasse dir doch schon meine düsteren Gedanken und den Schmerz. Sogar mehr als bereitwillig! Was willst du noch?"

Sein Blick verdunkelte sich. „Oh, ich will so einiges. Allerdings bist du dafür noch nicht bereit. Oder sehe ich das falsch?“

Als die Schatten dieses Mal nach mir griffen, empfand ich es nicht länger als unangenehm. Sie lösten ekstatische Gefühle in mir aus. Sie strichen über jeden Fleck meiner nackten Haut und ich wich nicht länger vor ihnen zurück. Stattdessen war ich versucht, dem Gefühl der Gier zu erliegen und vor Wonne die Augen zu schließen. Erschrocken über meine Gedanken sah ich Belial an. Doch ich spürte das genaue Gegenteil von dem, was ich eigentlich fühlen wollte. Mein Blick schweifte von seinem aschfarbenen Haar über seinen dunklen Körper und wieder hoch zu seinen feixenden Gesichtszügen. Das Blut rauschte laut durch meinen Körper und ich spürte das unbändige Verlangen, mich auf ihn zu stürzen und meine Finger in seinem Rücken zu vergraben.

„Ich ... Ich will ...“, flüsterte ich und leckte mir die Lippen.

„Was willst du?“, fragte Belial und kam näher. Sein Gesicht war bloß noch eine Handbreit von meinem entfernt.

Mein Gott, ich wollte alles. Wollte *ihn.* Allerdings flackerte im selben Moment ein Bild von Gabriel vor meinem inneren Auge auf und ich wich zurück.

Enttäuscht schnalzte Belial mit der Zunge. „Du hast eine Entscheidung gefällt. Die falsche, möchte ich meinen. Aber ich gebe dir noch etwas Zeit, dich für mich zu entscheiden, keine Sorge.“ Seine Lippen verzogen sich zu einem Lächeln. Es war boshaft und niederträchtig und hätte mir wahrscheinlich Angst einflößen sollen. Doch ich spürte keine Furcht.

„Du musst aufhören, mir diese Finsternis einzupflanzen. Ich kann mich kaum noch konzentrieren. Darunter leide nicht nur ich, sondern auch mein Umfeld“, sagte ich so fest wie nur möglich, auch wenn meine Knie sich butterweich anfühlten. Ich fühlte die Nachbeben der Gelüste, die seine Berührungen in mir ausgelöst hatten.

Er trat an mich heran, legte die Finger unter mein Kinn und zwang mich, ihn anzusehen. „Ich bin der König der Finsternis, Emma. Was denkst du, ist meine Aufgabe?“

„Anderen Leuten das Leben zur Hölle machen, damit du deine merkwürdigen Kreaturen am Leben erhalten kannst“, sprach ich und ließ mich von den schwarzen Wirbeln in seinen Augen nicht einschüchtern. Zumindest versuchte ich es.

Augenblicklich brannten seine Finger heiß auf meiner Haut und ich glaubte zu spüren, wie sich dort Blasen bildeten. Ich versuchte, ihm auszuweichen, stieß jedoch mit dem Rücken gegen die Wand. Die Luft wurde aus meinen Lungen gepresst. Belial stützte sich mit den Armen neben meinem Gesicht ab und kesselte mich ein. Jetzt gab es kein Entkommen mehr.

„Ja, ich muss meinen Hof ernähren. Es ist meine Aufgabe, dafür zu sorgen, dass sie am Leben bleiben. Genau wie dein Vater in einer Bibliothek arbeitet, um dich zu ernähren“, erklang es bedrohlich leise und die Schatten um seine Züge schnellten wild in die Höhe.

Unwillkürlich fragte ich mich, woher er wusste, wo mein Vater arbeitete, und schluckte schwer. Meiner Familie durfte nichts passieren. Ich würde alles tun, was er von mir verlangte, solange er meine Familie in Ruhe ließ.

„Was habe ich damit zu tun?“, fragte ich und verfluchte meine belegte Stimme dafür, dass sie so unsicher klang.

Belial nahm einen tiefen Atemzug und eine unsagbare Schwere legte sich auf meinen Körper, die es mir unmöglich machte, meine Gedanken zu sortieren oder gar vor ihm zu verbergen. Meine Lider wurden bleiern, doch ich zwang mich dazu, sie offen zu halten.

„Braucht nicht jeder König eine Königin?“, fragte er leise und seine Zähne blitzten weiß hervor. Auch seine Haut schien durch die Dunkelheit hindurch. Die Schatten wurden immer transparenter. Vielleicht lag es aber auch an der Finsternis, die von mir Besitz ergriff. Ich wusste es nicht.

„Du hast gesagt, du würdest dich an der Dunkelheit in mir laben. Dass du sie mir nehmen würdest – nur dazu habe ich zugestimmt. Nicht mehr und nicht weniger“, nuschelte ich. Meine Gliedmaßen wurden immer schwerer, je näher er kam.

„Aber genau das tue ich doch“, grinste Belial und schloss die Lücke zwischen uns. Seine Arme legten sich um mich wie dunkle Schwingen, als ich nach vorne sackte und der Schwere erlag.

„Emma, bist du noch da drin?“ Jemand hämmerte mit der Faust gegen die Umkleide.

Wie aus tiefem Schlaf erwacht, schreckte ich hoch.

Erleichtert stellte ich fest, dass das Kleid noch immer dieselbe Farbe hatte wie zuvor und nicht schwarz war. Aus den Spiegeln der Umkleide blickte mir dasselbe Mädchen entgegen, das ich jeden Morgen im Spiegel sah. Auch wenn sie sich verändert hatte. Die Gesichtszüge waren feiner und an manchen Stellen etwas zu spitz. Mein Teint sah reiner aus, als ich es gewohnt war, und wirkte porzellanartig. Im Kontrast dazu waren meine Lippen so gut durchblutet, dass es aussah, als trüge ich dunklen Lippenstift.

Vorsichtig fuhr ich mit den Fingern über mein Gesicht. Ich erkannte mich selbst kaum wieder, so unmenschlich wirkte ich. Was nicht heißen sollte, dass ich entstellt war. Nein, im Gegenteil, ich sah schön aus. Zart und dennoch scharf geschnitten.

Wie eine Rose, meinte ich Belials Stimme zu hören, doch schüttelte mir diesen Gedanken sogleich aus dem Kopf.

„Aller klar!“ antwortete ich möglichst unbeschwert und ließ mir meine Panik darüber, dass die Visionen mich inzwischen auch tagsüber heimsuchten, nicht anmerken. Die Veränderung brodelte nicht mehr nur in meinem Inneren, sie machte sich auch äußerlich bemerkbar.

In Zukunft würde ich wirklich aufpassen müssen, dass ich seinen Namen nicht mehr so leichtfertig über die Lippen brachte. Langsam bereitete mir Belials Einfluss ernsthafte Angst. Vielleicht war es achtlos gewesen, den keltischen Knoten nicht länger zu tragen. Immerhin hatte er mir die Dunkelheit vom Leib gehalten. Jetzt war sie mein ständiger Begleiter geworden. Nein, mehr als das. Ich wurde eins mit der Finsternis und es gab nichts, was ich dagegen unternehmen konnte. Obwohl mir der König der Finsternis Angst bereitete, konnte ich nichts gegen die aufbrausenden Gefühle tun, die er in mir auslöste.

Ich rieb mir die müden Augen und trat an die niedrigen Holztüren. „Was meint ihr?“ Ich öffnete die Kabine und ließ die kritischen Blicke meiner Freundinnen über mich ergehen.

Ablenkung. Ich durfte nicht darüber nachdenken, was gerade mit mir geschah. Das würde es bloß verschlimmern.

„Wow“, entfuhr es Judy, die an die Tür geklopft hatte, um nach mir zu sehen.

„Du siehst klasse aus!“, rief auch Steph.

Ich biss mir auf die Lippe und wartete gespannt auf Meggies Meinung. Diese betrachtete mich kritisch von oben bis unten und deutete mir mit dem Finger an, mich herumzudrehen. Ich kam ihrer Bitte nach, wobei ich inständig hoffte, nicht erneut in Belials Räumlichkeiten zu landen.

Meine Freundin grinste. „Wenn du das Kleid nicht nimmst, tu ich es. Dann werde ich beim Ball zwei Kleider tragen und es ist mir schnurzpiepegal, was die anderen dazu sagen.“ Ihrem Ausdruck nach zu urteilen, meinte Meggie es wirklich ernst.

Kurz erwog ich, an meinem Plan festzuhalten und nicht zu der Veranstaltung zu gehen. Doch als ich in die fröhlichen Gesichter meiner Freundinnen blickte, konnte ich gar nicht anders, als meine Meinung zu ändern. Es wäre eine Chance, meiner Gedankengrütze wenigstens für einen Abend zu entgehen.

„Na gut. Ich bin dabei.“

Warum sollte ich mir nicht ein wenig Spaß gönnen? Meine Seele war sowieso schon auf der Strecke geblieben.

17 Kapitel

Während Meggie den Reißverschluss meines Kleides hinaufzog, fuhr ich mit den Fingern gedankenverloren über den weiten Tüllrock. Ich nahm eine der Schichten zwischen meine Finger und hielt sie ins milde Licht der Deckenlampe, die mein Zimmer beleuchtete.

Höchst widerwillig war ich auf Meggies Vorschlag eingegangen, dass wir uns bei mir im Zimmer zurechtmachen würden. Ja, ich ging mit zum Ball, aber trotzdem hielt sich meine Begeisterung für eine erneute Rundumerneuerung in Grenzen.

Nach der letzten Woche hatte Meggie ziemliche Mühe, meine Augenringe zu überschminken. Ich schob es auf den Klausurstress, woraufhin meine Freundin nicht genauer nachhakte, da es bei ihr ähnlich aussah.

Belial suchte mich inzwischen fast jede Nacht heim. Wenn er zu beschäftigt war, dann hielten mich Bilder von meiner Mom, Gabriel oder anderen Situationen auf Trab. Momente, die mein Leben negativ geprägt hatten und dunkle Gefühle in mir auslösten, sodass ich drohte, in einen tiefen Abgrund zu stürzen. Ich fühlte mich inzwischen wie eine Blutspenderin, die jeden Tag etwas abnehmen ließ. Nur, dass es sich in meinem Fall nicht um Blut handelte, sondern um aufsteigende Finsternis. Ein schreckliches Gefühl, doch sobald ich darüber nachdachte, verflüchtigte sich auch diese klare Empfindung und ich verlor die Macht, meine Gedanken zu steuern.

Ich war jedoch nicht die einzige, die kurze Nächte hinter sich hatte. Meggie plapperte so aufgekratzt, dass sie mich kaum zu Wort kommen ließ. Sie war der festen Überzeugung, dass sich heute ihr Schicksal mit Marcus entscheiden würde. Seit über zwei Stunden breitete sie mir ihre Pläne immer wieder aus. Sie stellte sich den Ball wie im Märchen vor und wollte bis zu einem langsamen Song warten, um ihm endlich ihre Gefühle zu gestehen. Voller Inbrunst trug sie mir ihre einstudierte Rede vor und erwartete gespannt meine Reaktion. Angesichts ihrer Aufgeregtheit blieb mir gar nichts anderes übrig, als ihr gut zuzureden und Mut zu machen. Wobei ihr Liebesgeständnis echt niedlich war.

Meggie probierte verschiedene Frisuren an mir aus. Sie klebte falsche Wimpern auf meine Lider, obwohl ich mich immens sträubte, weil sie sich wie fette Raupen anfühlten. Auch meine Nägel wurden passend zum Kleid lackiert. Es war die reinste Folter, doch als meine Freundin mich nach einer weiteren Stunde zum Spiegel bugsierte, staunte ich nicht schlecht.

Mit den pinkfarbenen Nägeln, den Peeptoes und der kunstvollen Flechtfrisur, aus der sich einige

Strähnen lösten, sah ich wirklich aus wie eine Prinzessin. Eigentlich fehlten nur noch ein kitschiges Diadem und lange weiße Handschuhe. Wie bei einer Misswahl würde ich huldvoll winken. Weltfrieden. Ich wünsche mir Weltfrieden, übte ich in Gedanken und grinste bescheuert über mein abstruses Kopfkino.

„Wie machst du das bloß immer?“, fragte ich meine Freundin und drehte mich vor dem Spiegel hin und her.

„Ein Gesicht ist wie eine Leinwand. Man kann es nach Lust und Laune verschönern“, lächelte Meggie und wirkte für den Moment überhaupt nicht mehr aufgeregt.

Während meine Freundin noch letzte Strähnen mit Haarspray fixierte, packte ich meine Habseligkeiten in die Handtasche. Ich stopfte das Handy, einen Lipgloss, meinen Ausweis und etwas Geld hinein. Nach einem kurzen Blick auf meinen Nachttisch, ließ ich Skanders Notizbuch samt Stift folgen. Ich war mir ganz sicher, dass ich letzten Endes irgendwo alleine herumsitzen würde, während meine Freundinnen mit ihren Begleitern tanzten. Dann könnte ich die Eindrücke des Abends festhalten. Inzwischen schrieb ich mehrmals täglich in das kleine Büchlein. Ich nutzte es als Ventil, um die wenigen Emotionen, die mir geblieben waren, zu verarbeiten. Für das wohlige Gefühl, das sich dabei jedes Mal in mir ausbreitete, war ich unendlich dankbar.

Ich half Meggie in ihre magentafarbene Robe, dann machten wir uns gemeinsam auf den Weg nach unten. Übertrieben langsam ging ich Stufe für Stufe hinunter und hoffte inständig, mich an diesem Abend nicht zu blamieren, indem ich stolperte und hinfiel.

Mit einem Mal realisierte ich, dass ich tatsächlich auf einen Ball gehen würde. In einem Kleid, welches mir der Herrscher der Finsternis höchstpersönlich herausgesucht hatte. Schlimmer konnte es kaum mehr werden.

Der Ballsaal sah aus wie im Film. Das musste ich mir sofort eingestehen, als ich die Turnhalle der Herford betrat. Von der muffigen Halle, in der wir einmal wöchentlich Unterricht über uns ergehen lassen mussten, war nichts mehr zu erkennen.

Die Dekoration war in schlichtem Schwarz, Weiß und Silber gehalten und wirkte sehr glamourös. Den Hallenboden hatte man mit dünnen Schichten einer silberfarbenen Folie ausgelegt, unter der die Markierungen der verschiedenen Spielfelder kaum noch durchschienen. An den Decken hingen zahllose Girlanden, die mich an meinen Geburtstag erinnerten, und die Wände hatte man mit passenden Bannern beklebt. Direkt unter der Tribüne war eine Bühne errichtet worden, auf der die vom Ballkomitee engagierte Band spielte. Davor sah ich bereits einige Paare unter einer Discokugel tanzen, die das Licht in schillernden Farben an die Wände reflektierte.

„Schick, oder?“, fragte Meggie und hakte sich bei mir unter.

Ich erinnerte mich an unseren ersten gemeinsamen Abend und lächelte. „Definitiv besser als erwartet“, gab ich zu und erntete ein triumphierendes Grinsen.

Das Gesicht meiner Freundin leuchtete noch mehr auf, als sie sah, wer am anderen Ende des Buffets stand. Marcus.

Er unterhielt sich angeregt mit einem Spieler der Fußballmannschaft. Als er Meggie entdeckte, blieb sein Mund für einen Moment offen stehen. Dann kratzte er seinen Hinterkopf, murmelte seinem Kumpel etwas zu und bewegte sich in unsere Richtung. Dies war eindeutig das Zeichen, mich schleunigst aus dem Staub zu machen. Ich wollte Meggies Plan nicht im Weg stehen, also lief ich zum Buffet. Hoffentlich verstand Marcus diesen Wink mit dem Zaunpfahl und machte endlich klar Schiff. Anderenfalls würde ich ihm höchstpersönlich an den Kragen gehen.

Bei den Getränken angekommen, sah ich gerade noch, wie Chris den Flachmann, den er eben noch über die Bowle gehalten hatte, wieder in der Innentasche seines Jacketts verschwinden ließ. Kopfschüttelnd beobachtete ich, wie er großzügig einen Becher füllte und diesen seiner Begleitung reichte. Dieser Vollidiot.

Da die Bowle jetzt gepimpt war, blieb mir für meinen Plastikbecher nichts anderes als Mineralwasser übrig.

„Siehst gut aus, Parker."

Skander lehnte seitlich am Tisch und schüttelte sich die Locken aus der Stirn.

Er hatte sich richtig in Schale geworfen und war von oben bis unten in einen schwarzen Anzug gehüllt. Es war das erste Mal, dass ich ihn ohne zerschlissene Jeans erblickte. Er sah noch besser aus als sonst.

„Ihr Anblick ist auch nicht zu verachten, Mr Liable", erwiderte ich und grinste. „Will ich wissen, was Chris in die Bowle gekippt hat?"

„Wahrscheinlich nicht. Wollen wir probieren?", fragte er schmunzelnd.

Bisher war ich gar nicht auf die Idee gekommen, mich zu betrinken. Auf einmal schien mir die Vorstellung, meine Gedanken für den Abend zu lähmen, gar nicht mal so schlecht.

„Wieso nicht?", fragte ich schulterzuckend und beobachtete Skander, der uns jeweils eine Kelle der roten Flüssigkeit einschenkte.

„Auf einen unvergesslichen Abend."

Ich grinste ihn an, bevor wir anstießen. Erstaunt stellte ich fest, dass man den Alkohol gar nicht herausschmeckte. Die Bowle war süß wie Erdbeersirup. Hastig kippte ich den Rest des Plastikbechers hinterher.

„Nachschub?“, fragte Skander mit dem gleichen herausfordernden Blick, den er mir auch schon bei meiner Geburtstagsfeier zugeworfen hatte.

„Wieso habe ich schon wieder das Gefühl, dass du mich abfüllen willst?“, entgegnete ich, hielt ihm meinen mit Lipgloss verunstalteten Becher dennoch entgegen.

Mit einem zufriedenen Grinsen füllte er ihn abermals, wir stießen an und tranken auf ex. Dann fasste er mich beim Arm und zog mich in Richtung Tanzfläche. Überrascht folgte ich ihm, musste allerdings aufpassen, nicht versehentlich aus den hohen Schuhen zu schlüpfen. Ich sah Skander verdutzt an, als er seine Hand unterhalb meines Schulterblattes ablegte und meine Finger umfasste. Unbeholfen nahm ich Tanzhaltung ein, wobei ich nicht genau wusste, was ich mit meiner Linken machen sollte.

Die Band spielte einen Song, den ich nicht kannte und ich versuchte, mich auf die lauen Gitarrenklänge zu konzentrieren. In meinem Bauch breitete sich die wohlige Wärme des Alkohols aus. Die Schatten, meine ständigen Begleiter der letzten Wochen, zogen sich zurück und ließen mich wenigstens für den Moment in Ruhe. Ich seufzte.

Skander blickte mich aus seinen dunklen Augen an und begann, mich durch simple Schrittfolgen zu führen. Entspannt glitten wir über die Tanzfläche, vorbei an Judy und Steph, deren vielsagende Blicke ich geflissentlich ignorierte.

Mein Tanzpartner drehte mich aus, grinste verschmitzt und zog mich wieder an sich. Das konnte er wirklich gut. Sogar noch besser, als ich erwartet hatte. Skander überraschte mich immer wieder aufs Neue. Seine Bewegungen waren weich, geschmeidig und es fiel mir leicht, mich ihnen anzupassen, wenn ich mich ein wenig konzentrierte. Ich spürte die angenehme Wärme, die von ihm ausging und fühlte mich schwerelos.

Ein Luftzug strich durch den Raum und holte mich mit einem Ruck in die Realität zurück. Das Lied der Band verklang in meinen Ohren und ein sachtes Kribbeln breitete sich über meinem Körper aus. Jede Faser meines Körpers war plötzlich angespannt. Ich war mir sicher, dass ich ohne den Alkohol mit Sicherheit wieder jenes zerreißende Gefühl verspürt hätte, das ich im Café verspürt hatte.

Gabriels Anwesenheit war selbst aus der Entfernung zum Halleneingang so präsent, dass ich mich gar nicht zur Tür umzudrehen brauchte. Ich umklammerte Skanders Arm etwas fester und zwang mich dazu, mein Umfeld wieder an die Oberfläche meines Bewusstseins zu beschwören.

Hier sollte ich sein. In Skanders Armen. Dieser Tanz und dieses Lied waren meine Bestimmung. Nicht der Gancanagh, der mein Herz hatte fallen lassen. Nicht *er*.

Was zur Hölle tat er auf *meinem* Frühjahrsball? War er etwa mit einem anderen Mädchen hier, das er ausnutzen und letztendlich ebenfalls wie Abfall entsorgen konnte?

Das Bild von ihm mit einer Anderen im Arm versetzte mir einen innerlichen Hieb, den ich selbst durch die Betäubung des Alkohols spüren konnte. In meinen Ohren hallte das Zischen der Schatten wider. Sie zappelten angesichts der hasserfüllten Gefühle, die mich durchströmten.

Ich atmete tief durch und konzentrierte mich auf Skanders wiegende Schritte. Erschöpft lehnte ich meine Stirn gegen seine Brust. Das Scharren der Schatten wurde immer lauter. Sie verursachten mir Übelkeit und hinter meinen Augen begann es zu pochen wie bei einer Migräne.

„Zu viel Bowle?“ Skanders Reibeisen Stimme ertönte so laut in meinen Ohren, als hätten mehrere Leute gleichzeitig gesprochen.

„Es geht schon. Danke“, erwiderte ich und hob meinen Kopf wieder an.

Ihm war anzusehen, dass er mir meine Ausrede nicht abkaufte, aber etwas anderes, als ihn anzulügen, blieb mir momentan nicht übrig.

Leise verklangen die letzten Töne des Songs und die Pärchen um uns herum stoben teilweise so hastig auseinander, als hätten sie sich aneinander verbrannt. Skander jedoch hielt seine Hand noch immer dicht an meinem Rücken, als befürchte er, ich könne jeden Moment umkippen.

„Darf ich abklatschen?“, fragte jemand hinter mir.

Ich erstarrte zur Säule. Steif drehte ich mich um.

Gabriel stand vor mir, eine Hand lässig in der Hosentasche vergraben.

Unser letztes Zusammentreffen war knapp eine Woche her, trotzdem kam es mir vor, als hätte ich ihn eine Ewigkeit nicht gesehen. Diese Erkenntnis schmerzte, ebenso wie die Tatsache, dass ich ihn vermisst hatte. Ich verfluchte mich für diesen Gedanken, doch ich konnte das Ziehen in meinem Brustkorb nicht verhindern. Es gab keine Worte für die Leere in mir, die sich mit einem Mal füllte.

Gabriel trug eine anthrazitfarbene Anzughose, auf ein Jackett über dem rauchblauen Hemd hatte er verzichtet. Die Mühe, seine Haare auch nur ansatzweise zu bändigen, hatte er sich nicht gemacht.

Stattdessen waren sie wirr wie immer und schimmerten im silbrigen Licht des Ballraums. Unter seinen Augen lagen Schatten, die wahrscheinlich genauso tief waren wie meine eigenen, die sich unter dem Make-Up verbargen.

Skander kniff die Augen zusammen und musterte Gabriel abschätzend.

„Ist schon okay", sagte ich schließlich und fasste meinen Freund behutsam am Arm.

Er sah mich eindringlich an und zuckte schließlich gleichgültig mit den Schultern. Dann lief er in Richtung der Tische davon.

Die Töne des nächsten Liedes schlugen an und umgehend griff Gabriel nach meinem Arm, um ihn sich um den Körper zu legen. Anschließend ruhte seine Hand sachte auf meinem Rücken. Er fasste mich nicht ansatzweise so sorglos an, wie Skander es tat, und trotzdem durchfuhr mich die Berührung wie ein Schlag. Mit einem Mal fühlte ich mich so wach, wie noch nie in meinem Leben und auch mein benebelter Geist klärte sich. Ich meinte schon, seine Hand direkt auf meiner nackten Haut zu spüren, so unvorbereitet reagierte ich auf den Energiestrom.

„Musste das sein?" Starr blickte ich über Gabriels Schulter hinweg und unterdrückte den Sturm der Gefühle, der in mir aufbrauste.

Er ignorierte meine Frage und drehte mich unter seinem Arm hindurch. Wie von selbst, ohne auch nur im Geringsten auf meine Schritte zu achten, folgte ich seiner Führung. Es fühlte sich an wie eine ganz natürliche Reaktion meines Körpers.

„Du hast mir keine Chance gelassen, mit dir zu reden. Ich dachte, vor der gesamten Schule würdest du bestimmt keinen Aufstand machen.“ Gabriel betonte seine Worte, als würde er mit einem bockigen Kind sprechen. Er klang wie mein ehemaliger Grundschullehrer und ich hasste ihn dafür.

Ich wollte auf der Stelle davonstürmen, doch er gab mir nicht die Gelegenheit dazu. Als hätte er meinen Fluchtversuch geahnt, hob er mich mühelos ein Stück hoch und wirbelte über die Tanzfläche. Oh, wie gerne ich ihm eins übergebraten hätte.

„Was für ein raffinierter Plan“, bemerkte ich spitz.

„Ja, nicht wahr?“, gab er zurück.

Ich strafte ihn mit einem frostigen Blick. Als ich in seine Augen sah, stolperte ich über meine eigenen Füße. Auch bei meinem zweiten Fauxpas führte er mich weiter zwischen den anderen Paaren hindurch. Die Intensität des Grüns seiner Iris überwältigte mich. Wie ich diese arrogante Belustigung vermisst hatte! Doch weder mein Stolz noch mein Abkommen mit Belial ließen zu, dass ich mich meinen Gefühlen hingab. Dafür war es längst zu spät.

„Was willst du hier, Gabriel?“, fragte ich kühl. Ich konnte mir nicht erlauben, jetzt Schwäche zu zeigen. Ganz gleich, wie gerne ich mich dieser Anziehung hingegeben hätte. Egal, wie sehr ich mich danach verzehrte, mein Gesicht in der Kuhle seines Schlüsselbeins zu vergraben und niemals wieder aufzusehen.

Wieder antwortete er nicht, sondern wiegte mich in seinen Armen. Mein Körper folgte ihm ohne Protest. Ich konnte nichts dagegen tun.

„Es ist nicht wahr“, sagte er mit einem Mal so leise, dass ich es eigentlich nicht hätte verstehen können. Doch ich hörte jedes Wort klar und deutlich. Seine melodische Stimme würde immer zu mir durchdringen. Mein Körper war diesem Singsang von Anfang an schutzlos ausgeliefert gewesen, daran änderte sich auch jetzt nichts.

„Was?“ Ich nahm soweit Abstand von ihm, wie er es zuließ und schaute ihm ins Gesicht. Was jetzt auch folgen würde, er schien nicht zu wissen, ob er das Richtige tat.

„Was Ava gesagt hat. Es stimmt nicht.“

Fassungslos starrte ich ihn an. „Wie bitte?“

Gabriel seufzte leise, unterbrach den Tanz jedoch nicht. Die Sekunden kamen mir plötzlich unendlich lang vor.

„Ich wollte, dass sie dir die Erinnerung an mich nimmt. Aber nicht aus den Gründen, die sie dir genannt hat“, fuhr er fort.

Meine Hände verkrampften sich an seiner Schulter.

Was sollte das? Wieso versuchte er plötzlich, die Situation zu ändern? Die Schatten kreischten angesichts meines Aufruhrs und ich zuckte zusammen. Mein Brustkorb schien sich zu verengen und ich rang nach Atem. Gedanken wirbelten durch meinen Kopf und ich konnte meine eigenen inzwischen nicht mehr von Belials unterscheiden. Hass keimte in mir auf, doch ich unterdrückte ihn – wie Flammen, die man unter einer Decke erstickt. Gleichzeitig wurde ich wütend. Ich wollte meine Hände zu Fäusten ballen und auf Gabriels Brustkorb eindreschen, dafür, dass er jetzt kam und meine Gefühlswelt von Neuem aufriss. In mir geschah so viel und ich war nicht länger dazu imstande, meinen Schild aufrecht zu erhalten.

„Gabriel, ich kann nicht ...“, stammelte ich, doch er unterbrach mich sanft.

„Bitte, lass mich ausreden.“ Er nahm ein wenig Abstand, um mir in die Augen zu sehen. Seine Hand fuhr sacht über meinen Rücken. „Kannst du dich noch an unser erstes Treffen erinnern?“

Natürlich konnte ich das. Es war kaum mehr als zwei Monate her und eine der ersten Erinnerungen an meinen Neuanfang. Das eisige Frappé auf meiner Hose würde ich mit Sicherheit nicht so schnell vergessen.

„Jedem anderen Mädchen hätte ich aufgeholfen“, äußerte er und seine Hand kam in meinem Kreuz zum Stillstand.

Ich erschauerte, spürte aber gleichzeitig, wie erneuter Zorn in mir aufkam. Dieses Mal lag der Ursprung bei mir und nicht bei Belial, da war ich mir sicher.

„Du weißt schon, dass das kein Kompliment ist, oder? Man entschuldigt sich normalerweise, indem man sich wie ein Gentleman verhält und nicht wie ein selbstgefälliger Idiot.“ Eigentlich wollte ich schnippisch klingen, konnte aber selbst hören, dass dies nicht länger funktionierte.

„Du verstehst nicht.“ Gabriel seufzte. „Du hast mich so herausfordernd angesehen, dass mir gar keine andere Wahl blieb, Emma. In deinem Blick konnte ich alles erkennen. Den Schmerz, den du stets hinter deinem Lächeln versteckst und gleichzeitig diesen unbändigen Lebenswillen, an dem du dich mit aller Kraft festhältst. Als ich zum ersten Mal in deine Augen sah, wusste ich es“, murmelte er und zog mich wieder dichter an sich heran, sodass sein Mund oberhalb meines Ohrs verharrte. „Du warst meine Hoffnung.“

Plötzlich drehte er mich aus und ich fürchtete, gegen eines der anderen Pärchen zu stoßen. Kurz darauf zog er mich zurück an sich und nach Halt suchend presste ich die Hand gegen seinen Brustkorb.

Die Sprenkel um Gabriels Pupillen begannen zu tanzen und mein Herz machte einen Satz. Ich fühlte mich, als hätte er mich wieder zum Leben erweckt. Die Finsternis ebbte ab und das Scharren der Schatten verklang in meinen Ohren, als ich mich völlig diesem Moment hingab.

„Du hast recht. Ich bin selbstgefällig“, sagte Gabriel mit einem Mal.

„Was du nicht sagst“, erwiderte ich atemlos und genoss insgeheim diesen flüchtigen Augenblick seiner Nähe, auch wenn ich mich dafür verdammte. Ich wollte mich der Wonne seiner Worte und des Atems auf meiner Haut nicht hingeben, tat es aber ganz wie von selbst. Mein Körper fügte sich seinem, so wie sich das Schicksal gefügt hatte, als er in mein Leben trat.

„Jedem anderen Mädchen hätte ich aufgeholfen und es danach die Begegnung vergessen lassen“, fuhr Gabriel gedämpft fort. „Ich habe dich absichtlich liegen lassen, Emma. Aber nur, weil ich dich kennenlernen wollte. Weil ich mir gewünscht habe, dass du mich im Gedächtnis behältst. So hochmütig bin ich.“

Wie konnte er bloß all diese schönen Dinge wispern, wenn seine Taten doch komplett gegensätzliche Gefühle widerspiegelten? Deshalb nannte man ihn Liebesredner. Weil er einen um den Verstand bringen konnte mit seinen diskrepanten Aussagen.

„Aber wieso hast du Avalee darum gebeten, mich mit dem Glanz zu manipulieren?“, fragte ich aufgebracht.

„Auch ich bin nur ein Mann“, schmunzelte Gabriel und verwirrte mich noch mehr.

„Was hat das damit zu tun?“, entgegnete ich.

„Nachdem wir uns geküsst hatten, wusste ich nicht, inwieweit du Schaden davon getragen hast. Ich bat Ava darum, dich im Auge zu behalten, nur zur Sicherheit.“

„Und da hast du ihr ganz nebenbei erzählt, dass ich unter Panikattacken leide.“ Meine Brauen schossen in die Höhe.

„Natürlich nicht, nein. An deinem ersten Schultag war meine Schwester diejenige, die dich dazu bewegt hat, Atemnot zu bekommen. Sie hat eins und eins zusammengezählt und mich gewarnt, dass wir vorsichtig sein sollen. Als sie dich dann in der Schule derart aufgebracht sah, hielt sie es für besser, wenn du zumindest unseren gemeinsamen Nachmittag vergisst. Außerdem wollte sie sehen, ob du wirklich nicht auf den Zwang reagierst. Nachdem sich dies bewahrheitete, sah sie keinen anderen Weg. Sie musste dir Schmerz zuzufügen, damit du nicht länger auf diese Weise an mich denkst."

In meinem Kopf ratterte es.

„Also wolltest du mein Gedächtnis gar nicht komplett löschen."

Gabriel sah mir fest in die Augen und schüttelte den Kopf. „Nein, das wollte ich zu keinem Zeitpunkt."

„Und du kannst nicht lügen", hängte ich mit zusammengekniffenen Augen hinterher. Ich fühlte gar nicht mehr, wie wir über die Tanzfläche glitten. Ich folgte jedem von Gabriels Schritten, als wären es meine eigenen, und blendete die Welt um uns herum aus. In meinen Gedanken waren wir das einzige Paar in der Halle und tanzten zu einem Lied, das nur wir hörten.

„Wir lügen nicht."

Mein Herzschlag setzte aus. Er verwendete dieselben Worte, die er auch am Telefon benutzt hatte. „Aber du hast es absichtlich so klingen lassen, als hättest du gar nicht vorgehabt, mich weiterhin zu sehen!"

Gabriel neigte den Kopf. „Ich bin ein Idiot."

Kopfschüttelnd sah ich ihn an. „Wenn du das sagst, ist das die Wahrheit, richtig?"

Er nickte.

„Bist du ein blöder Arsch?“, fragte ich und beobachtete seine Reaktion.

Er sah kurz zur Decke, atmete tief ein und nickte.

„Bist du ein eingebildeter Volltrottel?“, hakte ich nach und sah interessiert dabei zu, wie er versuchte, den Kopf zu schütteln.

„Das kommt darauf an, wer mich fragt“, sagte er. Sein Mundwinkel verzog sich und gab die kleine Kerbe preis, die mir so gefiel. „Würde Ava mich fragen, hieße die Antwort nein. Bei dir“, er versuchte erneut, die Frage mit dem Kopf zu verneinen, schien dabei allerdings gegen eine unsichtbare Mauer zu stoßen, „wäre die Antwort wohl eindeutig.“

Wärme durchflutete meinen Körper und ich spürte, wie sich ein Lächeln auf meinem Gesicht ausbreitete. Es war das erste ehrliche Lächeln seit Wochen.

„Kein Grund, übermütig zu werden, *a ghrá*“, schalt Gabriel mich leise, aber seine Augen funkelten amüsiert.

Ich überlegte angestrengt, was ich ihn noch fragen konnte. Was interessierte mich brennend? Worauf wollte ich eine absolut ehrliche, direkte Antwort haben? Ein Gedanke blitzte in meinem Kopf auf und ich hielt das triumphierende Grinsen zurück, zu dem sich mein Mund verziehen wollte.

„Das heißt, du warst wirklich dabei, Gefühle für mich zu entwickeln, die allem widersprechen, was du dir für den Rest deiner Existenz vorgenommen hast?“ Ich wiederholte die Worte, die er an meinem Geburtstag als bedeutungslosen Scherz abgetan hatte. Gespannt wartete ich auf seine Antwort.

„War ja klar, dass dir ausgerechnet diese Aussage besonders im Kopf hängenbleibt.“ Gabriel schüttelte belustigt den Kopf.

Ich holte mit meiner Hand aus und boxte ihm gegen die Schulter. Dieser arrogante Mistkerl. Er war der Frage ausgewichen. Das war dann wohl die Antwort, nach der ich gesucht hatte. Ich besann mich darauf, wieder an ihm vorbei zu sehen.

Plötzlich hielt Gabriel inne und löste seine Hand aus meiner. Eine Woge der Enttäuschung machte sich in meinem Körper breit.

Er legte eine Hand an meine Wange und verdutzt sah ich ihm ins Gesicht. Sein Blick sprach Bände. Inzwischen loderte das Gold in seinen Augen wie Feuer. Dieses Mal hielt er nicht kurz über meiner Haut inne, sondern umfasste mein Gesicht. Ich fuhr nicht zusammen, auch wenn mich die Energie seiner Berührung völlig überwältigte und kraftvoll durch mich strömte.

„Ja, ich war dabei, Gefühle für dich zu entwickeln“, sagte er mit fester Stimme.

Ich hielt den Atem an und schluckte schwer. Mein Herz blieb stehen und pochte im nächsten Moment holprig.

Gabriel zog mich dichter an sich heran. Dann neigte er den Kopf und lehnte seine Stirn gegen meine. Ich atmete seinen Duft ein und meine Knie wurden weich. Zum Glück hielt er seine andere Hand weiter in meinem Kreuz und stützte mich. Seine Energie ergriff meinen Körper und die Dunkelheit der letzten Tage verblasste.

„Deine Abneigung mir gegenüber wird nichts daran ändern können. Genauso wenig wie der König der Finsternis höchstpersönlich. Es gibt nichts auf dieser Welt, das mich davon abhalten könnte, dir von Tag zu Tag mehr zu verfallen“, sagte er leise. Jedes seiner Worte durchdrang mich und erschütterte mein Innenleben bis auf den Grund.

Die Handtasche rutschte von meinem Handgelenk und fiel geräuschvoll herunter. Die darin verstauten Dinge breiteten sich auf dem Boden aus, doch ich realisierte das nicht einmal. Wie betäubt stand ich da und starrte Gabriel völlig überrumpelt an.

Er grinste schief. „Wenn du ab sofort immer so reagierst, sobald ich dir meine Gefühle gestehe, lasse ich es beim nächsten Mal lieber bleiben“, witzelte er und strich mit dem Daumen sacht über meine Unterlippe. Für einen Moment dachte ich, er würde mich küssen. Bedauerlicherweise kam er meinem Wunsch nicht nach, sondern löste sich von mir und ging in die Hocke.

Ach ja. Die Tasche.

Ich griff die Clutch aus seiner Hand und hielt sie ihm benommen hin, als er begann, die Kleinigkeiten vom Boden aufzuklauben. Er richtete sich auf und ließ sie zurück in das bunte Innenfutter fallen. Ich runzelte die Stirn. Notizbuch samt Stift fehlten. Wäre es der Lipgloss gewesen, hätte es mich nicht geschmerzt, aber mein Tagebuch sollte nun wirklich niemand finden. Dort standen Dinge drin, die eindeutig nicht für fremde Augen bestimmt waren.

„Was ist los?“, fragte Gabriel, die Stirn in Furchen gelegt.

„Moment“, murmelte ich und strich mir eine meiner Strähnen aus der Stirn, um den Hallenboden abzusuchen. Irgendwo musste das verflixte Notizbuch doch sein.

Da! Knapp zwei Meter von mir entfernt, am Rand der Tanzfläche, sah ich es liegen. Ich hastete dorthin und griff es erleichtert vom Boden auf, bevor jemand darauf treten konnte oder es gar aufhob. Vorsichtig strich den Schmutz vom Einband.

„Mein Notizbuch“, erklärte ich beiläufig und drehte mich wieder zu Gabriel um. „Mann, bin ich froh, dass …“

Weiter kam ich nicht. Gabriel riss mir das schwarze Buch aus der Hand und starrte es mit weit aufgerissenen Augen an.

„Wo zur Hölle hast du das her?“, knurrte er.

Bestürzt sah ich ihn an. „Was?“

Gabriels Blick wurde giftgrün vor Zorn, seine Muskeln waren urplötzlich angespannt. Es war das erste Mal, dass ich erkannte, wie gefährlich er sein konnte. Vor mir stand nicht länger der junge Mann, den ich kannte. Dies war der Gancanagh, der in dieser Sekunde dazu bereit war, jemanden in Stücke zu reißen.

„Das Buch – wer hat es dir gegeben?“ Er hatte sichtliche Mühe, sich zu beherrschen.

„Ich habe es zum Geburtstag bekommen, aber was tut das zur Sache?“, stammelte ich und fasste ihn vorsichtig am Arm. „Beruhige dich doch!“

Er entzog sich meiner Berührung. „Weißt du, was das ist?“, fauchte er und seine Stimme jagte mir einen Schauer über den Rücken. Diesmal war es kein angenehmes Gefühl. Eher so, als fröstelte ich.

„Herrgott, Gabriel! Gib mir mein verdammtes Notizbuch zurück!“, rief ich.

Er stieß einen animalischen Laut aus und packte mich schlagartig bei den Schultern. „Emma, das ist ein *taibhreamh leabhar*!“, rief er.

Ich schluckte schwer. Zwar hatte ich keine Ahnung, was ein Taidingsbums war, aber so wie es aussah, war es ihm mehr als ernst.

„Was bedeutet das?“, fragte ich benommen und versuchte mir meine Angst über seinen Ausbruch nicht anmerken zu lassen. Langsam wurde ich mir der Blicke bewusst, die zu uns hinübergingen.

Gabriel ließ mich los und begann, vor mir auf und ab zu gehen, wobei er sich mehrfach durchs Haar fuhr. Dann blieb er plötzlich stehen und sah mich so eindringlich an, dass ich das Gefühl hatte, nichts mehr vor ihm verbergen zu können.

„Das hier“, er hielt das schwarze Büchlein hoch, „ist eine direkte Verknüpfung zum Dunklen Hof. Sobald ein Sterblicher dort hineinschreibt, verliert er ein Stück seiner Seele.“ Seine Stimme war mit einem Mal so beunruhigend gefasst, dass sie mir weitaus mehr Angst einjagte, als noch wenige Sekunden zuvor.

„Ich glaube, du täuschst dich. Das hier ist doch nichts weiter, als ein stinknormales Tagebuch.“ Ich wollte danach greifen, doch Gabriel zog seine Hand weg.

„Was steht hier drin?“, fragte er.

Perplex sah ich ihn an. Ich konnte doch schlecht offenlegen, was ich in den letzten Wochen emotional durchgemacht hatte. Dann würde er mich für vollkommen durchgeknallt halten.

„Ich ... Das geht dich nichts an“, stotterte ich und griff erneut nach meinem Tagebuch.

Wieder zog Gabriel seine Hand reflexartig fort und warf mir einen bedauernden Blick zu. Dann schlug er die erste Seite auf.

„Gabriel, nein!“, rief ich machte einen Satz auf ihn zu.

Er starrte auf das Papier.

„Emma!“ Jemand fasste mich beim Arm.

Erschrocken fuhr ich herum. Bei Judys entsetztem Gesichtsausdruck sackte mir das Herz noch weiter in den Keller.

„Was ist passiert?“, schoss es aus mir heraus.

„Marcus hat Meggie einen Korb gegeben.“ Judy biss sich auf die Lippe.

„Wie bitte?“, rief ich und vergaß Gabriel völlig, der neben mir stand und leise etwas murmelte.

Das Tagebuch war mit einem Mal aus meinen Gedanken verschwunden. Ich wusste genau, wie sehr Meggie dem heutigen Abend entgegengefiebert hatte.

„Sieh nur“, meinte Judy und deutete mit dem Kopf in Richtung Tanzfläche.

Mein Blick schweifte über die Menge und blieb abrupt hängen, als ich Marcus dunklen Schopf erkannte. Eng umschlungen tanzte er mit einem Mädchen, das ich flüchtig aus dem Matheunterricht kannte. Gerade noch konnte ich sehen, wie sie die

Arme um seinen Hals schlang und ihn innig küsste. Mein Mund klappte auf und gleich wieder zu. Ich konnte kaum glauben, was ich da sah. Dieser Schweinehund! Ich nahm all meine Beherrschung zusammen, um nicht sofort dorthin zu stürmen und die beiden auseinander zu zerren. Doch dann blitzte ein anderer Gedanke in meinem Kopf auf.

„Wo ist Meggie?", fragte ich und sah mich in der Halle hektisch nach meiner Freundin um. Es war aussichtslos. Inzwischen waren die Lichter gedämmt und immer mehr Menschen strömten durch die Eingangstüren hinein.

„Ich kann sie nicht finden. Leider habe ich mein Handy in Stephs Auto gelassen. Kannst du versuchen, sie zu erreichen?" Judy trat unruhig vom einen aufs andere Bein.

„Aber natürlich." Ihr war anzusehen, wie aufgewühlt sie war. „Ich kümmere mich darum."

„Du bist ein Schatz, danke", sagte Judy und warf einen sehnsüchtigen Blick über ihre Schulter. Ihr Begleiter stand wenige Meter hinter ihr und hatte die Hände in den Taschen seiner Anzughose vergraben.

„Ich sag dir Bescheid, wenn ich sie gefunden habe." Ich machte eine verscheuchende Bewegung mit meiner Hand.

„Bist du dir sicher? Ich kann gerne mitkommen, falls sie noch mehr Trost braucht", sagte Judy und schien hin- und hergerissen zwischen ihrer freundschaftlichen Solidarität Meggie gegenüber und ihrer Schwärmerei für diesen breitschultrigen Kerl aus dem Jahrgang über uns.

„Mach dir keine Gedanken. Sie wird das verstehen“, munterte ich sie auf und ruckte mit dem Kopf in Richtung Tanzfläche. „Geh schon!“

Meine Freundin strahlte und küsste mich auf die Wange, bevor sie wippend zu ihrer Begleitung zurücklief und diese in Richtung Tanzfläche zerrte.

Ich drehte mich zu Gabriel um.

„Gabriel, ich ...“ Mir blieben die Worte im Hals stecken. Dort wo er eben noch gestanden hatte, war nun ein älterer Mann mit Kamera zu sehen, der stolz ein paar Fotos seines Sohnes machte.

Er hatte mich stehen lassen. Wollte er mich auf den Arm nehmen? Der Kerl besaß vielleicht Nerven! Verwirrt schweifte mein Blick in Richtung der Eingangstüren, hinüber zu den Tischen, an denen mich die Eltern mancher Mitschüler mitleidig musterten.

Ich verdrehte die Augen und seufzte. Zuerst einmal musste ich meine Freundin trösten. Um Gabriel und sein merkwürdiges Verhalten konnte ich mich später noch kümmern. Meggie hatte definitiv Priorität. Ich hatte Angst, dass sie irgendetwas Unüberlegtes tat, also steuerte ich hastig auf den Seitenausgang zu und stemmte mich gegen die Tür. Zum Glück war sie am heutigen Abend nicht abgeschlossen, wie unter der Woche. Erstaunt stellte ich fest, dass sich an dieser Seite keine Treppe nach oben befand, wie ich angenommen hatte. Stattdessen ragten zu beiden Seiten Steinmauern in die Höhe. Ich lief an einer Gruppe von Rauchern vorbei und stellte mich etwas abseits hin, um meine Freundin in Ruhe anrufen zu können. Im Durcheinander meiner Tasche kramte ich nach meinem Handy. Als ich es endlich fand, tippte ich die Kurzwahltaste, die Meggie in meinem Handy eingespeichert hatte.

Das Freizeichen hallte viel zu laut in meinen Ohren wider. Nach dem dritten Klingeln hob sie endlich ab. Erleichtert atmete ich auf.

„Meggie, ich habe es gerade gesehen. Es tut mir so leid! Soll ich ihn verprügeln?“, plapperte ich drauflos und hielt mir mit dem Finger das andere Ohr zu, da selbst hier die Musik aus dem Inneren der Halle noch laut zu hören war.

„Hallo Prinzessin“, erklangen mehrere Stimmen gleichzeitig am anderen Ende der Leitung.

Mein Atem blies dünne Nebelwölkchen in die Abendluft, das Blut rauschte in meinen Ohren.

„Hat es dir die Sprache verschlagen?“, höhnte Belial. Ich konnte sein diabolisches Grinsen vor meinem inneren Augen sehen.

„Was hast du mit Meggie gemacht, du perverses, mieses ...“

„Na, na, na. An deiner Stelle würde ich aufpassen, was ich sage.“

„Was willst du von mir?“

Ein herzloses Lachen ertönte am anderen Ende der Leitung. „Du hast mich enttäuscht, Emma. Ich habe keine Verwendung mehr für dich“

„Das ist eine Sache zwischen dir und mir. Lass meine Freundin da raus.“ Eine Welle der Übelkeit spülte über mich hinweg.

„Nimm dich nicht so wichtig“, zischten die Chöre Belials. Selbst durch das Telefon meinte ich Dunkelheit zu spüren, die mit ihren Klauen nach mir griff. „Ein gebrochenes Herz ist mindestens genauso erquickend für meine Schatten, wie die zersplitterte Seele eines Mädchens, das den Tod ihrer Mutter nicht verarbeiten kann.“ Dann legte er auf.

Das Freizeichen donnerte in meinen Ohren wie ein Gewitter. Die kalte Luft in meinen Lungen fühlte sich an wie Eiskristalle, die sich in meine Organe bohrten. Mein Versuch, einen kühlen Kopf zu bewahren, scheiterte kläglich und ich wimmerte leise.

Belial hatte Meggie in seiner Gewalt und es war meine Schuld. Er war hier gewesen und hatte mich mit Gabriel gesehen. Nur deshalb hatte er sich an meiner Freundin vergriffen. Fieberhaft überlegte ich, was ich tun sollte, doch meine Gedanken wirbelten so wild durcheinander, dass ich keinen einzigen davon zu fassen bekam.

Mit einem Mal wurde mir bewusst, dass er das von Anfang an geplant hatte. Meine Träume von diesem Kleid, der schmalen Gasse mit den hohen Steinmauern. Ich sah mich um und stellte bestürzt fest, dass mein Alptraum wahr geworden war. Kein Funken Licht erleuchtete den dunklen Durchgang. In meine Nase drang der Rauch der Gruppe am Seitenausgang, die inzwischen wieder in die Halle gegangen war. Der Stoff des Kleides raschelte um meine Knie und plötzlich wusste ich genau, was ich tun musste. In einer fahrigen Bewegung strampelte ich mir die hohen Schuhe von den Füßen und tat, was ich schon etliche Male im Traum getan hatte:

Ich rannte der Dunkelheit entgegen.

18 Kapitel

Das Echo meiner Schritte hallten von den hohen Wänden wider. Ganz im Gegensatz zu meiner Traumwelt hatte diese Gasse ein Ende. Sie mündete in der Treppe, die hinauf zum Schulhof führte und ich fluchte leise, als ich vor der ersten Stufe stehenblieb. Hier war nirgends eine Tür. Ich drehte mich frustriert im Kreis und blickte mich um.

Plötzlich kam mir eine Idee. Fest kniff ich die Augen zusammen.

„Belial, du verfluchter Mistkerl, ich schwöre dir, wenn du Meggie auch nur ein Haar krümmst, dann werde ich dich eigenhändig umlegen!"

Licht umhüllte mich und ich blinzelte verwirrt. Es hatte funktioniert.

Ich befand mich in dem Raum ohne Türen, den ich mittlerweile schon so gut kannte. Regale ragten hinter dem verlassenen Schreibtisch in die Höhe und durchs Fenster drang Licht. Diesmal wusste ich es besser. Das hier war nur Schein. Eine Fassade, um zu vertuschen, was für ein Monster Belial in Wahrheit war. Mit einem Mal schien mir das sterile Licht künstlich und die kühle Luft ließ meinen Körper erzittern.

Ein unterdrückter Laut ertönte und erschrocken fuhr ich herum. Meggie lag auf dem Sofa. Ihr Körper war mit schwarzen Fesseln ruhiggestellt, von denen gefährlich aussehender Qualm aufstieg. Ihre Wimperntusche war verwischt und das Haar hing ihr in die Stirn. Die Haut auf ihren eingefallenen Wangen schimmerte gräulich. Schatten fuhren an ihrem Körper hinauf und hinab. Es sah aus, als saugten sie jegliche Lebensenergie aus dem Körper meiner Freundin. Die Geschöpfe scharrten auf dem Boden. Es klang, als kreischten Krallen über eine Schiefertafel.

Mit einem Aufschrei machte ich einen Satz auf die Ledercouch zu und die Schatten stoben auseinander. Meggies Kehle entwich ein gedämpftes Wimmern. Aus ihrem Mund ragte ein Knebel, der aus purer Dunkelheit zu bestehen schien. Auch ihre Fesseln waren nicht greifbar für mich. Sobald ich versuchte, an ihnen zu rütteln, griff ich in schwarzen Nebel, schien ihren Körper aber dennoch nicht erreichen zu können. Schweißperlen traten auf meine Stirn, als ich versuchte, die heißen Seile zu durchtrennen. Es brannte wie verrückt, doch davon ließ ich mich nicht abhalten. Belial wollte meiner Freundin schaden? Nicht mit mir!

Meggie zitterte und ein klagender Laut entwich ihren halb geöffneten Lippen.

„Keine Sorge, ich hole dich hier raus“, sagte ich fest und umfasste behutsam ihr Gesicht.

Ihre Augen starrten mir leer entgegen, als wäre sie in einer Art Trance.

„Meggie, hör mir zu! Du musst wach bleiben!“, rief ich und schüttelte sie bei den Schultern.

Langsam kehrte ein Glimmen zurück in ihre Augen. Ihr Blick huschte wild durch den Raum und blieb schließlich auf meinem Gesicht hängen. Dann schüttelte sie heftig den Kopf.

„Meggie, beruhige dich. Ich hole dich hier raus. Das verspreche ich dir“, sagte ich und legte alle Zuversicht in meine Stimme, die ich aufbringen konnte.

Der Knebel erstickte Meggies Worte. Ihre Augen weiteten sich und sie ruckte mit dem Kopf in meine Richtung. Ihr Körper wippte auf und ab. Besorgt sah ich ihr in die Augen. Sie klärten sich von Sekunde zu Sekunde mehr. Verstört sah sie mich an und ihr Gesicht verzog sich. Ein unheimlicher Schauer krabbelte meine Wirbelsäule hinauf und ich verstand.

Steif drehte ich mich um.

Er stand gegen den Schreibtisch gelehnt, unbefangen wie üblich, und verschränkte die Arme vor der Brust. Das gewohnt teuflische Grinsen breitete sich auf seinen Zügen aus und entblößte eine Reihe seiner spitzen, weißen Zähne. Und endlich sah ich, was sich hinter den Schatten verbarg, die sonst auf seiner Haut tanzten. Ich war mir sicher, einen Herzstillstand zu erleiden. Mein Körper war vollkommen erstarrt und ich fühlte mich, als würde ich diese bizarre Situation als Außenstehende betrachten.

Vor mir stand Skander. In seinem schwarzen Anzug. Locken fielen ihm in die Stirn und er sah mich mit blitzenden Augen an. Eigentlich war er wie immer.

„Was machst du hier?“ Meine Stimme war nicht mehr als ein erschüttertes Krächzen.

„Ach, das Übliche. Dämonen umhertreiben, anderen Leuten das Leben zur Hölle machen“, gab er zurück und erfreute sich sichtlich an meiner entgeisterten Miene.

„Was soll das?“ Mein Blick schweifte von Skander zurück zu Meggies entsetztem Gesicht. Schließlich blieb mein Blick auf dem Grinsen meines Freundes hängen. Mein Verstand wollte nicht begreifen, was ich gerade erlebte.

Skander hob seine Hand, und die Schatten verdichteten sich. Sie kamen von allen Seiten, quollen aus den Wänden und schlichen zäh über den Boden. Der Raum verdunkelte sich. Ein kühler Luftzug kam mir entgegen, der sich schwer um mich legte und mir das Atmen beinahe unmöglich machte. Schatten schlängelten sich an Skanders Füßen hinauf, stießen kreischende Laute aus und fraßen sich in seine Haut.

Sie verschlangen seinen Körper und tanzten wild über sein Gesicht.

Seine Locken nahmen eine dunkle Farbe an und schwankten zwischen gräulichem Schwarz und der Farbe von heißer Asche. Seine Augen verdunkelten sich immer weiter, bis das Weiß darin dieselbe graue Farbe annahm. Er drehte den Kopf und ließ seinen Nacken knacken. Danach strich er sich die Locken nach hinten und ich konnte nicht glauben, wer mir entgegenblickte.

Der König der Finsternis.

Ich schwankte zwischen dem Bedürfnis, mich zu erbrechen oder augenblicklich in Ohnmacht zu fallen. Inständig wünschte ich mir, dass es sich um einen Alptraum handelte. Alles andere würde ich nicht aushalten.

„Auf genau diesen Gesichtsausdruck habe ich schon seit Wochen gewartet“, zischte Belial. Dieses Mal hatte er nur eine Stimme. Die Reibeisenstimme meines Freundes. Ein vertrauter Klang, der mir plötzlich Angst einflößte.

Mit denselben, selbstbewussten Schritten, die ich an Skander bewundert hatte, kam der König der Finsternis auf mich zu.

Ich konnte mich kein Stück bewegen. Mein Körper war paralysiert, auf eine ganz andere Weise als beim elfischen Glanz. Ich hörte meinen eigenen Herzschlag donnern und hatte das Gefühl, die Welt stünde still. Die Stille im Raum war unerträglich. Bloß mein eigener, abgehackter Atem war zu hören.

Ich brauchte Luft. Ich wünschte mir, mich bewegen zu können, mich gegen das was kommen würde, zur Wehr zu setzen. Oder auch einfach nur meine Ohren zuzuhalten, doch ich konnte nicht. Kam nicht gegen meine eigene Erstarrung an. Es fühlte sich an wie eine meiner Panikattacken, nur dass ich dieses Mal bei vollem Bewusstsein blieb – mit der Gewissheit, dass mir niemand helfen würde. Ich war allein.

„Überrascht? Es ist ja nicht so, als hätte ich dir keine Hinweise gegeben“, fuhr Belial fort und zuckte mit den Schultern. Eine harmlose Geste, wie ich sie auch schon etliche Male zuvor bei ihm gesehen hatte.

Als ich jetzt in sein Gesicht sah, war ich dazu imstande, hinter die Dunkelheit zu blicken, die sich um ihn wand.

Alles Liebe, Prinzessin, hallte es in meinen Ohren wider und ich zuckte zusammen.

Es tut auch mal ganz gut, wenn man loslässt und das Ruder aus der Hand gibt.

Schwer schluckte ich die Galle herunter, die in meinem Hals aufstieg.

So schlecht ist die Dunkelheit auch wieder nicht.

Die Hitze, die ständig von ihm ausging. Gabriels Blicke, die nicht mich, sondern ihn gestraft hatten.

Skanders merkwürdige Reaktion auf den Talisman. Die Art, wie sich seine Augen jedes Mal verdunkelten, sobald ich ihn länger ansah.

„Skander Liable“, krächzte ich.

Langsam rasteten die Zahnräder in meinem Kopf ein und es klickte so laut, dass ich zusammenzuckte.

„Liable ... Belial.“ Die Erkenntnis schmerzte so sehr, dass ich glaubte, mein Herz würde jeden Moment einfach aufhören zu schlagen. Wie war das möglich? Warum hatte mich niemand vor dieser alles verschlingenden Dunkelheit gewarnt?

Doch, jemand hatte es getan. Gabriel.

Er hatte mich gewarnt, wollte mich beschützen, doch ich war so sehr auf meine eigene Gefühlswelt fixiert gewesen, dass ich alles andere außer Acht gelassen hatte.

Belial umkreiste mich langsam. „Du hast deine Hausaufgaben gemacht. Sehr gut“, lobte er leise. Anscheinend bereitete es ihm großen Spaß, die exakten Szenarien aus meinen Träumen nachzuspielen.

Ich war nicht länger dazu imstande, das Würgen zu unterdrücken. Aus meiner Betäubung erweckt, beugte ich mich vornüber und keuchte trocken.

Mein Körper hatte mich vorwarnen wollen. Die Anzeichen waren dagewesen, doch ich schlichtweg zu blind, um sie zu erkennen. So sehr war ich mit mir selbst beschäftigt gewesen. Mit dem Gedanken, ein neues Leben zu führen. Krampfhaft fixiert darauf, Freundschaften zu schließen.

„Ach, jetzt sei doch nicht so melodramatisch. Ich bin immer noch derselbe.“ Der wohlwollende Klang seiner Stimme verstärkte meinen Brechreiz nur.

„Du ... du...“, brachte ich mühsam hervor, doch meine Stimme brachte nicht die Kraft auf, die Worte auszusprechen, die mir im Kopf umherschwirrten.

„Ich ... ich...“, äffte Belial mich nach. Er kam vor mir zum Stehen und lachte höhnisch. Dabei wippten seine Locken so vertraut auf und ab, dass ich den Kopf schüttelte. Das konnte nicht wahr sein. Es *durfte* einfach nicht wahr sein.

„Wirklich, das ist noch besser, als ich es mir ausgemalt habe.“ Er legte den Kopf schräg und funkelte mich amüsiert an.

Ich sah ihm in die Augen, versuchte irgendein Anzeichen dafür zu finden, dass mein Freund noch in diesem boshaften, von Schwärze heimgesuchten Körper steckte. Doch ich wurde enttäuscht.

Seine Pupillen waren schwarz. Ein schmaler Rand um seine Iris deutete an, dass sie bis eben noch von einem warmen Braun gewesen waren.

Noch vor ein paar Stunden hatten wir miteinander getanzt. Ich hatte seine Hände auf meinem Körper gespürt und die Geborgenheit gefühlt, die mir seine

Gesellschaft spendete. Das alles konnte doch nicht nur Einbildung gewesen sein!

„Wieso?"

Belial kniff die Augen nachdenklich zusammen. Dann zuckte er mit den Schultern. „Langeweile? Nenne es, wie du willst."

Langsam kehrte Leben zurück in meine Glieder. Meiner Fassungslosigkeit wich heißem Zorn, der sich in meinem Körper ausbreitete.

„Langeweile?", wiederholte ich leise, mehr zu mir selbst. Apathisch schüttelte ich den Kopf. „Langeweile." Ein schrilles Lachen drang aus meiner Kehle.

Mit aller Kraft, die ich aufbringen konnte, holte ich aus und verpasste ihm eine schallende Ohrfeige. Zwar flog sein Kopf nicht annähernd so weit zur Seite, wie ich eigentlich erhofft hatte, aber der Schmerz in meiner eigenen Hand gab mir ein klein wenig Genugtuung. Leider war ebendieser Schmerz der Beweis dafür, dass es sich hierbei nicht um einen Alptraum handelte.

„Ich hasse dich." Mit aller Emotion, die ich aufbringen konnte, schleuderte ich Belial die Worte entgegen und wünschte mir von Herzen, es auch so zu meinen.

Belial ließ seinen Kiefer kreisen, bis er knackte, und ein Lächeln breitete sich auf seinen Zügen aus. Urplötzlich kam er mit seinem Gesicht dicht an mich heran und nahm einen tiefen Atemzug, der mich erschauern ließ. Ich wich vor ihm zurück und stolperte fast über meine eigenen Füße. Mit dem Rücken prallte ich gegen die Wand.

„Du lügst. Das schmecke ich“, behauptete er. Er legte den Kopf schräg und sah mich sichtlich zufrieden an. „Hast du mir beim letzten Mal etwa nicht zugehört? Wesen der Dunkelheit ernähren sich von menschlichen Empfindungen. Ich weiß genau, was du mir gegenüber fühlst, Prinzessin.“

„Gar nichts weißt du!“, schrie ich. Ich wollte, dass mir jemand einen Eimer Eiswasser über den Kopf schüttete, damit ich aus diesem schrecklichen Alptraum erwachte und feststellte, dass alles beim Alten war. Dass mein bester Freund keine Bestie war, die mich der Dunkelheit zum Fraß vorwerfen wollte. Der mich nicht hintergangen und getäuscht hatte, seit dem Augenblick, in dem er neben meinem Spind gelehnt und sich die wirren Locken aus der Stirn geschüttelt hatte.

„Ich weiß alles, was du niemals jemandem anvertrauen wolltest. Schließlich hast du reichlich in dein Tagebuch geschrieben und dann auch noch den Talisman des Gancanaghs abgenommen.“ Sein Grinsen wurde grotesk und entblößte seine spitzen Zähne. „Ich kenne deine Gefühle mir gegenüber genau, Emma. Deine Seele hat mich zu sich gerufen.“ Er kam dichter an mich heran und ich nahm seinen Duft wahr, der mir so bekannt erschien. Doch jetzt war er mit etwas anderem gemischt. Etwas Dunklem, das meine Knie erzittern ließ.

„Ich weiß von deiner Unsicherheit bei meinen Berührungen, die du trotz deines Widerstandes genossen hast. Von dem Vertrauen, das du mir entgegengebracht hast, als du dachtest, alles um dich herum würde dir entgleiten. Von deinen Gefühlen für den Gancanagh, dem du zu verfallen drohtest. Und von deiner inneren Zerrissenheit durch den Tod deiner Mutter."

Er sah mir tief in die Augen und diesmal konnte ich mich nicht vom Fleck rühren. Das Einzige, was mir Halt gab, war die Wand hinter mir, die meinen Rücken stützte. Belial hob seine Finger an meinen Mund und fuhr sachte mit dem Daumen über meine Lippen. Ich verfluchte meinen eigenen Körper für das Begehren, das in ihm aufkeimte.

„Widerstand ist zwecklos, Prinzessin. Ich kann sehen, dass du dich selbst jetzt, wo du weißt, was ich bin, nach mir verzehrst." Er kam dicht an mein Ohr und senkte seine Stimme zu einem Flüstern. „Die einzige Person, die du dafür hassen kannst, bist du selbst. Weil du die Kontrolle verlierst und dich nicht dagegen wehren kannst." Er zog sich ein Stückweit zurück und sah mich an. Ich konnte nur noch auf seine

Lippen starren, die sich meinem Gesicht näherten. Gerade als ich dachte, er würde mich küssen, zog er sich abrupt von mir zurück und das Verlangen verschwand augenblicklich. Mein Atem ging rastlos.

„Ich habe mir lange genug gewünscht, dass du dich mir hingibst. Leider hast du deine Chance vertan", ertönte seine Reibeisenstimme mit gespieltem Bedauern. „Zum Glück habe ich auf die Schnelle einen passenden Ersatz gefunden."

Ein gurgelnder Laut erinnerte mich daran, dass ich stark bleiben musste. Ich linste an Belials schwarzer Erscheinung vorbei und sah Meggie an, die gegen die schwarzen Fesseln ankämpfte. Ihr hilfloser Anblick erfüllte mich mit neuer Kraft. Ich hatte ihr versprochen, sie heil hier raus zu bekommen und daran würde ich mit all meinem Sein festhalten.

„Du hättest sehen sollen, wie sich ihre Seele verdunkelte, nachdem Marcus ihr von seiner neuen Freundin erzählte." Der König der Finsternis grinste kopfschüttelnd. „Ihr Sterblichen seid so stumpfsinnig."

Wut pulsierte in meinen Adern. Ich hatte nur noch einen Gedanken: Meggie wohlbehalten nach Hause zu bringen. Sie sollte nichts mit dieser verrückten Welt zu tun haben. Sie gehörte nicht hierher.

Ich richtete mich auf und bedachte Belial mit einem kalten Blick. „Gibt es dein neues Aussehen nur inklusive der königlichen Allüren?"

Er lächelte mich an. Boshaft, aber ehrlich. Diese Geste wirkte so vertraut, dass es schmerzte. „Ah. Da ist sie ja wieder. Meine vorlaute, kratzbürstige Emma."

Ich unterdrückte das Bedürfnis, ihm meine Faust ins Gesicht zu rammen.

„Das hier ist eine Sache zwischen uns beiden. Meggie hat nichts damit zu tun. Lass sie gehen", bat ich ihn und versuchte so viel Respekt in meine Stimme zu legen wie nur möglich. Es fiel mir wirklich schwer, da ich mich am liebsten sofort mit ausgefahrenen Krallen auf ihn gestürzt hätte. Dieser hinterlistige Teufel klang allen Ernstes, als würde er mich besitzen. Als würde er mich *kennen*.

Belial schnalzte mit der Zunge. „Ich denke, dafür ist es ein wenig zu spät. Und auch wenn ich mich inzwischen an eure Gesellschaft gewöhnt habe, muss ich meinen Hof ernähren. Irgendwann kommt der Zeitpunkt im Leben, in dem man Prioritäten setzen muss. Leider genießt Meggie diesen Vorrang nicht." Er machte auf dem Absatz kehrt und schlenderte zu meiner Freundin, deren Augen sich schreckhaft weiteten. Dann warf er einen kurzen Blick über die Schulter. „Das verstehst du doch sicher."

Er hob die Hand und wieder flossen von überallher Schatten in den Raum. Ihr Fauchen und Kreischen legte sich schwer auf meinen Körper und zwang mich nieder. Nur mit allergrößter Kraft schaffte ich es, aufrecht stehenzubleiben.

Die Schatten schlichen zu Belial und wurden lebendiger, als sie Meggies erschlafftem Körper näher kamen. Ich sah, wie sie durch ihren geöffneten Mund direkt in ihren Körper drangen. Sie verzog das Gesicht vor Schmerz, rutschte von der Couch und schlug auf dem Steinboden auf. Ihr Rücken krümmte sich und kein Laut verließ ihre Lippen. Ihre Züge waren vor Entsetzen verzerrt, eine Maske des Schreckens, und ihr Körper wurde von einem unkontrollierten Zucken geschüttelt.

„Nein!“, schrie ich.

Ich sprang auf Belial zu, wollte mit meinen Fäusten auf ihn eindreschen und mich vor meine Freundin werfen, doch die Schatten hielten mich davon ab. Die Laute, die sie ausstießen, lähmten mich. Als ich versuchte, mich loszureißen, durchfuhr mich urplötzlich ein sengender Schmerz. Er schoss durch meine Beine, die Gliedmaßen hinauf, direkt in mein Gehirn. Ich stieß ein gequältes Stöhnen aus.

„Mach es mir doch nicht so schwer.“ Belial ließ sich auf das Sofa fallen und überkreuzte seine Beine lässig. Zufrieden beobachtete er, wie seine Schatten sich an Meggies geschwächtem Körper ergötzten.

„Sie sollen aufhören!“ Jedes Wort bereitete mir Anstrengung und ich fühlte mich so schwach und hilflos wie noch nie in meinem Leben. „Nimm mich! Nimm mich an ihrer Stelle!“

Belial stieß ein höhnisches Lachen aus, das mir einen unangenehmen Schauer über den Körper jagte. „Du bist berechenbar, Prinzessin. Das muss ich dir lassen.“

„Wenn ich gewusst hätte, dass du dich an Meggie vergreifst, wäre ich sofort mit dir gekommen“, brachte ich hervor und biss die Zähne aufeinander. Ich fühlte mich, als würde ich innerlich verbrennen.

„Natürlich wärst du das. Aber wo bliebe denn dabei der Spaß?“ Seine Zähne blitzten aus der Dunkelheit hervor und er schüttelte die Asche-Locken aus seiner Stirn. „Ich wollte, dass du dich mir freiwillig hingibst. Für einen flüchtigen Moment hattest du das auch, bis du mich für den Gancanagh hast stehen lassen. Jede Aktion bringt eine Konsequenz mit sich, Emma. Genau wie sich hinter jedem Licht ein Schatten verbirgt. Damit wirst du jetzt leben müssen.“

Verzweifelt bäumte ich mich auf. „Ich habe ein bisschen länger gebraucht, um das zu verstehen. Aber jetzt bin ich soweit!“, rief ich.

Einer der Schatten schnellte nach vorn und peitschte mir ins Gesicht. Vor Schmerz schrie ich auf. Unter der Berührung der heißen Klaue schlug meine Haut Blasen und riss auf. Ich wankte, Übelkeit überkam mich und die Kreatur drängte mich nieder.

Kalter Schweiß perlte auf meiner Stirn und meine Knie knickten ein. Mühsam hob ich den Kopf. Meine Sicht war verschleiert von Blut und Schweiß und trotzdem genügte die verschwommene Sicht auf meine Freundin, um einen Funken in meinem Inneren zu zünden. Dieser eine flüchtige Blick genügte, um mich wieder aufzuraffen. Es war mein Verschulden, dass sie hier gelandet war. Also war es meine Aufgabe, dafür zu sorgen, dass sie wieder hinausfand.

„Bitte Skander", flehte ich leise. Absichtlich verwendete ich den Namen, mit dem ich ihn kennengelernt hatte, in der Hoffnung, zumindest einen Funken Menschlichkeit in ihm zu erkennen. Ein metallischer Geschmack breitete sich in meinem Mund aus.

Der Dunkelfae kniff die Augen zusammen und ließ seine Schatten mit einer leichten Bewegung seiner Hand Einhalt gewähren. Meggies Körper sackte leblos auf dem Boden zusammen und ich keuchte erleichtert auf.

„Wie lautet dein Angebot?" Seine Stimme klang gefährlich leise und dröhnte gleichzeitig von den Wänden wider. Es war, als könne dieser rauchige Klang selbst durch Granit schneiden.

„Mein Angebot", keuchte ich und spürte, wie warmes Blut meine Wange hinab lief. Der Geruch von verkohltem Fleisch biss sich in meine Nase und mit

Mühe unterdrückte ich ein Würgen. „Du lässt Meggie gehen und dafür bleibe ich bei dir. Für immer."

Belial grinste schief. Das Blitzen in seinen schwarzen Augen jagte mir eine Gänsehaut über den Körper. „Für immer wäre in deinem Fall nicht allzu lang."

Ich erstarrte. Dann war es also wirklich seine Absicht, mich mit Haut und Haaren seinen Kreaturen anzubieten. Mir beim Sterben zuzusehen, zu seinen eigenen Zwecken. Um seinen Hof am Leben zu erhalten. Unfassbar, wie dicht Leben und Tod beieinander lagen.

Vorsichtig wagte ich einen Schritt vor in Richtung meiner Verdammnis. Erleichtert stellte ich fest, dass sich die Dunkelheit kein Stück bewegte und mich die Schatten dieses Mal nicht angriffen. Ich trat vor den König der Finsternis und versuchte, mit aller Kraft den leblosen Körper meiner Freundin zu ignorieren. *Meggie lebt noch*, schrie ich mir in Gedanken zu. Ich würde sie nicht sterben lassen. Eher legte ich mein eigenes Leben in die Hände dieses Abschaums.

Ich ging vor ihm in die Knie und sah von unten in seine verdunkelten Augen. Sie zeigten keinerlei Regung, sondern stierten mich unergründlich an. Diese schwarzen Pupillen verschlangen alles, was ihnen in die Quere kam und ließen nichts übrig, was von Bedeutung war.

„Ich gebe dir alles, was in meiner Macht steht. Das verspreche ich dir.“ Tief atmete ich ein. „Meggie hat das nicht verdient. Lass mich ihren Platz einnehmen. Bitte.“

Auf Knien, komplett gedemütigt, erwartete ich seine Antwort. Jede Sekunde fühlte sich an wie eine Ewigkeit und ich hielt die Luft an.

Mit einem Mal hob Belial seine Hand und schnipste. Ich zuckte zusammen, als Meggies Körper neben mir sich in dichten, schwarzen Nebel auflöste. Der Geruch von verbranntem Fleisch stieg in meine Nase und erschrocken riss ich die Augen auf.

„Was hast du getan?“, rief ich und rappelte mich auf. Entsetzt blickte ich dorthin, wo meine Freundin eben noch gelegen hatte. Dort war nichts mehr, nur ein Fleck am Boden, der verkohlt aussah. „Was hast du mir ihr gemacht?“

Mein Blick schweifte zu Belial, dessen Grinsen breiter wurde.

Binnen weniger Sekunden war jeder Funken des geheuchelten Respekts verschwunden und ich stürzte mich auf ihn. Mit seinen übernatürlichen Reflexen bekam er meine Arme zu fassen, bevor ich ihm das Gesicht verunstalten konnte. Seine Haut brannte wie Feuer auf meinem Körper. Rote Schlieren breiteten sich dort aus, wo er mich berührte und ich stöhnte zwischen zusammengebissenen Zähnen auf.

„Was hast du getan, verdammt nochmal!“ Die Schmerzen in meinen Handgelenken, die er fest umfasst hielt, wurden unerträglich. Ich verglühte!

„Du hast mir ein Angebot gemacht und ich habe es angenommen.“ Seine Augen funkelten düster und wieder begannen die Schatten, scharfe Geräusche von sich zu geben, die durch mein Gehör schnitten, wie heiße Sägen.

„Ich verstehe nicht.“ Meine Hände verspannten sich unter seinem Griff.

In einer zügigen Bewegung riss Belial mich herum und warf mich auf den Rücken. Es war ein sanfter Aufprall und trotzdem blieb mir vor Schreck die Luft weg.

„Ich habe Meggie zurückgeschickt. Sie ist dort, wo ich sie vorhin aufgelesen habe.“ Er beugte sich so dicht über mich, dass sein Atem mich im Gesicht kitzelte. Ich verspürte den Drang zu fliehen. Panik überkam mich und ich riss mich zusammen, um mich nicht gegen seinen eisernen Griff zur Wehr zu setzen. Ich hatte ihm ein Angebot gemacht. Daran musste ich mich halten. Solange meine Freundin in Sicherheit war, akzeptierte ich nahezu alles.

„Dir wird ein solches Glück leider verwehrt bleiben.“ Seine Stimme erklang beunruhigend leise und hallte in meinen Ohren wider. Sein Blick zuckte von mir zu den Schatten, die überall im Raum lauerten und nur auf seinen Befehl warteten. Ein Nicken Belials genügte, um die Dunkelheit in Aufruhr zu versetzen. Sie kam näher, vermehrte sich und glitt von allen Seiten auf mich zu.

Erst dann begannen die wirklichen Schmerzen.

19 Kapitel

Eine Welle unerträglichen Schmerzes überrollte mich. Mein Körper stand in Flammen. Schwarzen Flammen, die über meinen Körper züngelten und in mich eindringen wollten. Ich verlor fast die Besinnung, schaffte es aber nicht, endgültig hinter dem Schleier der Umnachtung zu verschwinden. Mein Körper bäumte sich auf, versuchte vor der Finsternis zu fliehen, kam jedoch nicht gegen das Gewicht an, das auf ihm lag und ihn niederdrückte.

„Prinzessin“, erklang es wie aus weiter Ferne. „Hör auf, dich dagegen zu wehren.“

Mein Körper wurde auseinander gerissen und blieb trotzdem ganz. Meine Knochen brachen mit widerlich krachenden Lauten und setzten sich in der nächsten Sekunde wieder zusammen, nur um gleich darauf wieder zu zersplittern. Ich schrie und dennoch kam kein Laut über meine Lippen. Gleichzeitig rang ich nach Atem, doch es fühlte sich an, als würden meine Lungen vor Druck zerbersten. Als hätte ich Wasser eingeatmet, das mich ertrinken ließ.

In diesem Moment wünschte ich mir nichts sehnlicher als das Ende. Der Tod konnte kaum schlimmer sein.

„Lass es zu, Emma“, erklang eine rauchige Stimme an meinem Ohr.

Diese Reibeisenstimme war mir so vertraut. Und doch löste sie weitere Panik in mir aus und trieb mich in den Wahnsinn, bis ich nicht mehr wusste, wo mein Körper begann und der Schmerz aufhörte. Geschweige denn, wer ich war.

Ich begann, um mich zu schlagen und mit den Beinen zu treten. Umgehend wurde ich zurück in das Leder des Sofas gepresst. Ein leises Pfeifen ertönte, als die Luft aus meinen Lungen wich.

„Du musst es zulassen, Prinzessin. Dann wird es nicht mehr wehtun.“

Ein Wimmern drang aus meiner Kehle.

„Ich habe versprochen, dir den Schmerz zu nehmen. Das funktioniert nur, wenn du die Schatten einlässt.“ Die Stimme wurde sanft und betörend, doch ich ließ nicht zu, dass sie zu mir durchdrang.

Alles in mir schrie nach Flucht. Dass ich die Augen aufreißen, mich losmachen und fliehen sollte, doch ich konnte nicht. Selbst, wenn ich die Augen öffnete, sah ich nichts als wild durcheinander wirbelnde Schatten. Sie schwebten über meinem Körper und drängten immer wieder gegen meinen Brustkorb, in dem Versuch, von mir Besitz zu ergreifen.

Meine Gliedmaßen verkrampften, mein Körper und meine Seele brannten lichterloh. Viel länger hielt ich diese Folter nicht aus. Ich sehnte mir Farben herbei, doch die Schwärze verschlang alles, was mir in den Sinn kam, egal wie sehr ich versuchte, mich an der Wirklichkeit festzuklammern.

„Lass! Los!“, forderten mehrere Stimmen gleichzeitig.

Länger kam ich nicht gegen die Dunkelheit an. Ich gab den letzten Rest Widerstand auf und ließ zu, dass die Schatten meinen Körper vollends bestürmten. Es war gleichgültig, was mit mir geschah. Hauptsache, dieses Leid hörte endlich auf.

Plötzlich war die Schwärze aus meinem Sichtfeld verschwunden und auch der Schmerz ebbte ab. Mehrmals blinzelte ich, um mich an die neuen Lichtverhältnisse zu gewöhnen.

Ich war nicht länger bei Belial, sondern befand mich in einem Auto. Regen peitschte gegen die Frontscheibe, sodass man kaum die Rücklichter des Wagens davor erkennen konnte. Angestrengt kniff ich die Augen zusammen. Der grüne Duftbaum, das Hörbuch von Peter Nichols neuestem Ratgeber im Fach vor dem Schaltknüppel sowie das Paar brauner Stiefeletten, das in meinem Fußraum lag, ließen meinen Atem stocken. Ich wandte mich in Richtung der Fahrerseite und mein Magen wurde flau.

Mom. In ihrem geblümten Lieblingskleid, darüber die Jeansjacke, die ich mir so oft aus ihrem Kleiderschrank geborgt hatte.

Sie saß am Steuer und blickte konzentriert auf die Fahrbahn. Unnachgiebig prasselte es gegen die Frontscheibe. Ein lautes Donnern erklang und ich zuckte zusammen.

Ich erinnerte mich genau an den Klang des Unwetters. Er hatte sich in mein Hirn gebrannt und suchte mich seit Monaten heim. Wann immer ich die Augen schloss, hörte ich es in meinem Hinterkopf gewittern. Ich wusste genau, welch unheilbringender Tag heute war.

„Mom?“ Meine Stimme klang gequält. Der Funken Hoffnung war jämmerlich, aber dennoch blitzte er in meinem Inneren auf, ohne dass ich etwas dagegen unternehmen konnte. Mein Verstand kannte die unabänderliche Wahrheit, doch mein Herz konnte nicht anders, als an diesen Funken zu glauben.

Beiläufig blies Mom sich eine ihrer blonden Haarsträhnen aus der Stirn. Ich hob die Hand und wedelte damit vor ihrem Gesicht herum. Natürlich nahm sie mich nicht wahr und in meiner Brust zog es sich zusammen.

Meine Hände ballten sich zu Fäusten und ich dachte fieberhaft nach. Irgendetwas musste ich unternehmen! Ich konnte doch nicht hier sitzen wie ein Geist und meiner Mutter dabei zusehen, wie sie in ihr Verderben fuhr. Mein Körper verkrampfte sich allein bei dem Gedanken an das, was gleich passieren würde. Was Mom durchleiden musste.

Genau das hatte der König der Finsternis mit mir vor. Er wollte, dass ich mit eigenen Augen sah, was meiner Mom widerfahren war.

Nein! Ich würde es nicht zulassen, musste ihr helfen. Irgendetwas tun, um ihr Schicksal vom dunklen Abgrund abzuwenden. Mit meinen Händen griff ich nach dem Lenkrad, ohne weiter darüber nachzudenken. Ich bekam es zu fassen und riss ungläubig die Augen auf. Meine Knöchel traten unter dem Druck, den ich auf die schwarze Rundung ausübte, weiß hervor und ich knirschte mit den Zähnen, als sich nichts bewegte. Nicht einmal ein Lufthauch regte sich. Auch Mom schien nicht zu merken, dass ich direkt neben ihr saß.

Fältchen kräuselten sich auf ihren angespannten Zügen. Ich fasste nach dem Schlüssel und versuchte, ihn aus der Zündung zu ziehen. Vergebens. Nicht eine einzelne Regung verriet, dass ich anwesend war. Zwar konnte ich die Dinge anfassen, allerdings war ich nicht fähig dazu, sie zu bewegen. Allmählich gingen meine Gedanken mit mir durch. Ich musste es weiter versuchen. Wenigstens probieren, ihre Aufmerksamkeit auf mich zu lenken, statt stumm zuzusehen, wie sie über die Landstraße brauste.

„Mom!“, rief ich lauthals. „MOM!“ Mit beiden Fäusten trommelte ich aufs Armaturenbrett.

Zwar bekam ich keine Reaktion von ihr, doch ich dachte nicht daran, einfach aufzugeben. Ich versuchte, andere Dinge im Auto zu bewegen, den Sitz zu verstellen und gegen den Duftbaum zu stoßen. Verzweiflung und Panik keimten in mir auf.

Plötzlich regte Mom sich und ich hielt den Atem an. Sie griff in meine Richtung und einen Moment lang dachte ich, sie würde nach meiner Hand fassen. Jedoch langte sie über mich hinweg nach ihrer Handtasche. Sie bekam sie zu fassen und zog sie in ihren Schoß. Unbeholfen wühlte sie in dem Chaos umher, bis sie aufatmete und ihr Handy herausfischte.

Mein Herz hämmerte unaufhörlich und mein Puls raste immer schneller. „Nein, Mom, guck auf die Straße.“ Durch die Hysterie wurde meine Stimme höher. „Du darfst nicht auf dein Handy gucken!“

Doch sie beachtete mich nicht. Geflissentlich tippte sie auf der Tastatur herum.

„Mom, bitte, steck das Handy weg.“ Meine Stimme zitterte und panisch wandte ich den Blick nach draußen. Man konnte kaum den Straßenrand erkennen, so heftig prasselte der Regen nieder. Wäre ich draußen gewesen, hätte ich mit Sicherheit nicht einmal die Hand vor Augen gesehen.

Mom tippte ungerührt weiter. Das Knacken der Tastatur tönte laut in meinen Ohren, wie der Donner, der eben erklungen war. Wieder griff ich nach dem Lenkrad und versuchte, es von der anderen Seite zu halten. Ich erhaschte einen Blick auf ihr Display und erstarrte, als ich sah, an wen ihre letzte Nachricht gerichtet war.

Es war eine SMS an mich.

Ich furchte die Stirn. Wie konnte das sein? Ich hatte keine SMS von Mom bekommen, schon gar nicht an dem Tag, als sie von uns gegangen war. Meine Augen weiteten sich, als ich den kurzen Text durchlas.

Süße, ich komme vor der Arbeit noch einmal in der Schule vorbei. Du hast das Plakat für dein Referat vergessen. Habe dich –

Ein Donnern grollte, so laut, dass das Auto bis in die Tiefen erschüttert wurde. Sowohl Mom als auch ich zuckten heftig zusammen. Gleich darauf gellte ein Blitz am Himmel, so gleißend hell und verzweigt, dass er mich blendete und ich mehrmals blinzeln musste, damit meine Sicht wieder klar wurde. Viel zu spät sah ich die beiden Lichter, die direkt auf Mom und mich zu rasten. Ein Schrei ertönte, so laut und schrill, dass er mein Bewusstsein vollkommen durchdrang. Erst einen Moment später realisierte ich, dass er aus meiner eigenen Kehle drang und die Luft zerschnitt.

In Zeitlupe sah ich, wie Mom die Augen zusammenkniff und ihre Hand unwillkürlich zu ihrem Ehering huschte. Ich wollte nach ihr greifen, ihr beistehen und das Gefühl geben, dass sie nicht alleine war. Jedoch durchfuhr meinen Körper ein Ruck und innerhalb eines Wimpernschlags wurde ich mit voller Wucht aus dem roten Ford geschleudert. Der erwartete Aufprall auf dem Asphalt blieb aus.

Es war, als beobachte ich mit einem Mal alles als Außenstehende. Der Lastwagen krachte frontal in Moms Auto und quetschte es so mühelos zusammen wie eine Müllpresse. Reißen von Metall und Quietschen von durchdrehenden Reifen drangen an meine Ohren und drohte, meine Trommelfelle zu zerfetzen. Mir stieg Galle im Hals hoch, als ich sah, was vom Auto meiner Mom übriggeblieben war.

Die Motorhaube war völlig demoliert. Ein Totalschaden. Das zersplitterte Glas der Scheiben lag auf der halben Straße verteilt und Rauch stieg aus dem auf, was vom Motor übriggeblieben war. Noch immer hallte mein eigener, markerschütternder Schrei in meinen Ohren wider. Als ich den blutüberströmten Arm sah, der aus dem zerbeulten Rest der Fahrerseite heraushing, erstarb meine Stimme jäh. Die dunkle Flüssigkeit tropfte auf den klatschnassen Boden, auf dem die Regentropfen so heftig trommelten, dass sie wieder hochsprangen.

Starr blickte ich auf das Blut, das vom Regen fortgespült wurde. Das war der Moment, in dem meine Seele zerbrach.

Ein Riss hatte sie durchzogen, seit Mom von uns gegangen war. Doch diesen Moment zu sehen, nein, *mitzuerleben*, brachte den vermeintlich reparierten Steinschlag dazu, sich rasend schnell auszubreiten. Der Riss vervielfältigte sich und es knackte laut. Und schließlich, als hätte jemand die Hand gegen die fragile Scheibe gepresst, zerbrach sie. Meine Seele zersplitterte und klirrte in Tausenden Teilen zu Boden. Mein Körper folgte ihr in die Tiefe.

Ich fühlte überhaupt nichts mehr. Mein Körper war betäubt. Nicht von Schmerz oder gar Trauer. Nein, ich existierte einfach. In einer farblosen Leere, in der nichts mehr von Bedeutung war. Ich trug die Schuld an Moms Tod. Ich. Das war der einzige Gedanke, der in meinem Kopf widerhallte.

„Komm zurück zu mir.“ Eine Stimme flehte mich an. Sie war tief und voll und klang wie süßer Honig. Sie kam aus weiter Ferne, ganz leise, doch ich wollte sie nicht hören. Ich wollte nichts mehr hören. Nie wieder. Taubheit hatte von meinem Körper Besitz ergriffen. Stumpfe Teilnahmslosigkeit lähmte meinen Geist. Meine Augen waren aufgerissen, doch sehen konnte ich nichts. Abgesehen von verschwommenen Silhouetten, die sich rasend schnell aufeinander zubewegten und wieder auseinander stoben. Ich fühlte nicht einmal mehr die Schatten, die in meinem Körper wüteten und ihr Unwesen trieben. Sollten sie ihn doch vollends auseinander reißen. Es war mir egal.

Der König der Finsternis hatte sein Versprechen gehalten. Der Schmerz war fort. Dafür war an seine Stelle etwas viel Schlimmeres getreten. Die Erkenntnis, dass ich die Schuld am Tod meiner Mutter trug. Diese Last legte sich so schwer auf mich, dass ich Schwierigkeiten hatte, zu atmen. Meine Lunge erinnerte sich nicht mehr daran, wie sie Sauerstoff aufnehmen konnte. Ich röchelte nicht einmal wie bei den Panikattacken. Ich wippte bloß vor und zurück, ohne etwas zu fühlen. Es gab nur diese eine, nackte Erkenntnis, die mich um den Verstand brachte. Die mir meinen Lebenswillen nahm.

Der Anblick des blutüberströmten Leichnams brannte sich in mein Gedächtnis. Ich würde mit Sicherheit niemals wieder etwas anderes sehen können, als diese bis zur Unkenntlichkeit entstellte Silhouette. Niemals wieder würde ich Glück empfinden können. Ich wollte es nicht einmal. Mein Inneres war zerbrochen und konnte nicht wieder zusammengesetzt werden.

Erstickte Geräusche drangen an meine Ohren, doch ich nahm alles nur gedämpft war. Als hätte jemand den Ton meiner Umwelt auf die leiseste Stufe gestellt. Der einzige Gedanke, der laut und deutlich klang, sich immer wiederholte, war die Erinnerung an meine Mom.

Ich hatte sie getötet.

„*A ghrá*." Die Stimme wurde drängender, was dem vollen Klang jedoch keinen Abbruch tat. „Liebes, komm zu mir zurück. Bitte."

Die Schemen vor meinen Augen nahmen Farbe an, doch ich schüttelte den Kopf. Ich wollte nicht, dass die Welt sich wieder zusammensetzte, wollte die Wirklichkeit nicht ertragen müssen. Dagegen fühlte sich die Stumpfheit wundervoll an. Sie wirkte sich angenehm betäubend auf meinen Geist aus. Ich wollte hier bleiben. In den Tiefen der Gleichgültigkeit.

„Du brauchst es nicht zu versuchen, Gancanagh. Sie hat sich der ewigen Dunkelheit versprochen." Eine zweite Stimme erklang, die meinen Puls schneller schlagen ließ. „Früher oder später wird sie zu einem Schatten werden. Du kannst nichts dagegen tun. Vor allem nicht nach dem, was sie gerade mit angesehen hat."

Die Schemen vor meinen Augen wurden wilder und ein lautes Krachen ertönte. Jedoch erschrak ich nicht. Ich wusste nicht einmal, ob ich dazu überhaupt noch imstande war.

„Schwafelst du den ganzen Tag einen solchen Müll? Friss das hier, du dunkles Stück Dreck!“ Glockenhell erklang eine dritte Stimme, die zu mir durchdringen wollte, doch ich driftete sofort wieder ab.

Es hatte keinen Sinn, mich weiter auf dieses Spiel einzulassen. Es war aussichtlos. Egal was ich tat, ich würde als Verliererin hervorgehen. Und wenn ich es nicht tat, dann die Menschen, die mir am Herzen lagen. Sie würden alle vergehen wie Blumen, die sich nach Wasser sehnten. Die Schatten nahmen mir meine Gefühle und das war besser, als sich mit dem Kampf auseinanderzusetzen, der sich Leben nannte.

„Bitte, Emma.“ Die warme Stimme sprach eindringlich und versuchte hartnäckig, sich zu mir durchzukämpfen. „Denk doch nur an deine Familie. An deinen Vater und deine Großmutter. Die beiden können dich nicht auch noch verlieren.“

Jemand fasste mich bei den Schultern. Meine Glieder kribbelten nur träge. Ich wollte das nicht hören.

„Denk an Megan und deine Freunde. Sie haben dich gerade erst kennen und lieben gelernt. Du hast sie verzaubert mit deiner wundervollen Art. Deinem Lächeln, das du viel zu selten verschenkst. Deiner Schlagfertigkeit, die mich um den Verstand bringt. Und mit deinem unbändigen Lebenswillen“, fuhr die

Stimme fort. Der Griff um meine Schultern wurde fester.

Bilder von meiner Familie flackerten vor meinem inneren Auge auf. Ich schluckte die Galle hinunter, die sich wie Säure in meinem Hals breitmachte und mir die Luft zum Atmen nahm. Ich wollte nichts fühlen! Wieso konnte er das denn nicht verstehen?

„Sieh doch nur, was du mit mir gemacht hast“, fuhr die Stimme sanft fort. Obwohl sie so leise klang, wurde sie in meinen Ohren immer lauter. „Ich hatte Vorsätze, Emma. Dinge, die ich einhalten wollte. Doch dann traf ich dich. Mit diesem herausfordernden Blick und deiner Fähigkeit, dich gegen den Zwang zu wehren.“ Ein tiefer Atemzug war zu hören. „Niemals hätte ich es für möglich gehalten, jemanden wie dich zu treffen, der in mir den Wunsch auslöst, alles über Bord zu werfen, für das ich stehen wollte. Der mich dazu bringt, genau derjenige sein zu wollen, der ich in Wirklichkeit bin. Einfach nur, um das Funkeln in deinen Augen zu sehen und dich in Sicherheit zu wissen. Und obwohl ich mich dagegen gewehrt habe, konnte ich gar nicht anders, als immer wieder deine Nähe zu suchen. Du bist mein Untergang und trotzdem das Einzige, was Licht in mein Dunkel bringt.“ Die melodische Stimme wurde atemlos. „*Tá mo chroí istigh ionat.* Ich kann dich jetzt nicht verlieren, Emma.“ Ein angenehmer Druck übte sich auf meiner Stirn aus und ein Kribbeln strömte durch meinen Körper.

„Ich kann nicht“, röchelte ich und mein Körper versteifte sich.

„Doch, du kannst. Ich werde nicht dabei zusehen, wie du dich aufgibst!“ Mein Gegenüber wurde lauter. Seine Finger gruben sich in meine Schultern und er schüttelte mich. Atem strömte in mein Gesicht.

„Ich ...“ Schlagartig wurde ich unterbrochen, als sich etwas Warmes auf meine Lippen legte.

Energie pulsierte durch meinen Körper und erweckte meine Gliedmaßen zu neuem Leben. Das Kribbeln fuhr durch meine Adern, von meinem Kopf hinab mitten in mein Herz, die Beine hinunter, bis hin zu meinen Zehenspitzen. Die Geräusche um mich herum verschwammen und statt des Zischens der Schatten nahm ich nur noch eines wahr: meinen eigenen Herzschlag.

Mein Puls raste und meine Nackenhaare stellten sich auf, als ich die Augen aufriss. Ich starrte mitten in die waldseegrünen Augen Gabriels. Umrahmt von tiefschwarzen Wimpern blickten sie mich verzweifelt an. Seine Lippen lagen fest auf meinen und überrumpelt wich ich zurück. Als ich mich von ihm löste, schloss er die Lider, umfasste er meinen Nacken und zog mich noch dichter an sich heran. Mit einem leisen Seufzen gab ich jeden Widerstand auf und genoss die Wonne, die seine Berührung in meinem geschundenen Körper auslöste.

Er erweckte mich zu neuem Leben. Seine Energie fuhr durch mich hindurch, linderte den Schmerz, den die Dunkelheit in mir hinterlassen hatte. Es war nicht wie bei unserem ersten Kuss. Nun war er derjenige, der meine Mauern einriss. Mit jedem Atemzug holte er mich ein Stückchen mehr aus dem tiefen Abgrund zurück, in den ich gestürzt war. Je länger er mich in seinen Armen hielt, desto lebendiger fühlte ich mich. Ich ließ zu, dass er mich rettete und mich dazu brachte, wieder zu fühlen. Seine Berührung jagte Blitze durch meinen Körper und mein Atem stockte. Die Schatten flohen vor den Emotionen, die nun in mir aufloderten. Die Dunkelheit verließ meinen Körper und ich wünschte mir nichts sehnlicher, als ins Licht zurück zu kehren. Auch wenn es dauern würde, die Scherben meiner Seele wieder zusammenzusetzen.

Außer Atem löste Gabriel sich von mir und hielt meine Wangen mit beiden Händen umfasst. Er sah mich eindringlich an und schien in meinem Gesicht nach einer Regung zu suchen.

„Ich muss unbedingt einen Gälisch Sprachkurs machen“, krächzte ich leise und hustete. Angewidert sah ich, wie schwarze Nebel meinem Mund entwichen. Ich wedelte mit einer Hand vor meinem Gesicht herum und versuchte, jegliche Überreste der Finsternis fortzuwischen.

Ein gequältes Lachen kam Gabriel über die Lippen.

„Wenn ihr mit eurer Schnulze fertig seid, würde ich mich über ein wenig Unterstützung freuen!“, rief Avalee und ich richtete mich ruckartig auf. Fast hatte ich vergessen, wo ich mich befand.

Ich reckte den Hals, um über seine Schulter hinwegzusehen. Was ich erspähte, verschlug mir den Atem. Das Arbeitszimmer Belials war buchstäblich in Asche zerlegt worden. Der Schreibtisch war zersplittert, die Regale lagen in Überresten zu Boden und die hellen Wände waren rußverschmiert.

Avalee stand mitten im Raum, vom Kopf bis zu ihren hohen Lederstiefeln in schwarz gekleidet. Sie hielt den Arm von sich gestreckt. Ihre Hand leuchtete auf und erhellte den gesamten Raum. Die Schatten flohen vor ihr in die hintersten Ecken, jaulten in unmenschlichen Tönen und ich erschauerte. Doch noch mehr schockte mich, wen ich hinter ihr erkannte.

Eleanor. Die schrullige Bibliothekarin trug einen Katzenpullover sowie einen grässlichen Bommel-Schal. Doch ihre selbstbewusste Haltung schien mir gänzlich fremd. Sie hielt die Augen geschlossen und murmelte monoton vor sich hin, was die Schatten dazu brachte, nur noch lauter zu kreischen.

Ebenso wie seine Lakaien, war auch Belial in eine Starre verfallen. Er verharrte mitten im Raum. Seine Pose war nicht mehr so überheblich, wie ich es von ihm kannte.

Gabriel schob sich in mein Sichtfeld. Stirnrunzelnd sah ich ihn an.

„Du vertraust mir doch, nicht wahr?“, fragte er leise.

Ich biss die Zähne zusammen. Was auch immer jetzt kam, ich wusste genau, dass es mir missfallen würde. Unsicher nickte ich.

„Es wird jetzt ziemlich unschön werden und ich kann nicht zulassen, dass du das mit ansiehst.“ Gabriel knirschte mit den Zähnen und fuhr sich durchs Haar. Obwohl er sich darum bemühte, seine Wut vor mir zu verbergen, konnte ich sehen, was in ihm vorging. Die Sprenkel um seine Iris tanzten wild. „Du hast heute viel durchgemacht, Emma. Du musst unendlich müde sein, nicht wahr?“ Seine Stimme wurde tiefer und ließ meinen Körper erbeben.

Als ich merkte, was er vorhatte, riss ich meine Augen auf.

„Vertrau mir. Bitte“, wisperte Gabriel und strich mit dem Finger über meine Wange. Ein sanftes Prickeln breitete sich dort aus, wo seine Haut auf meine traf. „Schließ die Augen, *a ghrá*.“

Seine Stimme brachte meine Lider dazu, noch schwerer zu werden. Ich konnte mich nicht länger gegen den Glanz wehren, so ausgelaugt war ich. Und wenn ich ehrlich war, wollte ich es auch gar nicht.

„Schlaf jetzt, Liebes. Träum nicht von diesem schrecklichen Ort.“ Die Melodie seiner Stimme rieselte über mich hinweg. Geborgenheit griff nach mir und umarmte mich sanft, als ich in einen tiefen Schlaf fiel.

20 Kapitel

Gabriel.

Wo war ich? Wo war er? Ich blinzelte mehrmals und sah mich benommen um. Schließlich erkannte ich den Raum, in dem ich mich befand. Es war mein Zimmer.

Gabriel saß auf meinem Lieblingsplatz beim Erkerfenster, sein Kopf gegen den Rahmen gelehnt. Das braune Haar war zerwühlt und schimmerte im Licht, das durchs Fenster schien. Der oberste Knopf seines Hemds stand offen, ebenso wie seine Manschetten, die Ärmel waren nachlässig hochgekrempelt. Er sah in diesem Moment noch begehrenswerter aus als jemals zuvor. Wärme durchflutete meinen Körper und unwillkürlich fragte ich mich, wieso mich das Kribbeln in meinen Gliedmaßen derart benommen machte. Mein Körper war erschöpft, meine Glieder unfassbar schwer.

Gabriels Blick war aufmerksam, als beobachte er irgendetwas, das draußen vor sich ging. Inzwischen kannte ich ihn gut genug, um zu wissen, dass er tief in Gedanken versunken war. Was auch immer es war, es bereitete ihm tiefen Kummer.

Die aufgehende Sonne schickte ihre ersten Strahlen in mein Zimmer und hüllte den Raum in sanftes Licht. Vorsichtig richtete ich mich auf und unterdrückte ein Stöhnen. Mein Körper war schwer wie Blei und ich fühlte mich, als hätte ich einen Marathon hinter mir. Ich stand auf und tapste hinüber zum Fenster. Mir war völlig egal, dass ich einen der Herzchen-Schlafanzüge trug, den meine Großmutter mir beim Einzug geschenkt hatte. Über diese Grenze waren Gabriel und ich weit hinaus.

Erst als ich mich vor ihm in die Polster sinken ließ, ruckte sein Kopf herum. Die grüblerischen Züge wichen einem schiefen Lächeln, das sein Grübchen preisgab. Mir wurde noch wärmer. Seine Augen waren von tiefem Grün und ich verlor mich in ihren Tiefen. Ich lächelte, obwohl mir eigentlich nicht zum Lachen zumute sein sollte. Doch ich konnte gar nicht anders.

„Du bist wach“, stellte er fest.

Er klang erleichtert. Für einen Augenblick beruhigte mich seine schöne Stimme, doch dann machte mich sein Tonfall stutzig. Er klang eindeutig *zu* erleichtert. Zum ersten Mal, seit ich aufgewacht war, kam mir der Gedanke, was er hier überhaupt tat. Ich kniff die Augen zusammen und dachte fieberhaft darüber nach, wie ich hierhergekommen oder welcher Tag heute war. In meinem Kopf war alles verschwommen und durcheinander, ich konnte keinen klaren Gedanken fassen. Meine Augen weiteten sich und mein Atem ging schneller. Das letzte Mal, als ich mich so gefühlt hatte, hatte er mich mit dem Glanz manipuliert.

„Immer mit der Ruhe.“ Gabriels Blick durchdrang mich. „Beruhige dich, Emma. Du bist in Sicherheit.“

„Was ist passiert?“, quiekte ich und schnappte nach Luft. Die Welt um mich herum, drohte mir zu entgleiten.

Gabriel fasste mich bei der Schulter und sah mir tief in die Augen. „Atme“, war alles, was er sagte.

Augenblicklich wurden die Schemen in meinem Umfeld klarer. Mir blieb nichts anderes übrig, als ihm zu vertrauen. Ich schloss die Augen und versuchte, meinen aufgewühlten Geist zu beruhigen. Wenn ich mich krampfhaft darauf besann, meine Erinnerung wiederzuerlangen, würde es mit großer Wahrscheinlichkeit nicht klappen. Also holte ich tief Luft und rieb in sanften Kreisen über meine Schläfen. Meine Finger wurden langsamer, als sich der Nebel in meinem Kopf lichtete. Silhouetten erschienen und ich versuchte, hinter den Dunst zu sehen.

Urplötzlich, als hätte jemand einen Schalter in meinem Hirn umgelegt, brach die Erinnerung an die letzte Nacht über mich ein und ich atmete zischend auf.

Der Ball.

Der Tanz.

Der Anruf.

Die Gasse aus meinen Träumen.

Meggie, die sich vor Schmerz gewunden hatte und an deren Stelle ich getreten war.

Skander, der sich als mein Freund ausgegeben und mich seit unserem ersten Treffen belogen hatte.

Ich fühlte eine Ahnung des Schmerzes, der durch mich hindurchgejagt war, als Belial seine Schatten auf mich hetzte, und zuckte zusammen. Schließlich blitzte ein letztes Bild vor meinem inneren Auge auf.

Mom, deren Tod mein Verschulden war.

Mein Atem beschleunigte sich. Panisch öffnete ich die Augen, doch das Bild meiner Mutter brannte sich in mein Sichtfeld.

„Mom ..." Ich war nicht fähig dazu, auszusprechen, was ich mit angesehen hatte. „Ich habe sie getötet!" Meine Stimme brach. Ein lautes Schluchzen bahnte sich seinen Weg und Tränen traten in meine Augen. Ich schlug die Hände vor den Mund, um mein Wimmern zu unterdrücken.

„Shhh, Emma." Gabriels Stimme klang schmerzerfüllt.

Sanft, aber bestimmt, legte er die Arme um mich und zog mich an sich. Ich vergrub den Kopf an seiner Schulter und konnte die Tränen nicht länger zurückhalten. Seit Monaten hatte ich nicht mehr so geweint. Es war, als reinige jede meiner Tränen meine Seele und entließ zumindest einen Teil meines Kummers hinaus in die Welt. Gabriel hielt mich und strich über mein Haar. Die andere Hand strich beruhigend über meinen Rücken. Er spendete mir Trost und gab mir Halt.

Auch wenn ich wütend darüber war, dass ich meine Gefühle nicht im Zaum halten konnte, fühlte es sich gut an, zu heulen wie ein kleines Kind. Endlich konnte ich die Mauern ablegen, die ich nach Moms Tod hochgezogen hatte. Mit jedem Schluchzer fühlte sich mein Körper leichter an. Es war, als hebe jemand die tonnenschwere Last von meinen Schultern, die sich dort aufgetürmt hatte, nachdem Belial mir den Unfallverlauf gezeigt hatte.

„Jetzt mache ich dein Hemd ganz nass", nuschelte ich nach einer Weile an Gabriels Schlüsselbein. Der Großteil meiner Tränen war versiegt. Ich hob den Kopf ein Stück an, um mir das Ausmaß der Peinlichkeit anzusehen. Eigentlich sollte meine Hemmschwelle inzwischen weit darüber hinaus sein, mich für die Nässe auf dem Stoff zu schämen. Dennoch tat ich es. Ich heulte hier völlig ungeniert rum, während er wahrscheinlich gerade den Kampf seines Lebens hinter sich hatte.

„Ich kann mir Schlimmeres vorstellen", murmelte Gabriel an meinem Haaransatz und ich schluckte schwer, als ich spürte, dass sein gewohntes Schmunzeln ausblieb.

Ich wusste nicht, was ich erwartet hatte. Aber irgendwie hatte ich gehofft, dass diese Sache uns enger zusammenschweißen würde. Jedoch fühlte ich die Distanz zwischen uns, obwohl wir uns so nah waren. Irgendetwas verschwieg er mir, auch wenn er sich große Mühe gab, Stillschweigen zu wahren.

„Erzähl mir, was passiert ist“, forderte ich plötzlich und löste mich von ihm. „Wie geht es Meggie?“, platzte es gleich darauf aus mir heraus und ich starrte Gabriel besorgt an.

War womöglich etwas mit meiner Freundin? War alles umsonst gewesen?

Gabriels Finger glitten weiter über meinen Rücken. Er erwiderte meinen besorgten Blick achtsam. „Megan geht es gut. Du hast sie vor dem Schlimmsten bewahrt“, fing er an. „Ava hat sich um ihre Erinnerung gekümmert. Sie denkt jetzt, dass sie es ein wenig mit der Bowle übertrieben hat.“

Erleichtert atmete ich auf und etwas der Anspannung fiel von mir ab. „Sie wird keinen Schaden davon tragen oder?“

Endlich verzog sich sein einer Mundwinkel leicht. „Du wirst vom König der Finsternis heimgesucht, bei seinem Versuch, dich als Nahrung für seinen Hof zu bekommen, fast getötet und sorgst dich trotzdem vorrangig um deine Freundin. Ob du es willst oder nicht, Emma Parker, du bist eine Heldin.“

Scherzhaft hob ich die Hand und boxte ihm gegen die Schulter, wie ich es schon oft getan hatte. Sein Schmunzeln wurde breiter.

„Das ist nicht witzig“, sagte ich halbherzig und rieb mir über die Augen. Tief atmete ich den vertrauten Geruch nach Frühling ein, der mich einlullte. Er beruhigte meine wirren Gedanken und nahm mir die Hysterie. Ich war froh, dass Gabriel bei mir war. Andernfalls hätte ich womöglich auf ein Neues den Verstand verloren. Nur durch seine Anwesenheit konnte ich den Gedanken an das Geschehene ertragen.

„Was ist mit ... dem Verräter?“ Ich spuckte das Wort ‚Verräter‘ regelrecht aus und meine Augen fixierten hektisch wechselnde Punkte in meinem Zimmer, um ja nicht Skanders Gesicht in meinen Gedanken aufblitzen zu sehen.

Wie hatte ich nur so blind sein können? Wochenlang hatte er sich in mein Leben gedrängt und sich mein Vertrauen erschlichen. Mit mir gespielt wie die Katze mit einer Maus. Wie konnte man nur so berechnend sein?

„Mach dir keine Vorwürfe “, sagte Gabriel und seine Stimme nahm einen harten Klang an. „Dieser Mistkerl hat nicht nur dich getäuscht. Ich konnte ihn zwar von Anfang an nicht ausstehen, hatte aber nicht die leiseste Ahnung, dass sich hinter seiner Fassade so viel mehr verbirgt. Bei Fion, wenn ich es gewusst hätte, wäre er dir in keiner Sekunde nahe gekommen. Das hätte ich niemals zugelassen."

Bei der Bitterkeit in seiner Stimme zuckte ich zusammen. Gabriels Kiefermuskeln zuckten und ich erkannte, wie sehr er versuchte, seine Wut vor mir zu verbergen.

„Wenn ich mir keine Vorwürfe machen soll, dann darfst du das genauso wenig", sagte ich, in der Hoffnung, dass wir uns gegenseitig aus unseren Abgründen ziehen konnten.

Er zuckte die Schultern und seine Züge verhärteten sich abermals. „Ich hätte es erkennen sollen. Da führt kein Weg dran vorbei. Schließlich bin ich das übernatürliche Wesen, nicht du."

Ich schnaubte und meine Tränen waren wie vergessen, als ich mich weiter aufrichtete. „So ein Schwachsinn! Erstens bist du nur zur Hälfte übernatürlich."

„Und zweitens?", hakte Gabriel nach, als ich innehielt. Eine seiner Augenbrauen schoss in die Höhe.

Ich kniff die Augen zusammen. „Zweitens ist es Blödsinn, wenn du dir die Schuld gibst. Woher solltest du kommen sehen, dass sich mein bester Freund in eine Bestie verwandelt, die anderen Menschen das Leben zur Hölle macht? Selbst mit deinen sieben

Sinnen – oder wie viele ihr Fae auch immer habt – hättest du das nicht ahnen können!“ Ich schüttelte den Kopf darüber. „Wir können den Lauf der Dinge nicht ändern, egal, wie sehr wir es uns wünschen. Also hör auf, ein schlechtes Gewissen zu haben. Das ist nicht angebracht.“ Oh Mann, ich klang fast schon, wie meine Großmutter. Ärger keimte in mir auf, als Gabriels Mundwinkel zu zucken begannen. „Und hör gefälligst auf, immer zu lachen, wenn ich dir einen vor Weisheit strotzenden Vortrag halte!“

Angesichts seines Schmunzelns kniff ich wütend die Augen zusammen.

„Also kann ich nichts für die Entführung deiner Freundin? Oder dafür, dass der König der Finsternis dich in seinen Fängen hatte?“, fragte er.

„Natürlich nicht!“, brauste ich auf und riss die Arme hoch, obwohl meine Muskeln schmerzten.

Zufrieden lehnte Gabriel sich zurück. „Dann kannst du auch nichts für den Autounfall deiner Mom.“

Perplex starrte ich ihn an und meine Lippen blieben einen Spaltbreit geöffnet. Dieser Mistkerl hatte mich doch tatsächlich ausgetrickst und mir die Worte im Mund umgedreht. Schwer schluckte ich. „Das ist etwas anderes. Sie hat mir eine SMS geschrieben. Meinetwegen ist sie genau zu dem Zeitpunkt über die Landstraße gefahren.“

„Selbst wenn das, was Belial dir gezeigt hat, der Wahrheit entspricht, kannst du nichts dafür“, unterbrach Gabriel mich.

„Was soll das heißen? *Wenn* es der Wahrheit entspricht?“, fragte ich mit zusammengezogenen Brauen.

„Man kann dem König der Finsternis nicht trauen. Was er dir gezeigt hat, sollte dazu dienen, dich zu brechen. Wie man sieht, hat es bestens funktioniert“, sagte Gabriel und seine Stimme verklang. Schmerz flammte in seinen Augen auf.

Ich erschauerte, als ich an die Gleichgültigkeit zurückdachte, in der ich versunken gewesen war. An den Schmerz, dem ich mich bereitwillig hingegeben hatte, nur, damit das Ganze ein Ende fand. „Tut mir leid, dass ich aufgegeben habe“, murmelte ich.

„Du brauchst dich nicht dafür entschuldigen, Emma. Jede andere Sterbliche hätte die Finsternis nicht einmal eine Minute ausgehalten, während du dich wochenlang gequält hast. Du bist stärker, als du denkst.“ Im Sonnenlicht schillerten seine Augen noch intensiver.

„Emma“, seufzte ich nach einer Weile.

Verwirrt sah Gabriel mich an.

„Du hast mich seit gestern so oft Emma genannt wie noch nie. Ich hatte mich schon an die Spitznamen gewöhnt“, erklärte ich.

Schweigen hüllte den Raum ein und für eine Weile sahen wir uns einfach nur an. Ich spürte deutlich, dass er etwas vor mir verbarg.

„Was ist denn los?“, fragte ich und spürte, wie mir Angst die Kehle zuschnürte.

Diesmal war Gabriels Lächeln traurig. Sein Blick schweifte zurück über den Wald, hinweg über die dichten Tannenspitzen, durch die selbst das helle Licht der Morgensonne nicht dringen wollte.

„Er ist uns entwischt.“

Diese vier leisen Worte bereiteten mir eine unangenehme Gänsehaut und ich erstarrte.

„Er ist euch entwischt“, wiederholte ich tonlos und starrte ihn an. Das Herz sackte mir in die mit Herzchen bedruckte Schlafanzughose.

Er nickte, ohne mich anzusehen, und verstärkte damit mein Unbehagen. „Es ist nicht so leicht, den König der Finsternis zu töten. Selbst dann nicht, wenn man mit einem Orakel und zwei Halbfae an der Überzahl ist.“

„Orakel?“ Ich verstand bloß Bahnhof. Der Mund blieb mir offen stehen.

„Die Kollegin deines Dads“, sprach Gabriel weiter, den Blick starr nach draußen gerichtet. „Es gibt geborene und gewordene Orakel. Eleanor ist eine Sterbliche, die sich die Gefälligkeit der Fae erworben hat. Sie hat einige Zeit in Avalon verbracht und sich dort intensiv mit der Geschichte unseres Volks beschäftigt. Ich weiß nicht viel über ihre Beziehung zu Fion, aber anscheinend hat sie ihn ziemlich beeindruckt. Er gewährte ihr die Gabe des Sehens." Er atmete hörbar aus. „Als sie erkannte, wer ich bin, habe ich es sofort gewusst. Die meisten Orakel in der diesseitigen Welt haben einen Auftrag, den sie erfüllen müssen. Sie wollte mir nicht sagen, was ihre Aufgabe ist, aber das ist auch nicht von Bedeutung. Nachdem ich dich aus den Augen verlor, suchten Ava und ich sie sofort auf. Ich weiß nicht genau, wie die Gabe des Sehens funktioniert, aber sie hat den Zugang zum Zwischenraum gefunden und mich zu dir geführt."

„Was bedeutet das – Zwischenraum?", fragte ich weiter und versuchte, die Informationen in meinem Kopf zu sortieren. Die Angst, welche dabei in meinem Brustkorb aufwallte und meinen Herzschlag beschleunigte, unterdrückte ich mit aller Kraft.

„Der König der Finsternis konnte nicht direkt in dein Bewusstsein eindringen. Stattdessen gibt es eine Art Dimension, die zwischen Wach- und Schlafzustand eines jeden Sterblichen existiert. Manche Fae haben die Fähigkeit, sich auf diesem Grat zu bewegen. Mir fällt es ziemlich schwer, da ich kein reinblütiger Fae bin. Wesen der Dunkelheit dagegen ist es ein Leichtes, in die Träume von Sterblichen einzudringen", erklärte Gabriel.

„Deshalb hast du immer so gequält geschaut“, bemerkte ich in Erinnerung an sein Auftreten in meiner düsteren Traumwelt.

Gabriel nickte. „Es hat mich geschwächt, nachts bei dir zu sein. Deshalb habe ich dir den Knoten gegeben. Auf den Schutzzauber war mehr Verlass als auf mich.“

Ich biss mir auf die Lippe, in Erinnerung daran, wie ich ihm die Kette vor die Nase geknallt hatte. Nur, weil ich derartig unbedacht vorgegangen war, hatte Belial es geschafft, sich an meiner Seele zu vergreifen. „Tut mir leid, dass ich mich wie eine Zicke aufgeführt habe.“

Endlich sah er mich an und die Luft zwischen uns fing an zu flirren. „Du könntest es wieder gut machen, indem du ihn kein zweites Mal abnimmst“, erwiderte er und streckte mir seine Faust entgegen. Dann ließ er den keltischen Knoten hinaus baumeln. Der grüne Stein funkelte vor meinem Gesicht. Er erinnerte mich an Gabriels Augen, wenn er mich so intensiv ansah, dass ich das Gefühl hatte, nichts vor ihm verbergen zu können. Bis er alles von mir kannte, selbst die tiefsten Abgründe meiner Seele. Mit einem Mal realisierte ich, dass ich mich nicht länger davor fürchtete.

„Abgemacht.“ In stummer Aufforderung schob ich mir das Haar aus dem Nacken. Dann rückte ich ein

Stückchen dichter an Gabriel heran, sodass ich zwischen seinen Beinen saß.

Mit unergründlichem Blick ging er darauf ein und griff mit den Händen um meinen Hals herum. Ich unterdrückte ein wohliges Seufzen, als seine Fingerspitzen meine Haut streiften und einen warmen Energiestoß durch meinen Körper sandten. Mit einem leisen Klicken rastete der Verschluss ein und ich fühlte das kühle Silber auf meiner Haut. Der Moment war viel zu schnell vorüber. Augenblicklich passte sich der Talisman meiner Körpertemperatur an. Es fühlte sich an, als würde ich ihn schon immer tragen. So vertraut.

„Also ist es noch nicht vorbei“, murmelte ich leise und wagte es kaum, Gabriel anzusehen.

Als ich es dann doch tat, erkannte ich, dass er meinem Blick erneut ausweichen wollte. Ich furchte die Stirn. Wir waren gemeinsam durch die Hölle gegangen und er konnte mich nicht einmal ansehen? Was zum Teufel sollte das?

„Es ist noch nicht vorbei, oder?“, wiederholte ich, diesmal nicht mehr ganz so leise.

Gabriels blickte wieder nach draußen und machte mich mit seiner Reserviertheit noch rasender.

„Rede mit mir, verdammt noch mal!“, fuhr ich ihn an. Ich verspürte einen Anflug von Genugtuung, als ich sah, wie er zusammenzuckte.

Ganz langsam drehte er den Kopf zurück in meine Richtung. Mir stockte der Atem, als ich den Aufruhr in seinen Augen sah.

„Doch. Für dich ist es vorbei", sagte er so leise, dass ich ihn kaum verstand.

„Was soll das schon wieder heißen?"

Wieso musste er schon wieder diese bescheuerte Geheimniskrämerei abziehen und konnte nicht einfach Klartext mit mir reden? Ich hasste es, wenn er das tat.

Gabriel atmete hörbar aus. Es war ein tiefes, aus der Brust kommendes Seufzen. „Es bedeutet, dass ich nicht länger dabei zusehen werde, wie du dich in Gefahr begibst."

„Ich habe mich nicht absichtlich in Gefahr gebracht!", entgegnete ich erhitzt.

„Nein, *ich* habe dich in Gefahr gebracht, indem ich dir offenbarte, was ich in Wirklichkeit bin!" Nun wurde auch er lauter. Seine Augen sprühten Funken.

Ich schnaubte und schüttelte fassungslos den Kopf. „Ich dachte, wir sind fertig mit Schuldzuweisungen."

Ich ließ nicht länger zu, dass er meinem Blick auswich. Stattdessen richtete ich mich auf und kam dichter an sein Gesicht heran, damit er meinem Blick nicht länger entfliehen konnte. Seine Augen weiteten sich für einen kurzen Moment, doch er fasste sich schnell wieder und errichtete seine Mauern auf ein Neues.

„Wie ich schon sagte: Es ist mir egal, was du bist“, sagte ich sanft.

Gabriel schüttelte bloß den Kopf und machte keine Anstalten, meine Nähe zu erwidern. Stattdessen versteifte sich sein Körper.

„Das sage ich doch nicht aus Spaß, Gabriel“, fuhr ich fort. „Ich meine es von Herzen so.“

Sein Gesicht verzog sich, als würde ich ihn foltern. „Wieso?“, war das Einzige, was er hervorbrachte.

Stirnrunzelnd erwiderte ich seinen bitteren Blick. „Weil ich dich liebe, du Trottel.“

Er riss die Augen auf. Innerhalb des Bruchteils einer Sekunde war er aufgesprungen und am anderen Ende des Zimmers angelangt. Die Hände zu Fäusten geballt, stand er dort, den Rücken gegen meine Zimmertür gepresst. Seine Schultern bebten heftig.

„Wenn du ab jetzt immer so reagierst, wenn ich dir meine Gefühle gestehe, lasse ich es beim nächsten Mal lieber“, wiederholte ich seine eigenen Worte.

Leider bewirkte mein Scherz das genaue Gegenteil von dem, was ich eigentlich erhofft hatte. Ein Zittern durchfuhr Gabriels Körper. Er kniff die Augen zusammen und lehnte den Hinterkopf frustriert gegen die Tür.

Vorsichtig erhob ich mich, doch er hob abwehrend die Hände, den Blick gegen die Decke gerichtet.

„Bleib, wo du bist.“

Mir stockte der Atem, bei der Kälte, die in seiner Stimme mitschwang. Das Grinsen war wie von meinen Lippen gewischt. „Wie bitte?“, brachte ich mühsam hervor.

„Ich sagte, du sollst mir nicht zu nahe kommen.“ Sein Kopf sackte wieder nach vorn. Sein Blick war wachsam, als erwarte er, dass ich ihn jede Sekunde angriff, und gleichzeitig so distanziert, dass ich womöglich Angst hätte verspüren sollen. Leider war ich inzwischen ziemlich gut darin, ihn zu durchschauen. Ich erkannte die Unruhe hinter seiner sorgfältig errichteten Fassade.

„Sag mal, tickst du noch ganz richtig?“, fuhr ich ihn an und tat das genaue Gegenteil von dem, was er von mir verlangte. In ein paar Schritten war ich bei ihm und packte ihn wüst bei den Schultern. „Was zur Hölle ist los mit dir?“

Gabriel fuhr sich mit der Hand durchs wirre Haar. Unsicherheit flammte in seinen Augen auf, als wisse er nicht genau, ob er gerade im Begriff war, etwas Verkehrtes zu tun. Unter meinem kritischen Blick verhärtete sich seine Miene wieder und ein Muskel an seinem Kiefer zuckte.

„Ich bin immer noch derselbe, Emma.“

„Gerade deswegen will ich nicht, dass du mich wegstößt“, sagte ich eindringlich und rieb mit den Daumen sachte seine Schultern, um ihn zu beruhigen und ihm die Gewissheit zu geben, dass wir das Richtige taten.

„Das ehrt mich, wirklich, aber eigentlich meinte ich ...“, seine Stimme verklang und er nahm einen tiefen Atemzug. Anscheinend kostete es ihn reichlich Kraft, mir zu sagen, was nun folgte. „Ich bin immer noch ein Gancanagh.“

„Denkst du, das weiß ich nicht?“, fragte ich und schüttelte verständnislos den Kopf. „Bisher ist doch alles glimpflich verlaufen.“

„Glimpflich verlaufen?“ Gabriel lachte auf. „Du hast eine ziemlich verschrobene Wahrnehmung, wenn du das, was passiert ist, als ‚glimpflich' bezeichnest.“ Er schüttelte verächtlich den Kopf. „Darum geht es aber auch überhaupt nicht. Meine Berührung wird weiterhin berauschend auf dich wirken. Du wirst nicht umhin können, als dich früher oder später dem hinzugeben, was ich bin. Und das will ich nicht. Nicht um deinetwillen und auch nicht für mich selbst, so egoistisch das auch klingen mag.“

Die Wärme der Sonnenstrahlen wandelte sich plötzlich zu eisiger Kälte und meine Finger an seinen Armen erschlafften. Mein Herz polterte unregelmäßig in meiner Brust und ich zwang mich dazu, ruhig zu atmen.

„Ich dachte, das mit uns wäre etwas Besonderes.“ Meine Stimme klang belegt und ich versuchte, den

Knoten in meinem Hals hinunterzuschlucken. Leider vergrößerte er sich bloß, je mehr ich versuchte, ihn zu verdrängen.

Gabriel biss die Zähne aufeinander, bis seine Kiefermuskeln zum Zerreißen angespannt waren. „So schön es sich auch angefühlt hat: Es war falsch."

Ich glaubte nicht, was ich da hörte. Ich wollte es nicht glauben. Seine Worte hallten in meinen Ohren wider, doch sie erreichten mich nicht. Das konnte unmöglich sein Ernst sein.

„Du willst mich auf den Arm nehmen", zischte ich und wurde von siedend heißer Wut ergriffen. Ich kniff die Augen zusammen und starrte ihn an. „Du erzählst mir, wie tief deine Gefühle für mich gehen, dass dich nichts davon abhalten kann, mir immer mehr zu verfallen und vom einen auf den nächsten Tag entscheidest du dich plötzlich um?" Meine Hände an seinen Schultern begannen zu zittern und aufgebracht zog ich sie von ihm zurück, um sie zu Fäusten zu ballen. „Ich sag dir was, mein Lieber: Ich bin keines der Mädchen, die du aufreißen und dann wie eine heiße Kartoffel fallen lassen kannst, sobald es dir zu anstrengend wird." Fest stach ich mit dem Finger gegen seinen Brustkorb, sodass er weiter gegen die Tür gedrängt wurde. „Du bist verrückt, wenn du denkst, dass ich dir diesen Scheiß abkaufe. Das sagst du doch nur, weil du Angst davor hast, dass mich die

Finsternis irgendwann doch noch in die Finger bekommt, weil Belial euch entschlüpft ist und da draußen sein Unwesen treibt." Ich schüttelte langsam den Kopf. „Nein, Gabriel. Ein ganz klares, lautes, deutliches Nein für deinen Versuch, mich loszuwerden. Es ist wirklich herzzerreißend, dass du dir solche Sorgen um mich machst und sogar in Kauf nehmen würdest, uns dafür aufzugeben, aber das lasse ich nicht zu. Auf gar keinen Fall. Dafür stecken wir schon viel zu tief drin."

Energisch verschränkte ich die Arme vor meiner Brust und starrte ihn an. Er erwiderte meinen Blick mit starkem Argwohn. Nach einer Weile entwich ihm die Luft und die Anspannung seines Körpers ließ nach. Er wich meinem Blick aus und sah kopfschüttelnd zu Boden.

„Für eine Sterbliche bist du viel zu schlau, *a ghrá*", seufzte er. „Wieso machst du es mir nur so schwer?"

Erleichtert atmete ich auf und auch mein Körper entspannte sich ein wenig.

„Weil ich uns nicht aufgeben werde, nur weil von irgendwoher Gefahr droht", gab ich zurück. „Ich glaube an uns. Und ich finde, dass solltest du auch."

Gabriel hob den Blick und mein Herz machte einen Satz, als ich sah, dass er seine Gefühle nicht länger unterdrückte. Er gab den Versuch auf, seine wahren Empfindungen vor mir zu verbergen. „Glaub mir, das tue ich. Noch nie in meinem Leben habe ich etwas so sehr gewollt."

„Bitte sag mir nicht, dass jetzt ein ‚Aber' kommt." Mit angehaltenem Atem wartete ich auf seine Antwort.

Gabriel war drauf und dran zu schmunzeln, das sah ich deutlich. Jedoch unterdrückte er es im letzten Moment.

„Aber es wäre besser, wenn wir uns zurückhalten", sagte er mit Bedacht und hob die Hand an mein Gesicht.

Vorsichtig wickelte er sich eine meiner Haarsträhnen um den Finger. Ich sehnte mich nach so viel mehr, doch ich wusste, dass das hier alles war, was er mir im Moment zu geben bereit war. Als ich Luft holte, um zu widersprechen, hielt er mich davon ab, indem er einen Finger an meine Lippen legte. Ein Kribbeln durchfuhr mich mild.

„Ich werde nicht zulassen, dass du durch mich und meinen Leichtsinn, mir Hoffnungen auf eine Zukunft mit dir zu machen, in Gefahr gerätst." Sein Tonfall war sanft, aber dennoch bestimmt. Ich würde nichts gegen seine Meinung in dieser Sache unternehmen können, so viel stand fest.

„Was genau bedeutet das?", fragte ich achtsam.

Immerhin ließ er jetzt mit sich reden und versuchte nicht länger, seine Gefühle für mich zu leugnen. So würden wir auf einen Nenner kommen, da war ich mir sicher. Wir konnten es schaffen.

Gabriels grüner Blick traf meine Augen. Eine Weile lang sah er mich schweigend an. „Du willst, dass ich ehrlich zu dir bin, nicht wahr?"

Ich schnaubte. „Ich dachte, du kannst nicht lügen."

Gabriel legte den Kopf schräg und lächelte verschmitzt. „Ach, es gibt Mittel und Wege, um dieses Gesetz zu umgehen." Bei dem vernichtenden Blick, den ich ihm zuwarf, hob er beschwichtigend eine Hand. „Irrungen und Wirrungen, die ich bei dir niemals anwenden würde, es sei denn, dein Leben hinge davon ab."

„Raus mit der Sprache", forderte ich.

Gabriel holte tief Luft und schien mit einem Mal ziemlich interessiert an der Farbgebung meiner hellbraunen Haarsträhnen zu sein, so beschäftigt, wie er sie ansah und zwischen seinen Fingern hin und her wendete. Schließlich wanderte sein Blick von meinem Haar zurück zu meinem Gesicht. Er sah mich so intensiv an, dass meine Knie weich wurden. Sein Blick war durchdringend, als versuche er, sich jedes Detail meines Gesichts und auch alles dahinter einzuprägen.

„Ich muss dich in Sicherheit wissen, Emma", sagte er melodisch und seine Stimme jagte mir eine Gänsehaut über die Arme.

„Das bin ich doch. Deinetwegen", gab ich leise zurück und erwiderte seinen Blick mit genauso viel Gefühl.

Gabriel fuhr mit den Fingern weiter in mein Haar, bis seine Hand in meinem Nacken angekommen war. Er umschloss ihn fest und brachte mich dazu, den Kopf ein wenig nach hinten zu legen. Ich konnte das Knistern zwischen uns förmlich spüren und genoss das Gefühl seiner Nähe. „Diesmal war es knapp. Wer weiß, was beim nächsten Mal schiefgeht." Er seufzte. „Bis ich Belial nicht ausgelöscht habe, kann ich nicht zulassen, dass du ... Bescheid weißt."

Was sollte das denn bedeuten? Ich war nun mal eingeweiht in diese merkwürdige Welt, dessen Existenz ich Wochen zuvor nicht einmal geahnt hatte. Daran würde er auch nichts ändern können. Schließlich konnte ich mein Gedächtnis nicht vom einen auf den nächsten Tag verlieren.

„Nein." Urplötzlich versteifte sich mein Körper, als ich verstand, was er mir damit sagen wollte. „Nein!" Ich wurde hysterisch und schnappte nach Luft.

Mit Sicherheit hatte Gabriel meine Reaktion geahnt. Sein Griff in meinem Nacken blieb weiter bestehen. Mit der anderen Hand strich er mir das Haar aus dem Gesicht und fuhr dabei mit den Fingern beiläufig über meine Wange. Mein Körper erbebte unter der Energie, die durch mich strömte und meine

Knie wurden zittrig. Obwohl ich mich von ihm losreißen wollte, konnte ich es nicht. Mein Körper wollte mehr von diesem berauschenden Gefühl, mehr von seinem betörenden Duft aufsaugen.

Gabriel hatte den größten Teil seiner sonstigen Zurückhaltung abgelegt, um meine Panik zu verhindern. Er wusste genau, was er tat und welche Empfindungen seine Berührung in mir auslöste. Dieser verfluchte Halbfae!

„Das ist nicht fair“, brummte ich leise und wollte eigentlich wütend klingen, während er meinen Nacken sanft weiter massierte und das vertraute Kribbeln in einer Intensität durch mich strömte, die ich niemals für möglich gehalten hätte. „Du spielst mit unfairen Mitteln“, warf ich ihm vor.

„Ich weiß“, murmelte Gabriel und ich hörte genau, wie zufrieden er über meine Reaktion war.

Ich schnaubte halbherzig. „Du bist ein selbstgefälliger Mistkerl. Und wenn du mich mithilfe vom Glanz vergessen lassen willst, werde ich es dir doppelt heimzahlen, das schwöre ich dir.“ Der Versuch, mich von ihm zu lösen, scheiterte kläglich. Mein Körper wollte mir nicht gehorchen. Stattdessen hätte er sich am liebsten der Wonne hingegeben, die allein schon Gabriels Atem dicht vor meinem Gesicht in mir auslöste.

„Ich freue mich schon darauf", wisperte er und drückte seine Stirn gegen meine. Seine Augen waren halb geschlossen und ich bewunderte den Anblick seiner dichten Wimpern.

„Wieso tust du das?", fragte ich ihn verzweifelt.

„Es ist nur zu deinem Besten."

„Ich pfeif auf mein Bestes."

Gabriel lachte leise und erschütterte damit unsere beiden Körper. „Was denkst du denn? Dass es mir leicht fallen wird, dir über den Weg zu laufen und zu wissen, dass deine Augen mich nicht wirklich sehen, sondern durch mich hindurchschauen?"

„Dich würde ich niemals übersehen", gab ich trotzig zurück.

„Vielleicht doch."

„Vielleicht wirst du einen passenden Ersatz für mich finden", stichelte ich, in der Hoffnung, dass er wütend wurde und mich losließ. Leider war sein Griff fest wie ein Felsen und er machte keine Anstalten, auf meine Anspielung einzugehen. Er sah mich weiterhin an, sein Blick verdunkelt, aber liebevoll.

„Nein." Mehr sagte er dazu nicht.

„Ich will dich nicht vergessen", flüsterte ich mit einem Mal erstickt.

Gabriel lächelte traurig und kraulte mein Haar im Hinterkopf. „Ich werde mich auch nicht ganz und gar aus deinem Gedächtnis löschen, sondern eher von der

Bildoberfläche verschwinden lassen. Das hier ist größer als wir, Emma", sagte er und beruhigte mich mit seiner melodischen Stimme. „Du musst vergessen, was der König der Finsternis dir angetan hat. Er darf nicht erneut Zugang zu deinem Zwischenraum bekommen."

Ich nickte langsam und biss mir auf die Wangeninnenseite. Es klang so plausibel und reif. Jedes meiner Gegenargumente hätte dagegen armselig ausgesehen. Nur, weil ich Gabriel nicht verlieren wollte, stellte ich mich gegen seinen Plan. Das war kindisch von mir.

„Also geht es nicht um uns, sondern um *ihn*", stellte ich fest und versuchte, möglichst sachlich zu bleiben. Meine Gefühle ließ ich für eine Sekunde außen vor, auch wenn sie drohten, mein Herz zu sprengen. Zumindest versuchte ich es.

„Ich werde ihn finden, *a ghrá*. Und wenn ich ihn gefunden habe, werde ich ihn zur Strecke bringen." Gabriels Stimme war fest, klar und strotzte vor Tatendrang. Bei dem Ernst, der darin mitschwang, wurde mir warm ums Herz. Er tat dies nicht nur für mich, sondern auch für all die anderen Sterblichen, die unter Belials Machenschaften gelitten hatten.

Er hatte recht. Das hier *war* größer als wir. Ich durfte ihn nicht davon abhalten. Ganz gleich, wie tief meine Gefühle für ihn waren.

„Dann werde ich dir dabei nicht weiter im Weg stehen“, murmelte ich und gab ihm somit die Zustimmung, das zu tun, was nötig war. Ich gab ihm die Erlaubnis, den Glanz zu verwenden, auch wenn es mich innerlich zerriss.

„Du stehst mir nicht im Weg, *a ghrá*. Du bist mein Weg“, gab Gabriel zurück.

Ich lächelte traurig. Wie schade, dass ich mich bald nicht einmal mehr daran erinnern würde, dass ich jemanden gefunden hatte, der mich mit solchen Aussagen zum Schmelzen bringen konnte.

„Kann ich irgendwas tun, um dir zu helfen?“, fragte ich zähneknirschend. Ich gab mir wirklich Mühe, aber das hieß nicht, dass ich seinem Plan ohne Vorbehalte gegenüberstand.

„Du raubst mir jeden Nerv“, sagte Gabriel und fuhr sich durchs Haar.

„Na, vielen Dank auch“, grummelte ich.

Er legte den Kopf schräg und schenkte mir ein Lächeln. „Das war nicht böse gemeint. Damit meinte ich eigentlich, dass ich mich nicht konzentrieren kann, wenn ich weiß, dass du in meiner Nähe bist und mich mit diesem Blick ansiehst.“

Widerwillig erwiderte ich sein Lächeln, auch wenn mir nicht danach zumute war. Wieder schien es mir, wie eine völlig normale Reaktion meines Körpers auf seine Anziehung. ‚Wie sehe ich dich denn an?“

Gabriel atmete hörbar aus. „Als würdest du dir mehr Nähe von mir wünschen, als du aushalten kannst."

„Ich könnte versuchen, abwechslungshalber mal so ernst dreinzublicken, wie du es manchmal tust", schlug ich vor und zog meine Augenbrauen zusammen. Ich versuchte, seinen Gewitter-Blick nachzuahmen und strengte mich immens an, nicht in sein leises Lachen einzustimmen. Gott, ich liebte es, ihn zum Lachen zu bringen. Etwas Schöneres konnte ich mir nicht vorstellen.

Gabriel hob die Finger und glättete meine Stirn sanft. „Das werde ich am meisten vermissen."

Bei seinen Worten wurde meine Kehle staubtrocken. „Bedeutet das, ich muss mich jetzt von dir verabschieden?", krächzte ich und schluckte schwer.

„Nicht für immer. Das verspreche ich dir." Er legte den Kopf schräg und sah mich eindringlich an. Ich erwiderte seinen Blick ebenso innig und versuchte, mir jedes Detail seines Gesichts einzuprägen. Das Grübchen auf der linken Seite seines Mundes, das immer zum Vorschein kam, wenn er schmunzelte. Seine dichten Augenbrauen, die ihm zuweilen einen ernsten Ausdruck gaben, der durch das grüne Feuer in seiner Iris wettgemacht wurde. Mit Sicherheit würde ich diese außergewöhnlichen Augen nicht vergessen. Ihr

Blick hatte sich in meine Seele gebrannt und dort Spuren hinterlassen.

„Du vertraust mir doch, oder?“ Der Klang von Gabriels Stimme wurde weicher.

„Mit meinem Leben“, antwortete ich wie von selbst.

Erstaunlich, wie leicht mir das von den Lippen ging. Es war die Wahrheit. Ich vertraute diesem Mann mit Leib und Seele. Mein Herz lag in seinen Händen. Und ich vertraute darauf, dass er es sorgsam verwahrte. Egal, wie lange es dauern würde, bis ich wieder zu ihm fand. Denn das würde ich, da war ich mir ganz sicher.

„Dann vergiss, *a ghrá*.“ Das Grün seiner Augen leuchtete auf und beschleunigte meinen Herzschlag.

Ich wollte ihn gewähren lassen, konnte aber nichts gegen den Impuls meines Unterbewusstseins tun. Es fiel mir schwer, das Vergessen zuzulassen und ein kleiner Teil meines natürlichen Schutzwalls blieb bestehen.

„Vergiss, was die Finsternis dir angetan hat“, fuhr er melodisch fort. „Vergiss den Schmerz.“

Hartnäckig griffen die Arme des Glanzes nach mir und wollten mich in die Umarmung des Vergessens ziehen, doch ich war noch nicht bereit dazu. Tränen traten in meine Augen und Gabriels Antlitz verschwamm vor mir. Hastig blinzelte ich sie weg, um jede Sekunde, die mir mit ihm blieb, in mich aufzusaugen.

„Denk nicht länger an mich."

Seine Stimme war warm und tief wie eine Daunendecke, in die man sich kuscheln wollte. Jedoch widerstand ich diesem Drang.

„Du und ich, wir sind bloß flüchtige Bekannte."

Gabriel kam vorsichtig näher und drückte seine Lippen auf meine Stirn. Das vertraute Prickeln durchströmte mich und ich saugte jeden Atemzug seines herben Geruchs auf, als wäre es mein letzter.

Mir wurde schmerzlich bewusst, dass es nichts gab, was ich mir mehr wünschte, als ihn an meiner Seite zu haben. Mein Herzschlag pochte dumpf und drängte sich gegen den trüben Schleier. Mein Atem ging schneller und verzweifelt sah ich ihn an.

„Vertrau mir", wisperte Gabriel. Die goldenen Sprenkel in seinen Augen tanzten. Seine wohlklingende Stimme durchbrach den letzten Rest meines Widerstands und riss meinen Schutzwall nieder.

Seit ich ihm zum ersten Mal begegnet war, hatte ich diese allumfassende Anziehung gespürt. Sie war stärker als alles andere, was ich jemals in meinem Leben gespürt hatte. Sie verschlang mich, machte mich rasend und glücklich zugleich. Diese Kraft durchbrach die Mauern, die ich nach Moms Tod hochgezogen hatte und gab mir mit jedem Atemzug das Gefühl, angekommen zu sein. Ich war mir sicher, dass dies nicht an seinem Wesen lag. Unsere Schicksale waren eng miteinander verflochten, das erkannte ich nun. Wir würden einander wiederfinden.

An diesen beständigen Funken klammerte ich mich, als ich die Augen schloss und mich mit dem Kopf gegen seine Brust lehnte, während die Geborgenheit mich in ihre Arme schloss.

Danksagung

Einen Roman zu schreiben ist gar nicht so nicht leicht. Man braucht Zeit, die man natürlich nie hat, Kraft, auch wenn man völlig ausgelaugt ist, und zu guter Letzt einen starken Glauben an sich selbst. Ich danke meinem Freund für all diese Dinge.

Es gebührt den Menschen Dank, die mich schon ertragen haben, als ich noch eine Zahnspange mit neonfarbenen Gummibändern trug – Derya und Wiebke. In guten wie in schweren Tagen. Ebenfalls Danke an Eda für das viele Lachen. Du bist eine Heldin.

Ein riesiges Dankeschön an meine wunderbare Testleserin Bibi. Du hast Emma und Gabriel so viel Farbe gegeben.

Meiner Lektorin Nina danke ich für den Feinschliff und das geduldige Beantworten der merkwürdigsten Fragen mitten in der Nacht.

Selbst nach zig Änderungen hat mir meine Coverdesignerin stets mit Smileys geantwortet. Danke Jacky.

Für die Ermutigung während der Überarbeitung danke ich Jennifer Jäger. Tee und Schokolade helfen immer, du hast recht.

Und zu guter Letzt danke ich meinen Zuschauern. Ihr bringt mich zum Lächeln, selbst wenn mir nicht danach ist. Ohne euch hätte ich mich das mit dem Selfpublishing vermutlich nicht getraut.

Über die Autorin

Mona Kasten, 1992 geboren, lebt und studiert unweit von Hamburg. Ihre Vorliebe für Katzen und Schokolade ist mindestens genauso groß wie ihre Faszination für Worte, die sich bereits im Kindesalter tief in ihr verankert hat. Wenn sie nicht gerade schreibt oder liest, was sie in die Finger bekommt, vloggt sie über alles, was Lebensfreude macht.

Mehr aus Monas Welt:
www.youtube.com/peachgalore
www.facebook.com/peachgalore
www.twitter.com/peachgalore

5748770R00245

Printed in Germany
by Amazon Distribution
GmbH, Leipzig